Aleksandar Tišma
Das Buch Blam

Aus dem Serbischen von
Barbara Antkowiak

Carl Hanser Verlag

Die Originalausgabe erschien unter dem Titel:
Knjiga o Blamu
1985 bei Nolit in Belgrad
© by Aleksandar Tišma

4 5   99 98 97 96 95

ISBN 3-446-17822-8
Alle Rechte der deutschen Ausgabe:
© 1995 Carl Hanser Verlag München Wien
Satz: Fotosatz Reinhard Amann, Aichstetten
Druck und Bindung: Friedrich Pustet, Regensburg
Printed in Germany

Das Buch Blam

Der Merkur-Palast ist sicher das bedeutendste Gebäude in Novi Sad. Nicht das höchste, denn er wird überragt von den steilen Gletschern der Hochhäuser und den gedrungenen Hügelketten der Wohnblocks, die erst die Bevölkerungsexplosion der Nachkriegszeit über das Brachland der Vorstadt verstreut hat. Auch nicht das schönste, denn sein Bauherr und erster Besitzer, ein Vorkriegskaufmann, hat es der Rente wegen errichtet, also den Raum bis zum Äußersten genutzt und auf teure Schmuckelemente verzichtet. Dennoch, mit seiner abgerundeten Ecke, die in den Hauptplatz ragt wie der Bug eines Ozeandampfers, mit der Fassade, die sich längs dem breiten und geraden Alten Boulevard zur imposanten Höhe von vier Stockwerken erhebt, mit der etwas zurückversetzten, einem Schiffsdeck ähnlichen Mansarde und der ununterbrochenen Reihe von Läden im Erdgeschoß, darunter ein Kaufhaus, ein Kino und ein Hotel mit Restaurant und Bar, drängt sich der Merkur-Palast der Stadt als unumstrittener Mittelpunkt auf.

Miroslav Blam, der eine der Mansarden des Merkur bewohnt, ist sich klar über diesen besonderen, fast erhabenen Status des Hauses und über den eigenen in ihm. Er ist auch stolz darauf, aber insgeheim und zurückhaltend, denn er hat ihn nicht durch eigenes Verdienst erhalten. Auf die Rückseite eines Umschlags, den er in den Briefkasten steckt, wird er nicht die allgemein übliche Bezeichung »Merkur-Palast« (nach dem Firmennamen des einstigen Besitzers) schreiben, sondern die kompliziertere, aber offizielle Adresse, Alter Boulevard 1; diese schwerer eingängige Formel wird er auch Bekannten im Gespräch mitteilen. Erst wenn sich jemand dabei vor die Stirn schlägt und sagt: »Aber das ist doch der ›Merkur‹!«, wird Blam vorsichtig nicken, als füge er sich widerwillig der inoffiziellen, etwas willkürlichen Bezeichnung, und dabei insgeheim Befriedigung empfinden. Oder eigentlich etwas zwischen Befriedigung und Unzufriedenheit, denn er möchte nicht sofort identifiziert werden, nicht einmal durch dieses Detail seines Lebens als Mieter.

In Wirklichkeit ist ihm die Mansarde des Merkur ans Herz gewachsen, gerade weil sie exponiert und zugleich abgeschieden ist. Wer an irgendeinem Punkt des Hauptplatzes oder des Boulevards den Kopf hebt, kann sie sehen und sagen: »Dort wohnt Blam.« Jedoch ist es eine andere Sache, dorthin zu gelangen und denjenigen zu finden, den man sucht. Man muß vor allem ins Gebäude eingelassen werden oder der Aufmerksamkeit des Hausmeisters entgehen, der aus seiner Küche das Vestibül beobachtet; dann muß man über Dutzende und Dutzende von Stufen die vier Stockwerke hinter sich bringen, von denen jedes mehrere Eingänge zu Wohnungen mit noch viel mehr Mietern aufweist, die ständig voller Neugier zugange sind, bevor man endlich den obersten Treppenabsatz erreicht. Wird man dort an jede Tür klopfen und sich erkundigen? Wer zu laut und auffällig ist, dem kann es passieren, daß ihn der Gesuchte eher bemerkt als er ihn – und für immer der Gesuchte bleibt. Ja, sogar wenn man seine Wohnungstür entdeckt. Hier wirkt sich die unerwartete Abweichung der Mansarde vom Schnitt der anderen Stockwerke aus: sie ist um die Breite eines Fußpfades zurückgesetzt, welcher zur Straßenschlucht hin durch ein eisernes Geländer abgesichert ist, und all das erinnert an ein Schiffsdeck, eine Promenade oberhalb des bewohnten Raums.

Blam besucht häufig diesen Ort der Freiheit unter dem Himmel, wenn er sich zwischen Waschküche und Trockenraum durch die Seitentür hinausstiehlt, die schwer zu erkennen und Fremden gänzlich unbekannt ist. Hier kann er, wenn er am Rand des Gebäudes entlangspaziert, aus der Vogelperspektive das geräumige, vom schmalen und spitzen Turm der Kathedrale dominierte Viereck des Hauptplatzes betrachten oder das breite Bett des Alten Boulevards, durch das unablässig Menschen und Autos strömen, oder die Schlucht der schmalen, den Boulevard querenden Okrugić-Straße mit den Tischen vor dem Hotel. Allerdings ist er an diese Szenen so gewöhnt, daß sie als Ganzes seine Aufmerksamkeit fast nicht erreichen. Sein Blick verharrt nur bei nicht alltäglichen Einzelheiten, etwa einer einsamen, weichen, dunklen Wolke, die wie verankert an der Spitze der Kathedrale hängt, oder unten auf der Straße bei der Gestalt eines Spaziergängers oder einer schönen Frau, die er zum wiederholten Mal im selben Straßenabschnitt entdeckt. Er bleibt am Geländer stehen, stützt die Ellenbogen darauf, begierig, Schlüsse zu ziehen, sich einzufühlen. Jetzt ist er jener Spaziergänger, der immer wieder den gleichen Weg geht, oder diese erwartungsvolle Frau. Er weiß nichts über die beiden, doch gerade deshalb kann er in seinem Kopf Bilder von Tatsachen und Möglichkeiten aufreihen und vermischen. Das Bild eines Unfalls, der sich einmal vor diesem Abschnitt des Gehwegs ereignete. – Das Bild zweier strahlender Gesichter im Augenblick der Begegnung. – Das Reifenquietschen, den Entsetzensschrei, der wie ein Wind die Menge ergreift. – Sie ist verheiratet, aber ihr Mann sitzt wegen Verführung Minderjähriger im Gefängnis, sie hat ihren Verehrer aus Mädchentagen telefonisch um ein Rendezvous gebeten. – Unter die Räder des dahinrasenden Autos war der Vater von Aca Krkljuš geraten; Krkljuš selbst hat Blam die Stelle auf dem Boulevard gezeigt, als er angetrunken von dem Vorfall erzählte; dem Vater hat man ein Bein amputiert, so daß er sein Täschnergeschäft nicht mehr führen kann und Aca dort unter Verzicht auf die eigene Arbeit und Berufung Dienst tun muß. Der einstige Verehrer hingegen hat vielleicht Angst vor der Verantwortung bekommen, da er selbst Junggeselle geblieben ist (sonst hätte ihn die schöne Frau nicht um eine Begegnung gebeten): er ahnt, daß sie ihn als Ersatz nicht nur im Bett, sondern auch bei der Aufteilung der elterlichen Pflichten vorgesehen hat. – Krkljuš beziehungsweise der Spaziergänger, der durch die Wahl des Ortes an ihn erinnert, besichtigt tatsächlich das Terrain, mit dessen Zeichnung (Grundriß heißt das wohl juristisch) er die Schadenersatzforderung erhärten muß, von der er Blam ebenfalls erzählt hat; während jener andere, zum Rendezvous Gebetene, die Frau an ganz

anderem Ort und zu ganz anderer Zeit erwartet, durch einen
Irrtum oder Fehler, den sein schlechtes Gedächtnis verschul-
det hat. Diese beiden wirklich Anwesenden da unten werden
dagegen hin und wieder Blicke wechseln, ein paar schnell ge-
fundene Worte, sie werden einander näherkommen, begreifen, daß Verlorenes sie verbindet, nach dem sie am selben Ort
suchen; sie werden sich einander anvertrauen, er wird sie ein-
laden, sich irgendwo hinzusetzen und etwas zu trinken oder
sogar (denn es könnte ebensogut tatsächlich Krkljuš sein) in
das Haus zu gehen, vor dem ihre Füße ermüdet sind, hinauf
zu dem Freund, der hier in der Mansarde wohnt, zu Blam,
Miroslav, das ist ein Schulkamerad von mir und meinem Bruder Slobodan, der im Krieg tragisch ums Leben gekommen
ist; er hat mein Orchester und meine Kompositionen gehört,
gerade vor zwei Monaten habe ich ihm von dem Unfall erzählt, der meinem armen Vater die Gesundheit und mir die
Ruhe geraubt hat; er wohnt gleich hier, und er hat auch eine
reizende Frau, keine Sorge, ich mache Sie miteinander bekannt, er hat viel Verständnis, er ist sogar eine Art Jurist oder
wenigstens Wirschaftsfachmann, vielleicht kann er Ihnen
einen Rat geben, wie Sie eine Begnadigung Ihres Mannes erreichen, hier entlang, gleich hinter dem Kino ...

✳

Die Klingel aus der Ferne, Türenschlagen, Krkljuš, mit seinen hängenden Wangen, der hängenden Nase und den reu-
mütig hängenden Schultern dem verstorbenen Slobodan mit
seinem dumpfen Gesichtsausdruck plötzlich bestürzend
ähnlich, schiebt die schöne Unbekannte herein und stellt sie
mit breitem Lächeln vor. »Ist Miroslav zu Hause?« Er blin-
zelt, als spielte er auf eine geheime Übereinkunft an. – »Er ist
irgendwo in der Nähe«, antwortet Janja mit neugierigem
Blick, »ich glaube, er spaziert ums Haus, ich rufe ihn gleich.«
– »Nein, nein, wir finden ihn selbst, zeigen Sie uns nur die
Richtung. Wir brauchen einen kleinen juristischen Rat. Weil

nämlich der Mann der Dame …« Und schon tauchen sie auf, drängeln aneinander vorbei, denn Krkljuš will die Besucherin zugleich vorlassen und ihr den Weg zeigen, aber sie ist ziemlich korpulent und findet den Weg nicht: sie ängstigt sich vor dem Wind, der ihr hier oben auf dem Haus das Haar und den Rock zaust.

Der Wind hat irgendwo eine Tür zugeschlagen, sonst ist nichts geschehen. Jene beiden stehen noch immer auf dem Trottoir unten vor dem Haus, und hier oben ist niemand außer Blam; die Mieter meiden den windigen und im Sommer heißen Pfad; wenn sie Luft schnappen wollen, gehen sie auf die Terrasse zur Hofseite, wo sie im Schatten und abgeschirmt im Liegestuhl dösen, mit dem Nachbarn schwatzen, Zeitung lesen oder die Kinder spielen lassen können, damit sie den Mittagsschlaf nicht stören. Deshalb liebt Blam diesen Ort: hier ist er allein, wenigstens solange ihn niemand sucht. Natürlich nur so lange. Denn käme Krkljuš tatsächlich mit dieser fremden Frau, fest entschlossen, ihn zu treffen, oder wenn Fahnder kämen, und sie müssen eines Tages kommen, es ist unmöglich, daß sein Leben ohne Verfolgungsjagd, ohne noch einen Krieg vergeht – würde sich die Abgeschiedenheit der Mansarde bald als Falle erweisen. Zurück auf die Terrasse könnte er nicht mehr – dort würden ihn die bewaffneten Männer erwarten, auch in die Wohnung könnte er nicht zurück, es sei denn durchs Fenster; aber im Fall einer Fahndung, Blockade, Durchsuchung, Razzia sind die Fenster natürlich geschlossen und die Vorhänge zugezogen, das ist eine vielleicht jahrhundertealte Regel, die Bewohner können einzig durch die Jalousienritzen spähen, mit weitaufgerissenen Augen und schaudernd vor Entsetzen ihn stehen sehen, dem sich jetzt von der Seitentür her ein Mann mit angelegter Pistole nähert. Wohin also? In Blams Brust schlägt erregt das Herz, er drückt es gegen die Geländerstange, die seine Finger umklammern, während er den Kopf schon nach vorn beugt, wo der einzig mögliche Ausweg ist. Er wird nicht noch einmal zulassen, daß sie ihn in die Enge treiben, zum Gehorsam, zum Warten auf ihre Entscheidungen zwingen, er wird sich hinabstürzen! Mit einem einzigen Schwung wird er den Körper hochreißen und kopfüber hinabschnellen wie vom Sprungbrett ins Wasser des Bassins. Er spürt im Mund die kalte Lufströmung, an den Schultern die Leere, das Fehlen einer Stütze, das Entweichen der Raumgrenzen. Seine Beine sind weich wie die einer Flickenpuppe, sie schrauben sich los, der ganze Körper verläßt seine Form, seine bedingte Festigkeit, der Blutkreislauf fließt nach allen Seiten, alles zerfällt, die ganze Welt, die Straße, der er entgegenfliegt.

✣

Seine Hände kribbeln, die Finger brennen, die Geländerstange ist bis zu den Knochen in sie eingedrungen. Er spreizt diese Hände, dreht sie, betrachtet die roten Striemen, die allmählich breiter und blasser werden. Dort unter ihm indes spazieren die Menschen ungerührt die Straße entlang, gehen ihren Geschäften nach oder vertreten sich die Beine. Auch jener beharrliche Spaziergänger ist noch am alten Platz, nur die schöne Frau nicht, vielleicht ist der Mann gekommen, auf den sie gewartet hat. Sie ahnen nicht, was sich hier mit ihm, in ihm abspielt; sie teilen nicht seine Angt, vielleicht könnten sie sie nicht einmal begreifen, sein Entsetzen, seine Gewißheit, daß die Fahnder kommen und ihn an dieses Geländer drängen werden. Aber was ist es dann? Ist er verrückt? Oder sind alle anderen verrückt? Aber das kommt aufs gleiche heraus, denn wenn er sich als einziger absondert, dann ist er ein Monstrum, eine Mißgeburt, ein Scheusal, dann ist er reif, sobald man ihn entdeckt und durchschaut hat, in einen Käfig gesperrt und nicht in einem zoologischen, sondern in einem anthropologischen Garten gezeigt zu werden, nackt, damit ihn alle besser sehen und durch das Gitter mit spitzen Stäben auf ihn einstechen können, bis er unverständliche Klagelaute, Schreie ausstößt.

Das Gitter hinter ihm rasselt, da wird an einem Mansardenfenster die Jalousie herabgelassen. Das Geräusch kommt von links, und Blam vermutet, daß es die Jalousie am Fenster der lungenkranken Rentnerin, aber auch am Fenster seiner eigenen Wohnung sein könnte. Aber er sieht sich nicht um. Er fürchtet sich vor dem Anblick, den er einem Betrachter bieten würde: ein verdrehter Kopf auf einem noch zur Straße, zum Abgrund gebeugten Körper, mit einem Gesicht, auf dem sich die Spuren seines Trugbilds abzeichnen. Eines Trugbilds, das ihm näher ist, so scheint ihm, als irgend etwas, was hinter seinem Rücken geschieht. Er gesteht es sich voller Selbstvorwürfe, aber auch voller Trotz ein. Diese so zuverlässige Welt dort hinten ist Teil der Verfolgung, wenn auch nicht in ihrem Dienst: dort ist Janja, die vielleicht näht, und die Kleine über ihren Hausaufgaben. Wenn die Durchgänge besetzt sind, ist so ein Hinterland verderblich; überhaupt ist jedes Hinterland verderblich, wenn es lebt, wenn es mit deinem Herzschlag, deinen Nerven verbunden ist, wenn es mit dir eine Gemeinschaft bildet. Die Kugeln treffen nicht mehr nur dich, und du kannst dich nicht einmal hinter einem Schutzwall zu Boden werfen. Es gibt keinen Schutzwall, wenn du die Last der Liebe trägst und die Verfolger hinter dir her sind: das ist ausweglos, der Vorraum der Opferstätte, auf die du dich zubewegst, gestoßen, ohne Wiederkehr, gesenkten Kopfes.

Er hält den Kopf noch gebeugt, wartet, ob sich die Geräusche weiterentwickeln, zu einer Aufforderung, einem Ruf des Erstaunens, einem todbringenden Befehl. Aber nichts ist mehr zu hören. Noch hat ihn niemand gesehen. Blam wendet sich langsam um und begibt sich, ohne den Blick zu heben, zur Seitentür und ist sicher: Wenn er sie ungehindert passiert, wird er die Schritte nicht zu seiner Wohnung lenken, zum Hinterland, zu der doppelten Falle, sondern in entgegengesetzer Richtung zum Treppenhaus. Er wird auf die Straße hinunterlaufen, in die Freiheit. Vielleicht wird er den unbekannten Spaziergänger oder die schöne Frau noch sehen.

Natürlich findet er sie nicht mehr; sie sind inzwischen irgendwo verschwunden, von der Menge verschluckt, oder sie sind nicht mehr wiederzuerkennen, selbst wenn sie sich noch auf demselben Trottoir aufhalten. Aus gleicher Höhe betrachtet, wirken die Menschen anders als von oben, ihre Proportionen verändern sich, das Verhältnis zwischen den verschiedenen Körperteilen. Eben noch auffällige Ausbuchtungen flachen sich jetzt ab: die der Stirnknochen, der Nasen, Brüste, Schultern, während die von oben kaum sichtbaren Glieder lang werden. Unter der Wirkung neuen Lichts und anderer Reflexe wechselt die Farbe von Haaren, Augen, Haut, der Fall der Kleidung ist ein anderer, er zeigt bisher unsichtbare Falten und Schattierungen, glättet jene, die von oben aus markant erschienen. Wenn man sie aus gleicher Höhe ansieht, ist der Schritt der Menschen nicht mehr frei und schwebend, wie er von oben wirkt; er ist schwerer, sichtlich mühsamer, in jedem Augenblick des Gehens mit einem Fuß der Erde verhaftet. Am Boden erkennt man, daß der Mensch nicht durch eine unbekannte Energie, ein durchsichtiges, von einer verborgenen Kraftquelle gezogenes Band voranbewegt wird, sondern durch Kontraktionen der Beinmuskeln und Verlagerung des Körperschwerpunkts in Richtung auf das Ziel. Der Mensch hier ist aus irdischem Teig, ein Stück nur davon, das sich erhoben, aufgerichtet hat, aber er bleibt Teil des Stoffs, den er bloß an einem Punkt verläßt, während er am vorhergehenden noch mit ihm verbunden war und sich am nächsten wieder mit ihm verbinden wird. Er weckt auch hier noch Neugier durch die Vielfalt seiner Formen: als Kind, Mädchen, Greis; aber am Boden kann man dem Kind und dem Mädchen und dem Greis vom Ausgangspunkt bis zum Ziel folgen, ihre Rätsel sind lösbar.

Der Mensch, der sich Blams Blick durch die Lösbarkeit seines Rätsels darbietet, ist der Immobilienmakler Leon Funkenstein. Blam entdeckt ihn schon an der Ecke vor dem Merkur, als sein Blick die gegenüberliegende Seite des Platzes von der Kathedrale bis zum Kino *Avala* streift. Dieser ganze Raum ist übersät mit geparkten Autos, denn die einstige Judengasse, die hinter dem *Avala* beginnt, wird an ihrem anderen Ende durch den Neuen Boulevard abgeriegelt und ist darum für den Verkehr gesperrt; aus diesem Grund wendet Blam wie viele andere Spaziergänger seinen müßigen Schritt dorthin.

Jetzt stockt sein Schritt, Funkensteins wegen. Er hat keinen Anlaß, vor ihm zurückzuschrecken, nur daß er hinausgegangen ist, um allein zu sein, das heißt eigentlich um seinen Verfolgern zu entfliehen, und das bedeutet für ihn einen Ansturm des Bekannten, Erlebten, wozu leider auch der alte Makler gehört. Allerdings ist er nicht ganz sicher, daß Funkenstein ihn wiedererkennen wird; als dieser bei seinen Eltern verkehrte, war Blam noch ein junger Bursche. Aber zugleich fällt ihm ein, daß er Funkenstein selbst in den letzten Jahren mehrmals Gelegenheit gegeben hat, sein Gedächtnis aufzufrischen, indem er, wenn sie einander auf schmalem Trottoir Auge in Auge begegneten, durch einen scheuen Blick, eine Geste, ja einen halblauten Gruß auf sich aufmerksam machte. Jetzt freilich ist der Raum nicht schmal, der ganze Platz ist frei, um zur ehemaligen Judengasse zu gelangen, und Funkenstein am anderen Ende steht über die Kühlerhaube eines Autos gebeugt, berührt sie fast mit dem kahlen Kopf, als sähe er sie nicht nur an, sondern röche an ihr.

Aber wie es häufig geschieht, wenn er jemandem aus dem Weg gehen will, lenkt Blam seine Schritte quer über den Platz, wo er sofort gesehen werden kann, genau in Funkensteins Richtung, das heißt ein klein wenig beiseite. Dabei rechtfertigt er diese auffällige Route insgeheim mit Neugier: wegen dieses seltsamen Gehabes um das Auto interessiert ihn auf einmal, ob Funkenstein den Beruf gewechselt hat, was

durchaus möglich erscheint, da die Mietshäuser längst ver-
staatlicht sind und der Kauf und Verkauf sich auf kleine – also
billige – Einfamilienhäuser beschränkt. Häuser, wie es auch
das ihre am Vojvoda-Šupljikac-Platz gewesen ist, das der alte
Blam, Vilim, mit Funkensteins Hilfe verkauft hat, aber kurz
vor seinem gewaltsamen Tod, so daß er vielleicht nicht die
gesamte Summe dafür bekommen hat. Oder, wenn er sie bekommen hat, sie nicht restlos ausgeben konnte, sie also den
Plünderern in die Hände gefallen ist.

Ihn reizt der Gedanke, daß er Funkenstein doch einmal
ansprechen, über die Einzelheiten des Hausverkaufs befra-
gen sollte, um so den Zweifel auszuräumen. Er fühlt, daß er
mit dieser Absicht (wie auch mit dem Zweifel) sehr spät
kommt, doch ist sie stark genug, um seinen Blick auf Funkensteins Seite zu lenken und Funkensteins Blick zu begegnen, der genau auf ihn gerichtet ist. Er verlangsamt den
Schritt, kann es kaum glauben, aber ein Irrtum ist ausgeschlossen: aus dem breiten, geröteten Gesicht des Alten, fast
auf einer Höhe mit der Motorhaube des grauen, staubigen
Fiat, sehen zwei scharfe kleine, braune Augen unter struppigen grauen, zur kahlen Stirn emporgewölbten Brauen geradewegs ihn, Blam, an.

Er bleibt stehen, und Funkenstein richtet sich sogleich auf.
Das ändert nicht viel an seinem räumlichen Verhältnis zu
dem Auto, denn er ist klein von Wuchs, doch es bringt die
Kühnheit seiner Kleidung zur Geltung: ein weißes Hemd
mit Apachenkragen, das lose über der Hose aus gelblicher
Naturseide hängt. Jetzt setzt er sich zusammen mit diesem
jugendlichen Aufputz in Bewegung, geht erstaunlich lebhaft
für seinen dicken kurzen Körper um das Auto herum und
tritt vor Blam hin.

»Guten Tag, Herr Funkenstein«, sagt Blam erstaunt.

»Guten Tag, guten Tag«, entgegnet der Makler herzlich,
aber unter Vermeidung der Anrede, womit er Blams Vermutung bestätigt, daß er ihn nicht erkennt. Er reicht Blam seine
feste, fleischige Hand, aber nachlässig und mit einem nur

flüchtigen Blick seiner kleinen, blinzelnden Augen. »Was tut man so?« fragt er sichtlich desinteressiert und wendet den Blick vom Gesicht des Gesprächspartners über dessen Schulter hinweg ins Weite.

»Ich gehe ein bißchen spazieren«, gesteht Blam, der sich durch Funkensteins Zerstreutheit peinlich berührt fühlt, und als müßte er dieses Verhalten rechtfertigen oder korrigieren, fährt er fort zu erklären: »Ich wollte Sie nach einem Verkauf fragen, der vor langer Zeit stattgefunden hat. Aber Sie befassen sich vielleicht nicht mehr mit Immobilien?«

»Doch, doch, warum denn auch nicht.« Funkenstein hebt seinen klaren, durchdringenden Blick zu Blam, um ihn gleich darauf wieder über dessen Schulter hinweggleiten zu lassen. »Was haben Sie denn anzubieten?« fragt er routiniert.

»Jetzt nicht mehr.« Blam hebt die Schultern und beschließt, auf einmal beleidigt durch Funkensteins Unaufmerksamkeit, das Gespräch zu beenden, von dem er sich ohnehin keinen Nutzen mehr erhofft. »Wie ich sehe, interessieren Sie sich jetzt für Autos.«

»Nur für eins.« Funkenstein wendet für einen Moment seinen Blick wieder Blam zu, zögernd, als frage er sich, ob er ihm vertrauen könne. »Eigentlich beobachte ich das Auto eines Freundes.«

Blam wendet sich überrascht um und sieht mitten auf dem Platz ein einzelnes, größeres grünes Auto. Im selben Augenblick packt ihn Funkenstein kräftig am Arm und zwingt ihn, wegzusehen. »Drehen Sie sich nicht um!« flüstert er, hebt gebieterisch die struppigen grauen Brauen und rundet die runzligen, aber roten, in den Winkeln von Speichel benetzten Lippen. »Ich will nicht, daß sie mich bemerken!«

Blam tritt unwillkürlich von einem Bein aufs andere, er begreift, daß er durch seine Anwesenheit, sein Volumen, einen Gegenstand, ein Versteck ersetzt, genauer jenen grauen staubigen Fiat, hinter dem er durch seinen Blick den Makler hervorgelockt hat.

»Da, da!« ruft dieser triumphierend, ohne seine Aufregung zu verbergen. Er hüpft hin und her, bückt sich, lauert wie beim Versteckspiel. »Da sind sie! Jetzt steigen sie in den Bus.« Und plötzlich entspannt, richtet er sich auf und erläutert obenhin und flüssig: »Ein alter Freund oder vielmehr Geschäftspartner hat mich darum gebeten. Er ist verreist, und ich passe ein bißchen auf seine Frau auf. Als ich ihr Auto hier gesehen habe, wußte ich, daß sie etwas vorhat. Und tatsächlich, sie ist mit einem Mann in den Bus gestiegen. Sicher fährt sie mit ihm in seine Wohnung.«

Aus der Richtung von Funkensteins Blick errät Blam, daß er den Bus im Auge (oder nur noch im Sinn) hat, der von der Haltestelle hinter dem Denkmal zur Donau fährt; in seiner Phantasie erblickt er einen jungen, brünetten, stutzerhaft gekleideten Mann und an seiner Seite, von ihm umarmt, eine große, blonde Frau in blauem Kostüm, das ihre kräftigen Hüften straff umspannt. Dabei bezweifelt er, daß der Anlaß seiner Vorstellung wirklich so junge Leute sein können, da Funkensteins »alter Freund«, wenn er zugleich sein Altersgenosse ist, sicherlich auf die siebzig zugeht. Aber er ist auch nicht sicher, daß es sich bloß um ein Hirngespinst handelt: Er sieht den Makler fragend an.

Dieser entfernt sich jetzt wortlos von ihm, geht auf kurzen, stämmigen Beinen um ihn herum – als wäre er wirklich ein Gegenstand – und nähert sich dem grünen Auto in der Mitte des Platzes. Blam dreht sich ebenfalls um und stellt fest, daß der Bus, sollte er auch eben noch dagewesen sein, nicht mehr an der Haltestelle hinter dem Denkmal steht.

»Und wo, sagten Sie, ist Ihr Haus?«

Funkenstein, der die Kontrolle des Autos beendet hat, ist wieder zu ihm zurückgekehrt.

»Ich sagte, daß es nicht mehr mir gehört«, erinnert ihn Blam vorwurfsvoll. »Es war das Haus meines verstorbenen Vaters. Vojvoda-Šupljikac-Platz sieben. Er hat es irgendwann zu Beginn des Krieges durch Ihre Vermittlung verkauft. Ich weiß nicht, ob Sie sich erinnern?«

»Vojvoda-Šupljikac-Plat... Vojvoda-Šupljikac-Platz«, murmelt Funkenstein abwesend, den Kopf gesenkt und den dikken, kurzen Zeigefinger an der Nasenwurzel. Dann kommt er zu sich. »Sie sind Blam?«

»Ja. Sie erinnern sich also?«

»Irgendwie«, sagt Funkenstein unbestimmt. »Und nun?«

»Ich möchte wissen, ob mein Vater damals das Geld für das Haus bekommen hat und ob er alles bekommen hat. Der Käufer war ein Schneider, ich glaube, er hieß Hajduković. Er hat es später weiterverkauft...«

Aber Funkenstein läßt ihn nicht ausreden.

»Wenn das Haus über mich verkauft wurde«, sagt er überzeugt, die gespreizten Hände auf dem weißen Hemd, das sich über der Brust spannt, »dann sollten Sie wissen, daß es restlos bezahlt wurde.« Er nickt kurz, reicht Blam die Hand. »Auf Wiedersehen.« Und er geht mit schnellen und leichten Schritten auf seinen kurzen Beinen und breiten Füßen in Richtung Denkmal fort.

※

Der Vojvoda-Šupljikac-Platz liegt nahe dem Zentrum im Gewirr alter, schmaler Straßen, die sich seit kurzem an den weiten Bogen des Neuen Boulevards anlehnen. Die Häuser um den Platz bilden ein Oval, in seiner Mitte erstreckt sich ein verwilderter Park mit einem Eisenzaun, dessen Stäbe von gewalttätigen Händen und Füßen verbogen wurden; die Erde im Park ist zertrampelt, fast kahl: ein paar Bänke stehen da ohne Lehnen, die Sitzflächen zerfurcht von Initialen der Liebe, die vom Regen zu unleserlichen Narben ausgewaschen worden sind. Der Zerstörung trotzen nur die Bäume am Zaun des Parks; sie sind hoch, alt, verästelt und überragen den Platz wie riesige grüne Regenschirme.

Auch Blam war beteiligt an der Vernichtung dieser Oase: wenn er als Junge aus dem Gymnasium zum Mittagessen nach Hause ging, kletterte er zusammen mit Čutura über den Zaun, stieg auf die Bäume und aß Mehlbeeren.

Vor seiner Freundschaft mit Čutura hatte er nicht gewußt, daß solche Unternehmungen möglich, und schon gar nicht, daß sie mit sinnlichem Genuß verbunden waren. Wenn er früher geklettert war, dann im heimischen, ziegelgepflasterten Hof auf den Brunnen mit der Handpumpe, wo ihm von der ganzen Natur nur das Blumenbeet blieb, das sich längs der hohen und kahlen Nachbarwand erstreckte und vor der Hofwohnung der Witwe Erzsébet Csokonay einen Knick machte. Hier war alle Wildheit seiner Kindertage eingeschlossen: Stürze von der glitschigen Pumpe auf die harten Ziegel, Streit mit der um ein Jahr jüngeren Schwester Esther, wofür er von der Mutter Schelte bezog, oder manchmal mit Bubi Schmuck, wenn dessen Mutter zu dem Blams zu Besuch kam und Bubi zum Spielen mitbrachte. Das Haus war eine Festung unter unsichtbarer Belagerung, eingelassen wurden nur Verwandte, Freunde der Familie oder Handwerker, von den Fremden lediglich Bettler; hier genoß man auch in Maßen und mit Vorbedacht, ausschließlich selbstgebackene Kuchen sowie gründlich gewaschenes Obst vom Markt. Wenn er das Haus verließ, mit Esther an der Hand, die wie er in Weiß und Blau gekleidet war, und mit den Eltern im Rücken, die sie ermahnten, auf dem Gehweg zu bleiben und nicht in den Matsch zu treten, sah Blam zwar bereits von der Torschwelle aus den ovalen Park, doch er fragte sich nie, was das für schlanke Bäume waren, die sich dort wiegten und seine Blicke anzogen. Bäume waren für ihn einfach Bäume, etwas Hohes und Festes, aber zugleich Biegsames, Lebendiges, das sich fröhlich vom grauen Putz der Straße abhob und mit nichts anderem zu tun hatte, nicht einmal mit den Fuhren voller roher, trockener Kloben, die gegen Ende jedes Sommers vor dem Haus eintrafen, wo die Holzschneider sie, begleitet vom Kreischen der Motorsäge und vom Geruch nach Spänen und Schweiß, zu handlichen Scheiten zerlegten – obwohl er unklar wußte, daß dieses »Buchen-« oder »Eichenholz« auch von Bäumen stammte, nur aus fernen, ihm unbekannten Wäldern, wo es von Holzfällern geschlagen und von wo es dann mit der Eisenbahn in hohen roten, offenen Waggons hergebracht wurde.

Čutura jedoch schlug vor: »Komm, wir gehen Mehlbeeren essen«, sprang über eine verbogene Stange zwischen zwei schiefen eisernen Zaunpfählen und stapfte ins Gebüsch. Es war gegen Mittag, die Sonne brannte und stach ihre gelben Lanzen ins Laub, deren Spitzen in Čuturas lange nicht geschnittenem Haar und seinem pickligen Gesicht verschwanden. Blam folgte ihm vorsichtig, blieb aber mit dem Hosenbein an einem Zaunpfahl hängen. Er mußte seine Tasche ablegen, um die Hände freizubekommen, und während er nach einem geeigneten Platz suchte, sah er Čuturas Bücher – er besaß keine Tasche – verstreut in der Sonne liegen. Unter dem Zwang der Gewohnheit deponierte er seine Tasche dennoch im Schatten an einem Baumstamm und sah sich dann erst nach seinem Kameraden um. Da hing Čutura bereits an einem niedrigen Ast, das aus dem Hosenbund gerutschte Hemd entblößte seinen muskulösen Bauch und die Vertiefung des Nabels; plötzlich schwang er sich hoch, setzte die Füße auf den Ast und richtete sich auf. »Fang!« Er warf Blam drei braune Beeren zu, deren starre Stiele miteinander verbunden waren, und dieser griff sie, ohne zu wissen, was er damit tun sollte. Er sah, wie Čutura im Laub nach neuen Beeren tastete, sie sich in den Mund stopfte, kaute, die kleinen Kerne zwischen den Zähnen ausspie. So beschloß er, auch selbst eine Beere zu probieren. Kaum hatte er zugebissen, spürte er an Gaumen und Zunge eine breiige und warme Süße. Das glich keinem früheren Essensgenuß: ihm war, als kaute er Sonnenpunkte oder ein staubiges Blatt vom Strauch oder den Rost von einem Zaunpfahl, als äße er von der frischen Erde, während er auf ihr lag, als wühle er sich in sie hinein, die spröde und trocken war. Er bekam noch mehr Früchte von Čutura und steckte sie in den Mund, zerteilte sie mit den Zähnen, spuckte die Kerne um sich – er stopfte sich voll, bis Čutura, müde geworden, geschmeidig wie eine Katze vom Baum sprang.

21

III Wenn Čutura noch lebte, wäre es gut möglich, daß die Frische des Sommernachmittags auch ihn auf den Hauptplatz gelockt und zum Zeugen von Blams Begegnung mit Funkenstein gemacht hätte. Zu einem wachsamen und aktiven Zeugen – was er immer gewesen war –, der es nicht versäumt hätte, sich den Gesprächspartnern bis auf Hörweite zu nähern und nach ihrem plötzlichen Auseinandergehen Blam etwa folgenden Dialog aufzunötigen:

. . . .

– Wer war dieser Mann?

– Der? Ach, laß. Ein gewisser Funkenstein, Immobilienmakler. Zumindest war es es früher.

– Mir schien, ihr habt über dein ehemaliges Haus gesprochen.

– Ja, ich habe es erwähnt, da wir uns nun mal getroffen haben.

– Und?

– Das hast du sicher auch gehört. Ich habe ihn gefragt, ob mein Vater den ganzen Kaufpreis für das Haus bekommen hat. Ganz bestimmt, meinte er.

– Woraus ich schließe, daß du von diesem Geld nichts gesehen hast?

– Stimmt.

– Und wenn es so ist? Ich meine: wer hat dann das Geld an sich genommen?

– Ich habe keine Ahnung.

– Du hast dich anscheinend auch nicht sehr bemüht, es herauszubekommen.

– Ich konnte nicht. Oder habe es nicht gewagt, wenn du so willst. Ich habe nicht einmal gewagt, nach den Leichen meiner Eltern zu suchen, geschweige denn nach ihrem Geld. Ich hatte Angst.

– Ja, damals, als sie umgebracht wurden, hattest du Angst.

Das ist verständlich. Aber später? Hast du je etwas unternommen, um zu erfahren, wer sie bestohlen hat?

– Wie sollte ich es denn erfahren?

– Wie! Ich meine, das wäre sogar sehr einfach gewesen. Ich meine, es mußte dir doch schon immer klar sein, so wie heute, daß nur Leute aus der näheren Umgebung in Frage kommen, vor allem Hausbewohner. Dieser Ungar, der in den letzten Monaten zu eurer Mieterin im Hof gezogen ist. Wie hieß er noch?

– Kocsis.

– Dieser Kocsis. Ich habe ihn mit dem Abzeichen der Pfeilkreuzler am Revers gesehen. Der hat sicher nicht gezögert, in die verlassene Wohnung einzudringen, nachdem er deine Alten ins Jenseits befördert hatte.

– Wie kannst du so etwas sagen?

– Ich sage nur, was völlig klar ist: er hat sie beseitigt. Während der Razzia war er im Haus, nicht wahr? Also haben ihn die Gendarmen sicher nach seiner Meinung über deine Angehörigen gefragt. Das haben sie überall gemacht, sie brauchten Zuträger, die Menschen und Verhältnisse kannten. Er war am Ort, stand ihnen zur Verfügung, sie haben ihn sicher nicht außer acht gelassen.

– Das ist doch nur eine Vermutung.

– Wenn es eine Vermutung ist, dann eine sehr logische, und man müßte ihr nachgehen. Aber nicht einmal das hast du getan.

– Nein.

– Das heißt doch de facto, du hast zugelassen, daß diese Verbrecher, diese kleinen Gauner deine Eltern ungestraft beseitigt und dann auch noch ausgeraubt haben. Weißt du wenigstens, wo sie jetzt sind?

– Wer?

– Na, sie. Dieser Kocsis und seine Geliebte.

– Ich habe keine Ahnung.

– Etwas seltsam, daß du nicht einmal das weißt. Haben sie weiter in eurem Haus gewohnt?

– Vielleicht eine Zeitlang. Später sollen sie nach Budapest gezogen sein.

– Also hast du dich doch nach ihnen erkundigt. Du hattest auch so deine Vermutungen.

– Ach, Unsinn. Ich mußte in das Haus meiner Eltern gehen, um ihre Sachen auszuräumen. Da habe ich neue Mieter getroffen, die mir sagten, daß Kocsis und diese Frau nach Budapest gezogen sind.

– Aber das Geld hast du nicht gefunden.

– Nein.

– Natürlich nicht. Erst mit diesem Geld war es ihnen ja möglich, wegzuziehen. Ohne dieses Geld hätten sie keinen Schritt tun können. Aber wenn sie dieses Geld nicht gehabt hätten und nicht schuld gewesen wären an der Ermordung deiner Eltern, hätte es für sie auch keinen Grund gegeben, zu gehen. Ist dir das nicht klar? Sie hatten Angst, daß man sie eines Tages zur Verantwortung ziehen könnte, und so beschlossen sie, aus der Stadt zu verschwinden. Sie ahnten nicht, daß ihr Gegner jemand war wie du, der keinen Finger rühren würde, um die Leiden und den Tod seiner Eltern zu rächen. Was dich betrifft, hätten sie ruhig dableiben können. Übrigens sind sie inzwischen vielleicht zurückgekommen. Nachdem sie sich überzeugt haben, daß niemand sie verfolgt, niemand sie anklagt, daß sich der Staub gelegt hat. Ich bin sogar überzeugt, daß sie hier sind. Wieviel können sie mitgenommen haben? Zehntausend Pengö? Fünfzehntausend? Das ist nicht sehr viel, denn Taugenichtse wie dieser Kocsis können ihr Geld nicht zusammenhalten. Sie können es nur verprassen. Und als das Geld alle und die Liebe vorbei war, sind unsere Helden hübsch an den heimischen Herd zurückgekehrt. Denn ich nehme an, sie haben hier jemanden zurückgelassen, als sie ihre Liebesreise antraten?

– Ich glaube, sie hatte niemanden außer ihrer Tochter, und die hat sie sicher mitgenommen. Aber Kocsis war tatsächlich verheiratet und hatte auch Kinder, soweit ich mich erinnere.

– Also, was ihn betrifft, ist die Sache sehr einfach. Man

muß nur seine Familie ausfindig machen und geschickt aus-
fragen, wo sich ihr Oberhaupt aufhält.

– Das ist nicht so einfach. Ich habe diese Leute nie kennen-
gelernt und weiß nicht einmal, wo sie gewohnt haben.

– Beim Sekretariat für Innere Angelegenheiten gibt es ein
Meldeverzeichnis. Ist der Vorname dieses elenden Kocsis bekannt?

– Lajos. Er hieß Lajos Kocsis.

– Aha. In Novi Sad kann es nicht so viele mit Namen Lajos
Kocsis gegen, daß man sie nicht alle aufsuchen könnte. Bist
du einverstanden?

– Womit?

– Daß ich die Sache in die Hand nehme. Ich habe keinen inneren Widerwillen gegen diesen Mann, wie du. Außerdem
fühle ich mich im Gegensatz zu dir verpflichtet, das Verbrechen zu sühnen. Die Mörder meiner Familie hatten ihre
Rächer in meinen Brüdern. Aber dieser Kocsis ist wahrscheinlich ungestraft davongekommen. Und ich fühle mich
verpflichtet, einzugreifen, schon wegen Esther, wegen der
Erinnerung an sie.

– Ich weiß nicht. Ich weiß nicht, ob das der richtige Weg ist.

– Das werden wir sehen, wenn wir ihn wirklich beschrei-
ten. Jedenfalls hast du nichts dagegen, daß ich Erkundigungen einziehe?

– Natürlich nicht.

– Ich nehme dich beim Wort. Und sei überzeugt, daß ich
dir bald etwas mitzuteilen habe.

⁎

Aber Čutura ist nicht mehr unter den Lebenden, und Blam
biegt allein vom Hauptplatz in die einstige Judengasse ab, mit
Gedanken, die frei von fremdem Einfluß der ihm eigenen
Richtung folgen. Während er zwischen den Geschäften vor-
wärtsdrängt, die beide Seiten der Straße mit den glänzenden
Flächen ihrer Schaufenster säumen, bedauert er noch mit

einem kleinen blasphemischen Schauder, daß Funkenstein ihn daran gehindert hat, sich nach dem belauerten ehebrecherischen Paar umzudrehen. Dabei hat er wieder das Bild vor Augen, wie sich der brünette, sorgfältig gekleidete Mann und die große blonde Frau mit den straffen Hüften umarmt hielten, nur ist ihm klar, daß dies eine Umarmung zum Abschied ist und daß sich in ihr eine andere wiederholt, die er vor langer Zeit gesehen und als persönlichen Abschied erlebt hat.

Auch jetzt noch berührt es ihn so. Es ist ein süß-schmerzliches Gefühl des Verlustes, des Weggehens, aber auch der Befreiung, es deckt sich mit den Erinnerungen angesichts der Läden, die sein Blick streift. Die Wirklichkeit sieht so aus: die früheren Geschäfte wurden umgebaut, ihre Auslagen verbreitert, ihre Rahmen aus rissigem Holz durch glänzendes Metall ersetzt, die Waren darin sind im Gegensatz zur einstigen aufdringlichen Überladenheit fachgerecht und übersichtlich dekoriert, die Firmenschilder tragen statt der exotischen Namen ihrer Besitzer nüchterne Bezeichnungen, das Personal kommt aus der breiten Schicht gleichgültiger junger Angestellter. Und das beruhigt. Es bedeutet einen Schritt in Richtung Unpersönlichkeit. Es enthebt des inneren Widerstreits mit den dunklen, angespannten Gesichtern von damals, den rollenden Augen, den kehligen Stimmen, die, wenn sie auf der Schwelle schmeichelnd ihre Ware anpriesen, Gefühle einer demütigenden Verwandtschaft auslösten. Jetzt, von der Vergangenheit gereinigt, sind die Geschäfte auch für ihn ein Ort kalten Handels. Ich hätte gern das und das. Was kostet es? Ich nehme es oder nicht. Aber zugleich kann er nicht umhin, dieser regsamen Gemeinschaft nachzutrauern, der er, wenn auch ungewollt und widerstrebend, angehört hat.

Ähnlich verhält es sich – obwohl es in gewissem Sinne das Gegenteil ist – auch mit der Szene der Abschiedsumarmung, die er vor vielen Jahren zufällig aus der Straßenbahn beobachtet hat. Zufällig deshalb, weil Ferenci, der Chef der Reiseagentur »Uti«, wo er gerade zu arbeiten begonnen hatte, ihn an diesem Tag zum ersten- und letztenmal aufgefordert hatte, seinen Schreibtisch zu verlassen und einen Stapel Dokumente zum Zoll zu bringen. Es war ein kalter Novembervormittag im ersten Kriegsjahr, Blam stieg in die Straßenbahn, setzte sich in eine Ecke ans Fenster und duckte sich auf seinem Platz, den Rücken an die Lehne geschmiegt. Die Straßenbahn setzte sich schaukelnd zum Zollamt in Bewegung, und er sah aus dem Fenster. Die Straßen waren fast menschenleer, die morgendlichen Gänge zur Arbeit und zum Einkauf beendet, und so begegnete sein zerstreuter Blick nur hin und wieder einem müßigen Alten, einer mit ihrem Netz verspätet vom Markt heimkehrenden Hausfrau, einem Briefträger, einem Lehrling mit Korb auf dem Rücken. Da, schon kurz vor dem Zollamt, wo sich dicht an dicht die kleinen Einfamilienhäuser reihten, kam die Straßenbahn an den beiden eng Umschlungenen vorüber: dem brünetten Mann im grauen Mantel und der blonden Frau im blauen Tuchkostüm. Sie standen nahe am Bordstein, genau in der Mitte zwischen der Straßenbahnlinie und den Häuserwänden, ganz allein, völlig frei, von niemandem gesehen, leicht aneinandergelehnt, seine dunkle Hand auf ihrer straffen Hüfte, ihr Arm um seine Schultern, und da sie groß war, verdeckten ihr Kopf und ihr üppiges blondes Haar sein Gesicht. Dennoch erkannte Blam in ihnen sofort seine Frau Janja und Predrag Popadić. Die Erkenntnis, daß sie ihn mit diesem Mann betrog, bohrte sich in seinen Leib wie ein Messer, nahm ihm den Atem, ließ ihn fast ohnmächtig werden, aber er schrie nicht, sprang nicht auf, um aus der Straßenbahn zu stürzen, sondern blieb auf seinem Platz sitzen und wandte den Kopf nach ihnen um, bis die Straßenbahn vorbeigeschaukelt war. Der Anblick ihrer Umarmung dort auf der menschenleeren Straße erfüllte ihn bei aller Bestürzung mit ungewollter Bewunderung, die beinahe in Rührung überging. Es war eine Umarmung zum Abschied, er sah es deutlich – an ihrer Haltung, an der Leidenschaftslosigkeit, ja seligen Gelöstheit ihrer Körper –, in dieser Umarmung spiegelte sich Sättigung, eine Verbundenheit, die aus der Erinnerung an eine vergangene, glückliche Nähe entstand. Glück strahlte aus ihrer ganzen Erscheinung, ein Glück des Vergessens, der Befriedigung eines gesunden Triebs, der sich ausgelebt hatte und ihnen noch die Körper wärmte, ein Glück, das blind war für die Umgebung, für das Grau des kalten Morgens, für den Alltag der Stadt, durch die die Straßenbahn mit einem frierenden, sorgenvollen Fahrgast rollte. Dieses Glück unterschied sich so bildhaft, fast greifbar von seinem eigenen Unglück, daß Blam es bei allem Schmerz, den er empfand, herausheben und in sich ausstellen konnte wie einen schönen, in seiner Harmonie unergründlichen Gegenstand, den er bewundern konnte, obwohl er wußte, daß er ihn nie besitzen würde. Er begriff in diesem Augenblick, daß er eine solche Janja niemals haben würde, daß eine solche Janja ebendie war, die er ersehnt hatte, als er um sie warb; aber in dieser Einsicht war außer Wehmut auch Erleichterung. Denn mit dieser Umarmung auf der offenen Straße schien sie sich auch von ihm zu verabschieden, indem sie dennoch, wenn auch jetzt erst, wenn auch mit einem anderen, jenes Ideal erfüllte, nachdem er bisher verlangt hatte, ohne recht zu wissen, was es war, und das sich nun als sanfte, schwesterliche Trennung offenbarte, als Abschied von ihm, der so anders als sie und ihr fremd war, ein endgültiger Abschied, der jenen Krampf und jene Spannung löste, die ihre Beziehung von Anfang an belastet hatten, so wie für ihn auch die Geschäfte in der einstigen Judengasse durch die Schmach der Vertrautheit und die Gefahr der Verschmelzung belastet waren, bis ihre Besitzer für immer verschwanden.

✻

In der Nr. 1 der ehemaligen Judengasse hatte sich bis zum Krieg die Lederwarenhandlung von Levi & Sohn befunden. Das Geschäft führte Levi junior, während der Gründer, Levi senior, krank und abgemagert, mit schwarzem Seidenkäppchen auf dem Kopf und Plaid auf den Knien in der Wohnung über dem Laden saß. (Der Enkel Levi studierte in Belgrad Pharmazie.) Nach dem Einmarsch der Ungarn in die Stadt wurde die Firma von den Behörden konfisziert, die Ware darin zum kriegswichtigen Material erklärt und mit Militärlastwagen abtransportiert; die leeren Räume übernahm der langjährige Geselle der Levis, Julius Mehlbach, und eröffnete ein Taschen- und Ledergalanteriegeschäft. Levi junior, dem es trotz allem gelungen war, einen größeren Posten Leder in der Wohnung zu verstecken, bot es Mehlbach unter der Bedingung an, daß sie den Erlös aus dem Verkauf der Taschen teilten. Mehlbach stimmte zu, übernahm das Leder und zeigte Levi junior wegen Unterschlagung kriegswichtigen Materials an. Levi junior wurde verhaftet und im Gefängnis so geschlagen, daß er Nierenblutungen bekam. Man ließ ihn frei, aber er lebte nur noch acht Tage. Auf dem Sterbebett rief er Mehlbach zu sich und nahm ihm das Versprechen ab, für den gelähmten Levi senior zu sorgen, der ihm die Unterhaltskosten mit wöchentlich einem Dukaten erstatten werde. An diese Vereinbarung hielten sich Mehlbach und Levi senior bis zum Frühjahr 1944, als der alte Mann zusammen mit den in Novi Sad verbliebenen Juden nach Deutschland deportiert wurde. Er kehrte nie zurück (ebensowenig wie der Enkel Levi und seine Mutter, die sich in den Tagen des Kriegsausbruchs bei ihm in Belgrad aufgehalten hatte). Mehlbach suchte in der verlassenen Wohnung nach den restlichen Dukaten, fand jedoch ihr Versteck nicht, obwohl er alle Fußböden und Wände aufstemmte, und im Herbst desselben Jahres mußte er selbst Haus und Geschäft aufgeben und vor den Partisanen und der sowjetischen Armee fliehen.

In Nr. 4 unterhielt Elias Elzmann, der aus Galizien nach Deutschland, aus Deutschland nach Österreich und schließlich aus Österreich nach Jugoslawien geflüchtet war, eine Schneiderei. Da er polnisch sprach, konnte er sich mit den Kunden verständigen, während seine Frau und seine erwachsenen Kinder – allesamt seine Ebenbilder, kräftig, mit großen Nasen und Stierköpfen – nur des Deutschen mächtig waren.

Darum beschäftigte er die Familie – seine Frau, zwei Söhne und zwei Töchter – in der Werkstatt, während er selbst ewig schwitzend von einem Klienten zum anderen eilte, Maß nahm oder zugeschnittene Anzüge anprobierte, wobei er unter täppischen Verbeugungen ein slawisches Sprachgemisch radebrechte. Die Gestapo hatte die Elzmanns als deutsche Staatsbürger auf ihrer Liste; sie verlangte gleich nach der Okkupation von den ungarischen Behörden ihre Auslieferung und überführte sie nach Serbien, wo sie im Gas umkamen. Als ungarische Soldaten die Familie aufgrund des Gestapo-Befehls aus der Wohnung holten, vergnügten sie sich mit den vollbusigen Elzmanntöchtern und zwangen sie, nackt vor den Eltern und Brüdern zu tanzen, die Foxtrotts und Walzer singen und im Rhythmus in die Hände klatschen mußten.

In Nr. 3 arbeitete der kleine, bucklige Uhrmacher Aron Grün. Zur Zwangsarbeit beim Enttrümmern des Novi Sader Flughafens abkommandiert, bekam er einen Herzanfall und starb bereits im Juni 1941. Sein älterer Sohn, ebenfalls Uhrmacher, wurde im selben Jahr zur regulären Zwangsarbeit einberufen und in die Ukraine verbracht, wo er im Verlauf der Winterkämpfe bei Woronesh erfror, während der Jüngere, noch Schüler, der zu Hause geblieben war, zusammen mit seiner Mutter bei der Razzia im Januar 1942 erschossen wurde.

Im ersten Stock der Nr. 6 befand sich die Anwaltskanzlei von Dr. Sándor Vértes. Vértes war Morphinist, seine Frau lungenkrank, Kinder hatten sie nicht. Anstelle eines Namensvetters als Kommunist verdächtigt, wurde Vértes zwei Tage lang von der Polizei gefoltert und verhört, bis sich der Irrtum aufklärte. Kaum nach Hause entlassen, tötete er sich und seine Frau in der Küche mit Gas.

Wohlhabende Buchhändler aus Zagreb hatten in der Nr. 5 der ehemaligen Judengasse ein Antiquariat für ihren mittellosen Bruder, den gelernten Mützenmacher Leon Mordechai, eröffnet. Nach der Okkupation wurde Mordechai mit seiner Familie nach Kroatien abgeschoben, und hier gerieten sie in ein Lager der Ustaschen. Mordechais Frau und Tochter starben im Lager an der Ruhr, er hingegen, dank seinem einstigen Handwerk in der Schneiderei beschäftigt, überlebte den Krieg und ließ sich nach der Befreiung, da er keinen Grund sah, heimzukehren, in Zagreb nieder. Dort wartete er ein Jahr lang darauf, daß irgendeiner aus seiner zahlreichen Verwandtschaft auftauchte oder sich meldete, und da dies nicht geschah, zog er doch wieder nach Novi Sad und nahm seine Arbeit in einer Mützenmachergenossenschaft auf. Ohne wieder eine Familie gegründet zu haben, wurde er später pensioniert.

In Nr. 8 lebte Elsa Baumann, die schielende Witwe eines Geometers, der jung an einer aus dem Ersten Weltkrieg stammenden Nervenentzündung gestorben war, und nähte Mieder und Badeanzüge. Sie hatte einen einzigen Sohn, der die technische Mittelschule besuchte, mager, bebrillt, mit ständig rissigen dicken Lippen. Beide wurden bei der Razzia 1942 umgebracht.

In Nr. 9 befand sich die Reinigung und Bügelstube von Ernst Mahrer. Mahrer, der sein Handwerk in Wien erlernt hatte, führte als Neuheit in Novi Sad die Trockenreinigung und die Frei-Haus-Zustellung per Lieferwagen ein, auf dem ein Sonnengesicht mit Augen und lächelndem Mund prangte. Aufgefordert, sein Auto als kriegswichtig beim ungarischen Heer abzugeben, fuhr Mahrer damit auf den Hof der Artilleriekaserne und stieg aus, um auf den Revers zu warten. Der für die Übernahme zuständige Offizier ging um das Fahrzeug herum und beanstandete, daß Mahrer die Firmenaufschrift und die lachende Sonne nicht übermalt hatte. Mahrer entgegnete, das sollten diejenigen tun, die kostenlos zu dem Auto gekommen waren. Der Offizier brüllte, riß einem Posten das Gewehr von der Schulter, schlug Mahrer mit Kolbenhieben zu Boden, sprang in den Wagen, dessen Motor noch lief, und überfuhr den Bewußtlosen. Als sich der Vorfall herumsprach, wurde der Offizier versetzt und Mahrers Witwe angewiesen, Novi Sad unverzüglich zu verlassen, wofür sie eine Sondergenehmigung der Polizei erhielt. Sie zog mit Sohn und Tochter nach Budapest. Der Sohn wurde 1943 zur Zwangsarbeit im Bergwerk Bor verpflichtet, von wo er zu den Partisanen floh; nach dem Krieg verblieb er als Offizier in der Jugoslawischen Armee. Mutter und Tochter wurden im Budapester Getto bei Ausschreitungen der Pfeilkreuzler getötet.

Das Schuhgeschäft in Nr. 10 unterhielt Armin Weiß, ein pedantischer und gründlicher Mann, mehr Ästhet als Kaufmann, Liebhaber schöner und teurer Waren. Da er auch in Budapest als Fachmann bekannt war, nahm er gleich nach der Okkupation das Angebot einer dortigen Firma an, ihr seine Geschäftsräume zur Einrichtung einer Filiale zu überlassen und darin als deren Angestellter zu arbeiten. Ausgestattet mit einer Bescheinigung über diesen beinahe staatlichen Auftrag, entging er der Zwangsarbeit, die die Militärverwaltung der Stadt für alle Juden vorgeschrieben hatte, und überlebte wenige Monate später auch die Razzia. Aber als 1944 die Pfeilkreuzler an die Macht kamen, wurde er mit Frau, zwei Töchtern und Schwiegermutter nach Deutschland deportiert, woher keiner von ihnen zurückkehrte.

In Nr. 11 teilten sich der Lampenhändler Eduard Fiker und der Ofensetzer Jakob Mentele einen Laden. Fiker wurde zusammen mit seiner Familie während der Razzia ermordet, und der Junggeselle Mentele, der das Gemetzel durch glücklichen Zufall überlebte, gab sein Geschäft auf und zog nach Budapest, wo er sich falsche Papiere besorgte und das Ende des Krieges erlebte. Er starb dort wenige Jahre später an Krebs.

In Nr. 13 befand sich das Kolonialwaren- und Delikatessengeschäft von Arthur Spitzer. Spitzer war Amateurfußballer, verkehrte mit Nichtjuden, heiratete eine Ungarin und ließ sich noch vor dem Krieg taufen, so daß er der Verfolgung entging. Selbst hatte er keine Kinder, aber seine Schwester schickte ihm aus dem Unabhängigen Staat Kroatien, wo die Juden noch schlimmer bedroht waren, ihre sechsjährige

Tochter in Obhut. Spitzer führte sein Geschäft bis zum Machtantritt der Pfeilkreuzler: der Taufschein, die christliche Ehefrau und die Sportfreundschaften bewahrten ihn vor Ungelegenheiten. Als die kleine jüdische Nichte abgeholt wurde, um deportiert zu werden, begleiteten Spitzer und seine Frau das Kind zum Bahnhof in der Hoffnung, es mit Hilfe ihrer Bescheinigungen und Beziehungen retten zu können. Man pferchte sie zusammen mit der Kleinen in einen Waggon nach Auschwitz; dort wurde Spitzer von Frau und Nichte getrennt, und sie kamen alle um.

Bei Nr. 12 auf der geraden und Nr. 13 auf der ungeraden Seite endet die einstige Judengasse; ihre Fortsetzung wurde nach dem Krieg abgerissen, um Platz für den Neuen Boulevard zu schaffen, der den Straßenstummel mit seinem zweispurigen, dem Verkehr weit geöffneten und von Ampeln gesäumten Verlauf schneidet. Nur in der Ferne, jenseits der Verkehrszäsur, sieht man den Rest, das abgetrennte Ende, wie den Punkt unter einem Ausrufungszeichen: die hohe, einsame, von maurischen Kuppeln gekrönte Synagoge, in der wegen ihrer berühmten Akustik und aus Mangel an Gläubigen hin und wieder Konzerte des Novi Sader Kammerorchesters und gastierender Ensembles stattfinden.

IV Als die Häuser abgerissen wurden, um Platz für den Neuen Boulevard zu schaffen, bot jener Teil der ehemaligen Judengasse, der den Schlägen der Spitzhacken zum Opfer fiel, überraschende Gelegenheiten zum Betrachten und Weiterdenken. Im Laufe der Arbeiten verloren die Häuser zunächst ihre Dächer und wirkten mit den abgehauenen, zum Himmel ragenden Mauerrändern ruppig wie Vogelscheuchen; dann wurden sie von oben nach unten immer kürzer, schmolzen, verloren ihre menschliche, ihre Hausform; Türen und Fenster verschwanden und öffneten dem Blick den Weg in ungeahnte Geflechte von Windungen und Durchgängen, gleich Labyrinthen auf Rätselzeichnungen; schließlich blieben nur noch die Grundmauern, ohne Fußböden kahl, ebenerdig, mit Abgründen nach dem Herausreißen der Kellertreppen, mit den zuletzt übriggebliebenen Rückwänden wie Bühnenkulissen in einem Schauspiel des Untergangs. Diese letzten aufrechten, parallel stehenden Mauern ohne Querträger zeigten am eindrucksvollsten das Endliche menschlichen Wohnens. Aneinandergereiht, himmelblau bis rosa und rosa bis resedagrün, mit helleren Flächen unterschiedlicher Form und Größe, die von den Schränken, Kommoden, Betten, Bildern herrührten, welche jahrelang Ruß und Sonnenlicht von ihnen abgehalten hatten, mit hier und da einem nicht entfernten Haken, Nagel, Griff in ihrem glatten Körper, zeugten sie hartnäckig und nutzlos vom Geschmack, der Einrichtung und den Gewohnheiten derjenigen, die nicht mehr hier weilten. Sie veranschaulichten, daß jedes Heim und jedes Zimmer darin etwas Persönliches, Besonderes und Ganzes waren, in dem jeder für sich auf seine Weise aß, schlief, las, liebte, schwor, sich ärgerte, wobei sich alle diese Besonderheiten in erschreckender Nähe des anderen und andersgearteten verwirklichten und in absoluter Nähe dessen, was die Konstruktion des Gebäudes ausgeschlossen hatte, nämlich Welt, Himmel, Regen, mit denen sie sich jetzt freigebig vereinigten, im Untergang verschmolzen.

*

34

Blam gelangt zum Neuen Boulevard, in die sich kreuzenden
Lichter der Ampeln und Blinker, in die Schwaden der Aus-
puffgase. Seinen Weg versperrt ein hellbraunes Auto mit
nach unten verbreiterter, einem Schildkrötenpanzer ähnlicher Karosserie, das schwankend gemächlich über die
Bordsteinkante fährt und seitlich direkt am Ende der ehemaligen Judengasse anhält. Blam bleibt unwillkürlich stehen.
Die hintere Tür des Fahrzeugs geht klappernd auf, und in der
Öffnung erscheinen lange, sonnengebräunte Frauenbeine,
angewinkelt in den knochigen Knien, von denen der Rock-
saum nach oben gerutscht ist. Ein paar Augenblicke baumeln
sie mit den langen, schmalen Füßen in weißen Sandalen, be-
strahlt von den bunten Reflexen der Ampel, bei der gerade
die Phasen wechseln, dann senken sie sich auf das gelbe
Straßenpflaster, mit geschlossenen Knien und nach außen
gestellten Füßen, die sich am Boden unter dem Gewicht des
Körpers schwammartig verbreitern. Dieser Körper, der mit
dem Kopf voran aus der nun schon weitoffenen Tür schlüpft,
ist mager, der Kopf länglich mit flachen, durch die vortretenden, starren blauen Augen und das lässig zum Dutt ge-
schlungene, gebleichte Haar stumpf wirkenden Gesichtszü-
gen; aber die Bewegungen sind geschmeidig, gelöst in ihrer
heiteren Sicherheit. Die Frau richtet sich auf, reckt sich,
macht eine halbe Drehung, die ihr das etwas zerknitterte, in
der Taille gegürtete grünliche Kleid um die knochigen Knie
wehen läßt. Sie winkt mit einer Hand, die ebenso braun ist
wie die Beine, worauf aus dem Auto kurze Kinderbeinchen
in weißen Söckchen zum Vorschein kommen; das sommer-
sprossige Gesicht eines Jungen mit leicht wäßrigen Augen
taucht ins Licht, und die ganze kleine Gestalt taumelt wie
betäubt und mit ungläubiger Miene auf den Gehweg. Die
Frau nimmt den Jungen bei der Hand – die dieser automatisch hochgereckt hat – und schaut sich um. Ihr blasser Blick
streift Blam, wandert an seiner Gestalt hinab und irrt die
Bordsteinkante entlang in die Tiefe der Straße, wo sich die
Tische der Los-, Schallplatten- und Buchverkäufer sowie

Kühlschränke mit Limonade und Eis reihen. Jetzt winkt sie in Richtung des Autos, dreht sich vollends um und geht an Blam vorbei mit dem Jungen an der Hand die Straße hinunter. Auf der anderen Seite des Autos öffnet sich die Tür, und heraus steigt gebückt ein breitschultriger, stiernackiger Mann in gelb-braunem Trikothemd, das sich um seinen Bauch spannt. Er schlägt die Tür zu, schiebt die Hände in die Taschen der weiten grauen Hose und geht um das Auto herum, das er gesenkten Kopfes aufmerksam und sorgenvoll betrachtet. Er beugt sich vor, zieht eine Hand aus der Tasche und betastet den für Blam unsichtbaren Hinterreifen, schlägt mit der Handfläche gegen das vernickelte Schloß der Kofferraumklappe, schlägt die hintere Tür zu. Da tauchen aus der Tiefe der Straße die Frau und der Junge auf, nicht mehr Hand in Hand, sondern sie ein paar Schritte vor dem Kleinen, beide lecken an einem Eis, das ihnen aus der Tüte über die Finger zu laufen droht. Sie bleiben beim Auto stehen, dicht neben dem Mann, aber dabei sehen ihn beide nicht an, ihre Aufmerksamkeit gleitet mit der Zunge über die glatte, rosafarbene Eiskugel. Mal lecken sie an ihrer abgeflachten Kuppe, mal knabbern sie am aufgeweichten Rand der Waffeltüte. Die Frau murmelt etwas und weist mit geschürzten Lippen auf den Jungen, der der Spur ihres Blicks folgt und mit den leicht vorstehenden Augen an sich herabsieht bis zu dem flachen Bauch, wo das weiße Hemd aus der kurzen, zu engen Hose gerutscht ist, und dann, da er nichts Ungewöhnliches entdeckt, weiter leckt, knabbert und schluckt. Schließlich sind ihre Hände leer, die Finger naß, unbeschäftigt, auf die sie nun beide starren. Die Frau ruft dem Mann etwas zu, und er zieht mit der Hand ein zerknülltes Schnupftuch aus der Tasche, das er der Frau reicht. Sie faltet es auseinander, wischt erst sich und dann, gebückt, auch dem Jungen die Finger ab, dem sie nebenbei noch das Hemd in den Hosenbund stopft. Sie gibt dem Mann das Taschentuch zurück, er betrachtet es, faltet es zusammen und steckt es ein. Alle heben blinzelnd das Gesicht zur Sonne, die zwar unsichtbar ist, aber ihre

Strahlen zwischen die Hausgiebel schiebt und das graue
Band des Trottoirs mit einem goldenen, staubigen Dreieck
überzieht. Der Mann geht zur Fahrertür, öffnet sie und steigt
in das Auto, das sich unter seinem Gewicht neigt, worauf die
Frau die hintere Tür aufmacht, dem Jungen mit beiden Händen unter die Achseln greift und ihn auf die Rückbank setzt.
Sie sieht zu, wie sich der Kleine in die Ecke schmiegt, dreht
sich zu Blam um, den sie nicht ansieht, aber als Zuschauer
wahrnimmt, was sie durch bewußte Harmonie der Bewegungen zum Ausdruck bringt, als sie Rumpf und Kopf ins Auto
schiebt und die Beine mit geschlossenen Knien nachzieht.
Die vordere, dann die hintere Tür schlagen klappend zu. Der
Motor springt an, brummt, das Auto rollt langsam vom
Bordstein herab und fädelt sich in die Fahrzeugkolonne auf
dem Neuen Boulevard ein.

Blam setzt seinen Weg in ebendiese Richtung fort. Auf
dem Trottoir, das hier fast eine Ebene mit dem Asphalt des
Boulevards bildet, geht er an den nach dem Teilabriß der ehemaligen Judengasse stehengebliebenen Häusermauern entlang. Auf der einen Seite peitscht ihn der Fahrtwind der
vorübereilenden Autos, auf der anderen Seite stehen ruhig
die Mauern mit ihrem bröckelnden Putz, ihren angeschla-
genen Gipskonsolen und ihren kahlen rosa oder gelben Ziegeln. Noch immer hat er das heitere Bild der kleinen Familie
vor Augen, die ihr Auto verlassen hatte, um einen Ausschnitt
ihres Lebens vorzuführen; er wiederholt bei sich die Bewegungen, Gesten wie den Nachhall einer Theateraufführung.
Aber die Häuser, an denen er vorüberkommt, ziehen seinen
Blick an, er erkennt an ihnen längst beobachtete Proportionen von Flächen wieder, Material, Flecken, Schrammen.
Hier wird die Vergangenheit, dort die Gegenwart gegen-
ständlich. Die Gegenwart kann er nicht erfassen, er spürt
es, spürt es körperlich durch die Poren seiner Haut, am kalten Wind, der von der Fahrbahn stoßweise herüberweht, ihn
aber ebenso schnell wieder verläßt und Grüppchen für
Grüppchen Menschen mit sich nimmt, wie jene, die er eben

gesehen hat. Er weiß, daß er niemals am Lenkrad eines Autos sitzen, sich dem Wind, der Bewegung überlassen wird, daß er niemals kraft der Maschine, die ihm gehört und die er beherrscht, Janja und die Kleine entführen wird, die sicher in der Lage wären, jene Bewegungen der leichten Anpassung und des Verschmelzens mit der ungewohnten Umgebung in einer fremden Stadt, einer fremden Landschaft unfehlbar zu wiederholen. Ihm fehlt dafür die nötige Sicherheit oder Begeisterung, ihm fehlt im Grunde das Bedürfnis dazu. Er ist durch den Willen, den er sich selbst aufgezwungen hat, dazu verurteilt, immer die bekannten Wege und Straßen zu durchwandern, ihr aufmerksamer, müßiger, melancholischer Betrachter zu bleiben.

Der Neue Boulevard beschreibt einen sanften Bogen und schneidet wie eine lässig ausgestreckte Hand die Straßenstümpfe der einst belebten Siedlung. Das Trottoir verengt sich vor der Ecke einer beim Abriß vergessenen Gartenmauer, weicht dann vor den Häusern zurück und mündet in die Querstraße. Blam geht an der Mauerecke vorüber, biegt in eine schmale Gasse ein und erreicht an ihrem Ende den Vojvoda-Šupljikac-Platz.

Der Platz sieht nicht anders aus als früher, die Häuser schließen sich schweigend wie gebogene Hände um den kleinen Park. Hier bewegt sich nichts, nur in der Höhe wiegen sich leicht die verästelten Kronen der Weißdornbäume. Man sieht auch keine Fußgänger. Vor einem Tor – zwei Häuser vor dem ehemaligen Haus der Blams – sitzt eine alte Frau auf einem niedrigen dreibeinigen Schemel, die knotigen Hände im Schoß, mit mahlenden Kiefern, als kaute sie etwas. Doch das ist eine Täuschung, stellt Blam im Näherkommen fest, ihre Lippen und Kiefer mahlen ins Leere, sie kauen die Langeweile oder eine Krankheit, denn das Eßbare steht unberührt vor ihr: eine Schüssel voller rötlicher Pfirsiche weit ab von ihren ruhenden Händen. Die Alte bietet das Obst zum Verkauf, hier, auf dem menschenleeren Platz! Sie hat die Pfirsiche in ihrem Garten gepflückt, im Hof hinter ihrem unansehnlichen Haus oder im Hof ihrer Tochter oder einer Nachbarin, die sich den Blicken der Straße nicht aussetzen möchte, und nun präsentiert sie sie der Aufmerksamkeit eventueller Passanten, sicher billiger als auf dem Markt und in der Hoffnung auf einen kleinen Nebenverdienst.

Blam muß stehenbleiben, die Füße bremsen ihn von selbst, als wäre auch er alt, krank, erschöpft durch langes Warten und Hoffen. Die Schwerkraft zieht ihn herab, er ist nahe daran, auf die Knie zu fallen, mit der Stirn die Erde zu berühren und zu schluchzen, nicht wegen des schlimmen Geschicks der Alten, ihres verkannten, unbemerkten Tuns, ihres Opfers, sondern im Gegenteil wegen ihres Glaubens, der, so scheint es Blam, der Glaube einer ganzen untergegangenen Welt ist, sein eigener Glaube, weil er das Überbleibsel dieser Welt ist. Dieser Glaube hat sich als ärmlich und erfolglos erwiesen, denn die Menschen, die mit ihm lebten, sind ermordet und vergessen, die Zeit und die neuen Asphaltstraßen sind über sie hinweggegangen, er ist nun sein letzter Zeuge, Kenner und Erklärer, aber nur für sich selbst. Die alte Frau ist das nicht, sie hat überlebt und den Glauben bewahrt. Vielleicht gehört sie sogar zu denen, die getötet oder dem Töten ruhig zugesehen, es möglicherweise gutgeheißen haben. Aber in diesem Augenblick verkörpert sie für Blam jene versunkene Welt inbrünstigen Glaubens, und durch die Alte kehrt er zu ihr zurück, zu den Gestalten der verschwundenen Kaufleute und Makler aus der einstigen Judengasse, den Gestalten seiner Eltern, seiner Schwester, seiner Verwandten, den Gestalten schuldig gewordener Freunde und solcher Freunde, an denen er selbst schuldig geworden ist.

*

»Komm mit«, sagte Lili in ihrem gutturalen Deutsch, denn sie hatte nicht Serbisch gelernt, sich nicht einmal darum bemüht, und das regte Blam auf. Ihn irritierte fast alles an ihr: das auffällige Aussehen und Benehmen, der spöttische Blick ihrer bunten Augen, die Dreistigkeit, mit der sie sich in dem kleinen und patriarchalischen Novi Sad bewegte, ihre weiten, luftigen Kleider wehen ließ, jeden laut und hemmungslos deutsch anredete, als wäre es natürlich und selbstverständlich, daß alle ihre Sprache beherrschten und nicht sie die Sprache aller. Er hielt das für »überspannt«, ohne sich bewußt zu machen, daß er damit nur wiederholte, wie seine Mutter über Lili urteilte und redete, und später sagte er es Lili selbst, als er bereits ihren Körper, also auch ihre Empfindungen und Gedanken beherrschte und die Gewohnheit und das Bedürfnis hatte, sie zu korrigieren und zu quälen. »Du bist überspannt. Man kann nicht so leben, wie du dir das vorstellst.« Sie aber hörte ihn an, riß staunend ihre grünlichbraunen Augen auf, schürzte die schmalen, in den Winkeln gebogenen Lippen zu einem weinerlichen oder vielmehr spöttischen Lächeln, das auch um ihre Wangengrübchen und die hohe, glatte Stirn spielte, denn obwohl sie ihm nicht widersprach, erfaßte sie nichts vom Sinn seiner Vorwürfe und wartete nur, bis er sich ausgetobt hatte, um ihn wieder mit einer ihrer »überspannten« Forderungen zu bedrängen. »Küß mich schnell!«, »Ich möchte Schokolade essen!«, »Gehn wir in ein Lokal, wo Musik spielt!«, »Gehn wir ins Kino!« und: »Komm mit.« Er schlug alles aus, eher aus Trotz als aus Überzeugung, war nur bereit zum Zusammensein mit ihr in ihrem geheimen Versteck, einem möblierten Zimmer, das er auf ihr Verlangen in der abgelegenen Dositej-Straße gemietet hatte, obwohl das, was Lili ihm dort bot, absolut kein ungetrübtes Vergnügen war, sondern eher Unbehagen und Reue verursachte. Unbehaglich fühlte er sich schon vor der Wirtin in der Dositej-Straße, einer erloschenen, müden Witwe, die, als sie ihm das Hofzimmer mit dem separaten Eingang gab, vielleicht sogar geglaubt hatte, daß er ein Schüler vom Land war, wie er behauptete, und dann sicherlich schockiert gewesen war, daß sie das Zimmer Tag und Nacht verschlossen fand und den jungen Untermieter nur an hellen Nachmittagen in Begleitung eines dünnen, mit Armen und Beinen und Röcken flatternden Mädchens traf, das, selbst wenn es in die Wohnung des grünschnäbligen Liebhabers stürmte, unaufhörlich in einer fremden und unverständlichen Sprache plapperte. Er ahnte, daß sie sie vor die Tür gesetzt hätte, wäre sie nur weniger mutlos gewesen, weniger ängstlich angesichts neuer Aufwendungen, um das Zimmer zu annoncieren und vorzuführen, und weil er das ahnte, empfand er ein Gefühl der Reue, als läge alle Schuld bei ihnen beiden, bei ihrer Lüge, dieser ungestraften Lüge, so daß er, um sich zu retten, das Gift seiner Schuldgefühle Lili injizierte, ihr die Offenheit vorwarf, mit der sie die gemeinsame Lüge trug wie ihre bunten Kleider, ihr herausforderndes Lachen, ihre fremde Sprache, ihre Herkunft, die noch fremder war als ihre Sprache. Aus Scham und Reue weigerte er sich auch, sie auf der Fortsetzung ihrer Auswandererreise durch Europa zu begleiten, diesmal nach Italien, wo ihr Vater eine technische Erfindung zu Geld machen sollte oder sich nur rühmte, dies tun zu können, was bei ihm, Ephraim Ehrlich, meist auf dasselbe hinauslief, denn auch in Novi Sad finanzierte er sein Leben, die Nahrung und Kleidung für sich und die Tochter und die teure möblierte Wohnung teils durch wirkliches technisches Können, teils durch Prahlerei damit in dauernden geheimen Verhandlungen mit gierigen und leichtgläubigen reichen Juden, um sich Kredite zu verschaffen, die er für angeblich millionenträchtige Forschungen und Verbesserungen benötigte. »Ephi versteht seine Sache«, pflegte Vilim Blam zufrieden zu sagen, wenn er im Sessel lehnte, die Zigarre zwischen den kräftigen, weißen, stets vorzeigbaren Zähnen, denn er war von der mütterlichen Linie her selbst ein Ehrlich, von demselben schlauen, wendigen Schlag, und er hielt sich ebenfalls – prinzipiell, ohne irgendwelche Beweise – für jemand, der »seine Sache versteht«. Er war auch grundsätzlich dafür, daß Miroslav die Einladung der Verwandten annahm, weniger wegen der Gefahr der Verfolgung und Vernichtung, die sich den Grenzen seines Landes näherte – denn sein Glaube an die Menschen und an das

Glück verstellten ihm den Blick für diese Gefahr –, sondern weil er meinte, daß in der Auswanderung, dem Wechsel der Umgebung, bessere Lebenschancen lägen. »Ach, wenn ich jünger wäre!« seufzte er, legte den Kopf zurück, tätschelte sich mit den weichen, vollen Händen den Bauch im straffen, am Hals offenen Hemd und blies weiße Rauchwolken aus, die in die Luft des Eßzimmers zu schreiben schienen, daß er eigentlich gar nicht bedauerte, nicht jünger zu sein, daß er sich mit seinem gemästeten Körper und der Zigarre zwischen den Zähnen vollkommen wohl fühlte. »Ich würde die Chance ergreifen.« Er ballte die Faust, als befände sich die Chance bereits hier zwischen seinen weißen, dünnen Fingern. Ehrlich, der mit auf dem Tisch gefalteten Händen ihm gegenüber saß – er rauchte nicht –, nickte ernst. Er wirkte überhaupt seriös, feierlich; mit seinen festen Zügen eher einem Pastor ähnlich als einem Erfinder, mit klaren blauen Augen und dünnen Lippen, ganz anders als Lili, die er trotzdem oder gerade deshalb ebenso vergötterte wie sie ihn. Er sprach langsam, monoton, trocken, aber so eindringlich, daß es unmöglich war, ihm nicht zuzuhören; er behauptete, die hiesigen Juden, also auch die Blams, begingen einen schweren Fehler, wenn sie die Erfahrungen der vor ihnen Bedrohten und Vernichteten nicht nutzten; er nannte das Beispiel von Wiener Bekannten, die, ohne sich vom Fleck zu rühren, gewartet hatten, bis sie von den Nazis aus ihren Fabriken, Geschäften und Wohnungen geworfen und dann, ihrer Mittel und ihres Einflusses beraubt, in die Lager geschickt und dem Hungertod ausgeliefert worden waren. »Auch ihnen habe ich gesagt: Flieht! Aber sie haben nicht auf mich gehört und sind geblieben. Und warum? Weil sie kein Selbstvertrauen hatten, weil sie meinten, sie würden untergehen, wenn sie sich von ihren Perserteppichen und Kristallüstern trennten.« Dann beschrieb er die verlassenen jüdischen Häuser und die Plünderung der Wertgegenstände so eingehend, daß sich Blanka Blam, eine treue Sklavin von Haushalt und Häuslichkeit, vor Entsetzen schüttelte und ihrem Mann verzweifelte, vorwurfsvolle Blicke zuwarf, die ihn wortlos aufforderten, seinen Verwandten zu mäßigen, denn er war natürlich der ihres Mannes, und insgeheim war sie überzeugt, daß in ihrer Familie mit den strengeren Ansichten keiner, der derart unerbittlich Zeugnis ablegte, hätte geboren werden können, daß das nur einem solchen Mann möglich war, der ohne zuverlässige Beschäftigung, ohne Heim war und der, früh verwitwet, nicht wieder geheiratet hatte, wie es sich für einen Mann mit einer Tochter gehörte, sondern allein für diese Tochter, Lili, sorgte, der er natürlich in allem ihren Willen ließ, auch wenn sie vor aller Augen den jungen Blam verführte.

Lili verführte ihn tatsächlich. Bei ihren Aufforderungen, ins Ausland mitzukommen, berief sie sich anders als ihr Vater nicht auf erlebte oder gesehene Schrecken – deren sie sich bestimmt auch schwächer erinnerte –, sondern schmeichelte ihm maßlos, und ihre Argumente wurden denen von Vilim Blam immer ähnlicher. »Was willst du noch in dieser kleinen und toten Stadt?« konnte sie erstaunt fragen, wenn sie sich auf den fast menschenleeren Straßen von Novi Sad umsah, wo sie sich ansonsten sichtlich wohl fühlte. »Du bist gescheit, hübsch, begabt; wie geschaffen für die große Welt.« Blam senkte den Blick vor soviel Lob, aber es bewirkte, daß er in Lilis Nähe wirklich gescheit und begabt, ja sogar hübsch war; mehr noch, er war weise, tief, wie nie im Leben. Auf Lilis Fragen und Ermunterungen antwortete er, um sie abzuwehren und oft auch abzuwerten, mit bitterer und stolzer Sachlichkeit: er wisse, daß ihn hier in der Abgeschiedenheit ein nutzloses, minderwertiges Leben erwarte, ja sogar Niederlage, Untergang und Tod, aber er sehe keinen Grund, warum ein Mensch seinem Schicksal ausweichen sollte. »Das Leben ist ohnehin sinnlos«, sagte er. Und: »Das Leben ist eine Illusion.« Er legte eine düstere Reife an den Tag, die ihn selbst erstaunte, aber Lili war begeistert von dieser Reife, die sie erwartet hatte, wenn sie sich auch in seinem Interesse dagegen sträubte. Obwohl gleichaltrig mit ihm, demnach als Frau viel erwachsener, glaubte sie sogar, daß er über die Liebe mehr wisse als sie. Als sie einander noch nicht sehr nahegekommen waren, sagte sie einmal, während sie sich auf einem Fuß drehte wie ein Kreisel und dabei beobachtete, welchen Eindruck sie auf ihn machte: »Weißt du, daß ich in Wien einen Verlobten habe? Aber ob er noch lebt?« Worauf er, eifersüchtig, eine Theorie über die Sinnlosigkeit solcher Beziehungen entwickelte, die wir in uns bewahren, ohne die Tatsachen zu sehen, ohne zu begreifen, daß das Band der Gemeinsamkeit schon zerrissen ist, während wir sein eines Ende noch verblendet in der Hand halten wie ein Kind, dem sich der Drachen von der Leine losgemacht hat. »Wie recht du hast!« gab sie sofort zu und fiel ihm um den Hals. Das war im Park am Vojvoda-Šupljikac-Platz (dessen Namen sie niemals aussprechen konnte und darum durch ein Lachen ersetzte), wo sie nach Blanka Blams üppigem Mittagessen einen Spaziergang machten, die Erwachsenen und die träge Esther dem Verdauen und ernsthaften Gesprächen überlassend. »Küß mich!« verlangte sie da zum erstenmal, hob sich auf die Zehenspitzen und drängte ihre kleinen, festen Brüste an ihn. »Aber wenn uns jemand sieht!« wehrte Blam verlegen ab, und das klang auch irgendwie vernünftig und reif, so daß sich Lili mit ihrem Widerspruch fast rechtfertigen mußte: »Hier ist doch niemand«, was der Wirklichkeit entsprach, von der sich Blam durch vorsichtige Blicke überzeugte. »Na gut«, sagte er und legte den Mund auf ihre heißen, schmalen Lippen, mit denen sie ihn sogleich gierig einsaugte. Sie zitterte, wand sich, zuckte, brach schließlich gar in Tränen aus. »Ich will Hans nicht betrügen. Er ist im Lager, vielleicht wird er gerade jetzt gefoltert oder umgebracht; das ist Verrat.« Dennoch überredete sie Blam, ein Zimmer zu mieten, ging freudig mit zur Besichtigung, war sofort begeistert und zog sich in ihrer Begeisterung aus und stieg in das kalte, riesengroße Bauernbett. Sie hielt die Augen fest geschlossen, während er ungeschickt in sie eindrang. Sie verzog das Gesicht, und ihre Stirn bedeckte sich mit Schweiß, denn sie war unberührt, was offenbar wurde, als sie aus dem Bett sprang und erhobenen

Kopfes, in das Laken wie in eine Pelerine gehüllt, zum Waschbecken lief, um das Blut abzuwaschen. Ihr nackter Körper war straff und schlank, glänzend wie Honig, sie schämte sich seiner nicht, sondern prunkte damit, indem sie öfter als nötig zwischen Bett und Waschbecken hin und her ging. »Gefalle ich dir? Sag, ob ich dir gefalle?« fragte sie lächelnd und nicht ahnend, daß sie sich damit Blams Gefallen verscherzte, denn er meinte, gewisse Dinge habe man nicht zu offenbaren, darunter das Gefallen an jemandes unbekleidetem Zustand. Jedoch sollte er gerade Lilis wegen bald gezwungen sein, sich ganz zu offenbaren: schon nach dem dritten Beisammensein wurde sie schwanger. Sie trug ihr Ungemach tapfer, sogar mit einigem Stolz, wies alle Vorhaltungen mit dem Bemerken zurück, daß »jetzt nicht die Zeit zum Heiraten und Kinderkriegen« sei, und gedachte – zu Blams großer Erleichterung – auch nicht, das Geheimnis ihrem Vater anzuvertrauen, den ihre Sorge sicher tief betrübt und in seiner angestrengten Arbeit behindert hätte. Aber die unerwünschte Leibesfrucht war nicht ohne Hilfe der Erwachsenen zu beseitigen, und so legte Blam nach längerem Zögern seiner Mutter ein Geständnis ab. Sie war fassungslos, obwohl sie als einzige das Unglück vorausgeahnt hatte, und berichtete sofort ihrem Mann darüber. Der bislang uneingeweihte Vilim Blam nahm die Neuigkeit dennoch ruhig auf; ihm schien es sogar zu schmeicheln, daß sein Sohn sich so früh eine Geliebte zugelegt hatte, wobei ihn deren verwandtschaftlicher Status nicht störte; er besorgte Geld und stellte es bereitwillig zur Verfügung, so daß Lili unter dem Vorwand eines innigeren Begängnisses der bevorstehenden Trennung am Vojvoda-Šupljikac-Platz einzog. Sie verließ das Haus in Begleitung von Frau Blam und kehrte mit ihr im Fiaker zurück, blaß, binnen zwei Stunden sichtlich abgemagert, aber lächelnd wie immer, und die Zeit der Rekonvaleszenz verbrachte sie auf dem Eßzimmersofa ihrer Verwandten, angekleidet, aber in Esthers leichten Pantoffeln, hörte Radio und ließ sich von Frau Blam und Esther bedienen, die dem Ereignis eine feierliche Rührung abgewannen, während die männlichen Familienmitglieder einen weiten Bogen um sie machten mit Ausnahme von Ephraim Ehrlich, der ungehemmt das Eßzimmer betrat, seine Tochter auf die Stirn küßte, ohne von ihrem Gewichtsverlust und ihrer seltsamen Situation Notiz zu nehmen (zumindest tat er so), und sofort zur monotonen Mitteilung seiner Schlußfolgerungen und Pläne über die jüngsten Weltereignisse, seine Erfindungen und seinen Weggang überleitete. Jetzt aber, nach der Offenlegung der inzestuösen Verbindung und ihrem unangenehmen Epilog, dachte niemand mehr daran, daß Miroslav sich anschließen könnte; Vilim Blam, der wohl eingesehen hatte, daß der Siebzehnjährige für ein Leben in der Fremde nicht reif genug war, schwieg sich ebenso darüber aus wie Ephraim Ehrlich, der wahrscheinlich doch etwas ahnte. Nur Lili beschwor ihn weiterhin, mitzukommen, malte ihm das Ausland in rosigen Farben, versprach, ihn bei dessen Genuß nicht zu behindern, sich zurückzuziehen, wenn er es wünschte, ihm volle Freiheit zu geben. Aber nach der durchlittenen Prüfung hatte Blam Lust und Mut verloren, sich auf sie zu verlassen; im Grunde konnte er es kaum erwarten, daß sie ging. Bis dahin jedoch gab er aus egoistischen Motiven ihrem Flehen nach und ging noch ein paarmal mit ihr in die Dositej-Straße, wobei er Vorsichtsmaßnahmen ergriff, die er zuvor unterlassen hatte; ansonsten mied er ihre Gegenwart. Er hatte das Gefühl, daß jene plötzliche Schwangerschaft auch eine ihrer Überspanntheiten gewesen war und daß ein weiteres Leben mit ihr voller unliebsamer und lächerlicher Folgen sein würde. Er atmete auf, als sie abreiste, tränenüberströmt beim Abschied auf dem grauen Bahnhof von Novi Sad, wo die in mehreren Ländern des Exils gesammelten Koffer der Ehrlichs mit ihren seltsamen Farben und Formen zum letztenmal den Glanz eines Zirkusgastspiels ausstrahlten, nach dessen Ende das Leben in die gewohnten vernünftigen Bahnen zurückkehrte.

V Seine Vormittage verbringt Blam im *Interkontinen-tal*. Er hockt da wie ein Baumstumpf, wie ein Stein, wie ein vergessener Gegenstand, wie das Fossil einer vergangenen Epoche. Was er auch wirklich ist, denn ihn hat der Wind eines verschwundenen Klimas hergeweht, des Klimas der Okkupation, das scharf und erbarmungslos war, aber gemäßigt für ihn, den getauften und mit einer Christin verheirateten und deshalb vor der Vernichtung bewahrten Juden.

Das *Interkontinental* war in jener vergangenen Zeit noch eine kleine Filiale des Budapester Reiseunternehmens »Uti« gewesen, wegen der geschlossenen Grenzen des kriegführenden Ungarn beschränkt auf den lokalen Eisenbahn- und Busverkehr, mit zwei Billettschaltern und zwei Schreibtischen im selben Raum an der Hauptstraße, wo sich eines Tages auch Blam in der Hoffnung niederließ, das Halbdunkel des hintersten Winkels mit den Rechnungen und Briefen werde ihn vor der Aufmerksamkeit oder gar dem Mißmut der Öffentlichkeit schützen. Aber obwohl diese Verborgenheit oder Enge von der Not diktiert gewesen war und den Stempel des Märtyrertums trug, und obwohl Blam dank diesem Stempel den Umsturz unbehelligt und reinen Gewissens hatte abwarten können – einzig er, während die anderen Beamten mit Ferenci an der Spitze nach allen Seiten flohen –, oder gerade deshalb blieb das *Interkontinental* auch im Frieden für ihn ein Ort, an dem er sich abgestellt, in die Ecke gedrängt, von der Zeit überholt fühlte.

Geändert haben sich nur der Rahmen sowie die Zeugen und Mitverursacher dieses Zustands. Zum Chef des durch den Krieg gewendeten und gewandelten Unternehmens wurde Slavko Jurišić Juriša ernannt, früher Partisan, noch früher Gemeindeschreiber in Srem, noch früher Theologiestudent; und seine durch die Pistole vermännlichte Gestalt zog ein halbes Dutzend Mädchen aus den eben gegründeten patriotischen Organisationen hinter sich her. Es stellte sich heraus, daß für eine so große Belegschaft der Raum nicht reichte, und Jurišić erweiterte das Unternehmen – das nach einer Beratung in der Stadkommandantur seinen neuen, internationalistischen Namen erhalten hatte – allmählich um die Wohnungen im Hoftrakt des Gebäudes. Diese zu Büros umgestalteten Räume wiederum verführten zu einer Erweiterung der Tätigkeiten, der Jurišić nicht widerstehen wollte oder konnte: Das *Interkontinental* wurde zu einer Agentur für alle Arten von Verkehr und Tourismus mit einer Menge fröhlicher hübscher Frauen hinter den verglasten Schaltern und einem Heer verstreuter, finster gelaunter Administratoren, Buchhalter, Programmplaner und Kraftfahrer im Hintergrund.

Blam, der dienstälteste Zeuge dieser Expansion, beobachtet sie mit einem Mißtrauen, das proportional zu ihr wächst, denn sie entspricht dem allgemeinen Wachstum der Ansprüche und Ambitionen einer vom Frieden trunkenen Bevölkerung: Bewegung, Veränderung, Reisen. Er, das Fleisch und Blut des leichtsinnigen und unternehmungslustigen Vilim Blam, hat aus der elementaren familiären Erfahrung, vielleicht infolge seines Widerstands gegen den Vater, das Streben nach Strenge und Mäßigung mitgenommen, und wenn das *Interkontinental* einen riskanten Schritt unternimmt – Vertragsabschlüsse über langfristig geplante Gruppenreisen oder Fahrzeugkäufe auf Kredit –, rebelliert in ihm die Vorsicht und Sparsamkeit, und sofern man ihn nach seiner Meinung fragt, stimmt er dagegen und begründet das mit der Gefahr des totalen Bankrotts. Aber die Gruppenreisen erfreuen sich steigender Nachfrage; der gesteigerte Umsatz senkt die Kreditzinsen. Er zieht sich erbittert, fast enttäuscht, zurück. Den Maßlosigkeiten der Gesellschaft im engeren und weiteren Sinne setzt er seine eigene Bescheidenheit entgegen; er lehnt ihm angebotene kompliziertere Aufgaben ab, verschanzt sich hinter seinen Rechnungen und Akten am selben alten Schreibtisch, tut im Schatten mit verbissener Hartnäckigkeit seine eintönige Arbeit.

Jurišić, der ihn seit ihren gemeinsamen Anfängen mag, be-

klagt das. »Ach, Blam, Blam«, sagt er mit leicht vorwurfs-
vollem Seufzer und sorgenvoller Wärme im dunklen Blick,
wenn er sich, nun nicht mehr in Uniform mit Pistole, sondern
im warmen Mantel, weil er schon jahrelang an Nierenent-
zündung leidet, dem Tisch des Kalkulators gegenüber nie-
derläßt. »Du begreifst die heutige Welt nicht...« – denn mit
ihm als einzigem in der Agentur ist er per du. Aber vor Blams
stummem Achselzucken geht sein Jammern in halbe Anerkennung und schließlich in Selbstmitleid über. »Vielleicht
hast du recht mit deinem Verhalten. Du hast deine Ruhe, und
das ist schließlich die Hauptsache. Ich dagegen mach mich
zum Krüppel...« Es folgen Klagen wegen seiner Arbeits-
überlastung und seiner gesundheitlichen Beschwerden, die
sich angesichts von Blams schweigendem Mitgefühl vertiefen
und zu den Komplikationen des Privatlebens überleiten, die
der Gesprächspartner – wiederum der einzige hier, da er
Zeuge ihres Entstehens war – schon aus Andeutungen versteht. »Diese Hexe hat mir wieder die Kinder geschickt.« Es
sind die Kinder aus Jurišićs erster Ehe, die in die Brüche gegangen ist, als er, noch mit der Pistole an der Hüfte, das
Interkontinental übernommen und sich in eine der ersten
freiwilligen Schalterdamen verguckt hat; jetzt unterhält er
beide, die gleichermaßen unersättlich sind. »Du lebst wenigstens in geordneten Verhältnissen, bescheiden, aber in Ruhe
und ohne Probleme.«

Blam nickt. Dann schüttelt er den Kopf mit einem Ausdruck des Zweifels, um Jurišić in seiner Niedergeschlagenheit
nicht noch zu bestätigen. Er hat tatsächlich keine Probleme so
ausgeprägter, konkreter Art, und obwohl er weiß und insgeheim begreift, daß Jurišić sich mutwillig in die seinigen gestürzt hat, was er selbst niemals getan hätte, versteht und bedauert er ihn. Im Grunde bewundert er Jurišić. Er bewundert
seine Unbesonnenheit, seine Blindheit für Schwierigkeiten
und Gefahren, seine instinktiven Entschlüsse, seine Taubheit
für die Stimme der Vernunft und des Zweifels. Er spürt in dieser Unbedachtheit, dieser Unvernunft eine ihm fremde Kraft,

die Kraft der Risikofreude, des Willens, der Sorglosigkeit, er spürt darin die Wärme eines Tiers, eine Wärme, die Jurišić wie eine Verlängerung seines Blutkreislaufs auch auf Blam überträgt, während er sich ihm so offen und hemmungslos anvertraut, ihn mit du anredet, ihn als besseres Beispiel lobt, ihn mit seinen Umarmungen, obwohl selbst schon bemitleidenswert, krank, kälteempfindlich, gelbhäutig, in eine Intimität zieht, die sich von selbst auf alle Menschen derselben Ausdrucksweise, derselben Generation und Erfahrung erstreckt, in diesen Augenblicken fast auf alle Lebenden.

Vor allem dieser Intimität wegen sitzt Blam Jahr für Jahr im *Interkontinental*, trotz der Last der eigenen Vergangenheit, trotz seiner Mißbilligung dessen, was hier, stets an ihm vorbei, unternommen wird. Er hat nichts anderes. Daß Jurišić sich zu ihm setzt, um zu jammern, weil er Streit mit seiner Frau hat oder eine Mahnung vom Gericht bekommt oder einen neuen Schmerzherd bei sich entdeckt, daß die Angestellten auf dem Weg zur Buchhaltung Bemerkungen fallen lassen, es sei kalt oder dunkel oder verräuchert, oder eine Auskunft brauchen, die nur er weiß; daß die Stenotypistinnen und Sachbearbeiterinnen mit bauchigen Netzen voller eben gekauftem Fleisch oder Gemüse, mit Kaffeetassen, mit Akten neben ihm, dem gebückt Dasitzenden, stehenbleiben, um über Preise und Schneiderinnen zu schwatzen, wobei sie nicht bemerken, daß sie ihn stören und ihm das Licht wegnehmen; daß sie dieses Nichtbemerken nicht bemerken, was bedeutet, daß sie ihn, seine Anwesenheit als etwas Selbstverständliches, Reales und Logisches, als die einzig mögliche Existenz an diesem Ort akzeptieren – das alles ist für ihn nicht nur eine Quelle des Ärgers, sondern eine Quelle überhaupt, ein Anreiz überhaupt, ein Anreiz, etwas zu empfinden, etwas Wahres und Konkretes, Vitales und Reales, ein Anreiz, sich selbst nicht für unecht oder überflüssig oder nicht vorhanden zu halten.

✳

Während seiner Jahre im Gymnasium hatte Blam zwischen Aca Krkljuš und Ljubo Čutura gesessen. Ein Zufall? Ja, aber wie jeder Zufall von Gesetzmäßigkeiten bestimmt. Der hochgewachsene Aca Krkljuš war in die zweite Bank an Blams linke Seite gelangt, um seinem älteren, aber wegen Schwerhörigkeit ein Jahr zurückgebliebenen Bruder Slobodan, den die Lehrer auf der ersten, dem Katheder direkt gegenüberstehenden Bank plaziert hatten, nahe und zur Hand zu sein; Čutura wiederum saß rechts von Blam, nur durch die Gasse zwischen den Bankreihen von ihm getrennt. Diese Zufälligkeit oder Gesetzmäßigkeit – was auf dasselbe hinausläuft – war dennoch ein Abbild der Wirklichkeit, denn der zerstreute und unangepaßte Blam stellte als Typ eine Art Übergang von dem musikalischen, unruhigen, gelenkigen Aca Krkljuš zu dem langsamen, aber gründlichen und tatkräftigen Čutura dar. Vielleicht war Blams Naturell auch ein Extrem, aber dieses Extrem bestand in der Sympathie für die beiden anderen, in der Möglichkeit, sie gleichermaßen zu verstehen und daher nur teilweise zu akzeptieren.

Im fünften Schuljahr bekamen sie als Klassenleiter den Deutschlehrer Jewgeni Rakowski, einen russischen Emigranten. Er war klein und dünn, von schwächlicher Konstitution, mit dicken Brillengläsern, die seinem Blick und seiner ganzen Erscheinung einen Anflug von Verwirrtheit verliehen. Aber trotz dieses Aussehens hatte er eine aufrechte, selbstbewußte Haltung, lief markig, erhobenen Kopfes durch das Klassenzimmer, und wenn er im Eifer des Marschierens wegen seiner Kurzsichtigkeit an eine Bankecke stieß oder über das Katheberpodest stolperte, erschrak er zuerst, wurde blaß, doch dann gewann er sein Gleichgewicht wieder, streckte die Hühnerbrust noch kühner vor, warf den kleinen, schmalen Kopf zurück und brach in ein peinliches, abgehacktes, nervöses Gelächter aus. Worüber lachte er? Über sich selbst oder über das Hindernis, mit dem er dennoch fertiggeworden war – man wußte es nicht; die Klasse jedenfalls nutzte die Gelegenheit, dem Unterricht auf ein paar Minuten zu entfliehen, ließ

sich von der Fröhlichkeit des Lehrers anstecken und dehnte
sie lauthals bis zur äußersten Grenze der Höflichkeit aus.

Aber Rakowski bot zum Totschlagen der Unterrichtszeit
regelmäßig und großzügig noch eine andere Methode an:
seine Vorträge. Nachdem er gekonnt und schnell den für die
Stunde vorgesehenen Stoff durchgenommen hatte – denn er
beherrschte das Deutsche ausgezeichnet, wenn er es auch,
ebenso wie das Serbische, sehr weich aussprach –, legte er die
Hände auf den Rücken, streckte die Brust heraus und spazierte vor dem Katheder auf und ab, wobei er hier und da
stolperte, hier und da sein unbändiges Gelächter ausstieß
und mit erhobener, scharfer Stimme dozierte. Er dozierte
über die Krise des Slawentums, dessen mächtigsten Zweig,
Rußland, die Fäulnis des Bolschewismus zerfraß, diese Ideo-
logie der Mittelmäßigkeit und ordinären Ignoranz, zum
Zwecke der Zerstörung eingepflanzt von der jüdischen Nation, die in der Welt verstreut war wie die Parasiten auf gesunden Pflanzen. Als Mittel gegen das Böse predigte er eine
neue, kämpferische Gesellschaft nach dem Vorbild des anti-
ken Sparta, wo Kraft, Entschlossenheit, Tapferkeit gepflegt
und Verweichlichung und Schwäche, dieser Nährboden der
plutokratischen jüdischen Seuche, bekämpft wurden.

Blam fühlte sich durch diese Anklagen begreiflicherweise
verletzt; ihre Wiederholung und Zuspitzung (denn durch die
Aufmerksamkeit seiner Zuhörer wie auch durch die immer
sichtbareren Erfolge des spartanisch kriegerischen Deutschland ermutigt, steigerte sich Rakowski immer leidenschaft-
licher hinein) verursachte ihm richtige körperliche Übelkeit;
wenn der Klassenlehrer nach der Beendigung des Unterrichts
und der Kontrollfragen die Hände auf dem Rücken faltete
und seine kleine Gestalt anspannte, verkrampfte sich Blams
Magen, sein Kopf wurde blutleer, er bekam Herzstiche und
empfand ein abgründiges Gefühl der Einsamkeit, denn während er Qualen litt (er war der einzige Jude), atmete die
Klasse auf und grinste in Erwartung einer angenehmen Zerstreuung.

Der Alpdruck wurde auch dadurch nicht geringer, daß Rakowski Blam nicht persönlich angriff, daß er seine Antworten nach Verdienst bewertete und über seine kleinen Fehler hinwegsah, wie er denn überhaupt infolge seiner Besessenheit von allgemeinen Ideen ein großzügiger Lehrer und Klassenleiter war. Blam fühlte, daß dieses Fehlen jeglicher Rachsucht nicht aus einem Mangel an persönlicher Standfestigkeit herrührte, sondern von Zurückhaltung diktiert war, der Zurückhaltung eines Leidenschaftlichen, der sein Opfer mit scheinbarer Gleichgültigkeit umkreist und auf den Augenblick wartet, wo er sich hemmungslos an ihm austoben kann. Dieses unsichtbare Umkreisen, dieses Zusammenziehen des Belagerungsringes offenbarte sich für Blam auch in der Tatsache, daß Rakowski die Pfeile seiner persönlichen Gehässigkeit und Verachtung, wenn er sich ihrer gelegentlich bediente, ausgerechnet auf seinen Banknachbarn Aca Krkljuš richtete, der allerdings auch genügend Anlaß zur Kritik bot, da er verschlafen und desinteressiert in die Schule kam, die Hausaufgaben vergaß oder aus Nachlässigkeit ganze Lektionen übersprang, ganz im Gegensatz zu seinem schwerhörigen und begriffsstutzigen, aber eifrigen Bruder; als dazu noch bekannt wurde, daß Aca Krkljuš Jazzmusik spielte, stellte ihn Rakowski in seinen Ansprachen regelmäßig als Beispiel eines entarteten, von Fäulnis befallenen Slawen hin. Gleichzeitig war sein erwählter Liebling Blams anderer Nachbar Čutura; ihn redete Rakowski bei seinen hitzigen Tiraden direkt an, als läge ihm besonders daran, ihn hervorzuheben und gegen den verderblichen Einfluß von der linken Seite abzuschirmen, wodurch er wiederum seine Unwissenheit und Unsicherheit im wirklichen Leben, die in klaffendem Widerspruch zu den gepredigten Idealen stand, noch auffälliger und lächerlicher bewies als durch sein Stolpern wegen der starken Dioptrien. Und zwar, weil Čutura (mit bürgerlichem Namen Ljubomir Krstić, wie ihn jedoch nur der schwärmerische Rakowski nannte, während alle Schüler und die anderen Lehrer dem Charme des Spitznamens erlagen) zu der Zeit bereits überzeugter Kommunist war, sogar ein ausgeprägter und erklärter Kommunist, der das durch sein auffällig entschlossenes Verhalten bewies und unter familiärem Einfluß stand, denn seine beiden älteren Brüder – ebenfalls Schüler des Gymnasiums und ebenfalls mit dem Spitznamen Čutura – waren in der Stadt als politische Umstürzler bekannt. Nur Rakowski, der durch seine Hingabe an eine Welt der Ideen unter den Mitbürgern und wegen seiner unpopulären politischen Überzeugung unter den Kollegen einsam und isoliert war, wußte nicht, daß er in Čutura den einzigen definitiven Gegner hatte; in Čuturas betonter Einfachheit und Robustheit, seinem ernsten Trotz entdeckte er hingerissen ebenjene Eigenschaften eines jungen, kräftigen und willensstarken Slawen, die er in seinen Vorträgen herbeiwünschte. Čutura lernte noch oberflächlicher als Aca Krkljuš, allerdings gleichmäßig oberflächlich, weil er einfach keine Zeit hatte, sich den Lektionen aufmerksam zu widmen – aber Rakowski erteilte ihm selbst für die bescheidenste Antwort eine gute Note, und als Klassenlehrer entschuldigte er auf ein bloßes Wort hin sein Fehlen, das nicht eben selten war, weil Čutura ohne Rücksicht auf seine Schulpflichten zu illegalen Versammlungen ging, wann immer er gerufen wurde.

Auch was die Wertschätzung von seiten des Klassenlehrers betraf, nahm Blam also einen mittleren Platz zwischen Aca Krkljuš und Čutura ein; aber instinktiv spürte er die ganze Unsicherheit und Künstlichkeit dieses Platzes, dieses Gleichgewichts, und wartete voller Angst auf den Moment, da es gestört würde. Das geschah auch tatsächlich, nach über einem Jahr des Umkreisens und Abwägens – aber es geschah nur einmal, und das war Čuturas Verdienst.

Rakowski rief im Unterricht Slobodan Krkljuš aus der ersten Bankreihe auf und stellte ihm die Frage nach der Konjugation eines unregelmäßigen deutschen Verbs, kurz und präzise, aber durch seine russische Aussprache zu sehr entstellt, als daß der schwerhörige Sitzenbleiber ihn hätte verstehen können. Darum bat er mit einem einfältigen Blick auf die

54

Lippen des Lehrers um Wiederholung der Frage, welche Rakowski fast freudig zu geben bereit war, denn er legte großen Wert auf eine pädagogische Verfahrensweise, als deren Grundstein ihm galt: Wenn du nicht verstehst, fragte ohne Angst, versuche nicht zu schwindeln! Aber in dem Moment, als er zu einer nochmaligen und deutlicheren Formulierung der Frage ansetzte, beugte sich Aca Krkljuš, der geduckt hinter seinem Bruder saß und fürchtete, falls dieser die Antwort nicht wußte, statt seiner aufgerufen zu werden, zu Blam und bat ihn mit Blicken, ihm, Aca Krkljuš, vorzusagen. Blam flüsterte, aber zu laut, so daß Rakowski es hörte und als Versuch wertete, dem bereits Aufgerufenen zu helfen.

»Blam!« schrie er, als hätte er sich verbrüht, riß den Kopf hoch und legte die geballten Fäuste an die Hosennähte.

Blam stand auf.

»Was hast du ihm vorgesagt?« krächzte Rakowski.

»Ich habe ihm nicht vorgesagt«, antwortete Blam verlegen.

Aber Rakowski, der den Sinn der Rechtfertigung nicht verstand oder ihn dort nicht mehr annehmen wollte und konnte, wo er nur Verrat und Lüge erwartete oder sie sogar vielleicht seit langem herbeisehnte, zuckte unter diesen Worten zusammen wie unter einer schmutzigen Berührung.

»Was hast du ihm vorgesagt?« wiederholte er leiser und piepsig, plötzlich rot im Gesicht. Er kniff die blau gewordenen Lippen zusammen und ging auf Blam zu.

Er mußte um die vorderste Bank herumgehen und stieß gleich beim ersten Schritt dagegen, aber anstelle des üblichen Gelächters fletschte er nur die unregelmäßigen Zähne und ging nach dem Aufprall mit kleinen, abgehackten Schritten in veränderter Richtung weiter, den Kopf zurückgeworfen wie ein Soldat bei der Parade, aber mit haß- und ekelverzerrtem Gesicht, glühenden Augen, gesträubten Brauen und Speicheltropfen auf den dünnen, verzerrten Lippen. Bei der Gasse zwischen den Bankreihen angekommen, stolperte er wieder, wich jedoch nicht aus, sondern betrat die Gasse. Er hob die Fäuste, schwang sie über seinem Kopf und schoß auf Blam zu.

Da verließ Čutura ruhig seine Bank und stellte sich in die Gasse vor Blam. Er stand lässig, gefaßt, mit ernstem Gesicht und herabhängenden Armen da, aber gerade seine kaltblütige Haltung zeigte, daß er nicht weichen würde. Das fühlte auch Rakowski und verharrte einen Moment, aber dann drang aus seiner Kehle ein dumpfer Laut wie ein Winseln, ein unterdrückter Schrei, und er setzte mit erhobenen Fäusten seinen Weg fort. Er gelangte bis zu Čutura, blieb stehen, viel kleiner als dieser, so daß seine Fäuste vor der leicht gerunzelten Stirn des Jungen zitterten.

»Tun Sie es nicht, Herr Professor«, sagte Čutura eindringlich.

Rakowski duckte sich wie unter einem Peitschenhieb, seine geöffneten Lippen entblößten die Zähne noch weiter, und er wandte sich plötzlich zu Blam um, als versuchte er das Hindernis zu übersehen und trotzdem zu tun, was er beabsichtigte.

Čutura trat einen halben Schritt zurück, näher zu Blam.

»Tun Sie es nicht, Herr Professor«, wiederholte er ebenso eindringlich, leise.

Rakowski drehte sich zu ihm um. Ein paar Sekunden zuckten seine aus den Höhlen getretenen Augen wie unter Stromstößen, die weißen Fäuste zitterten über seinem Kopf, seine Lippen verkrampften sich, der Atem zischte, aber auf einmal, als sei etwas in ihm zersprungen, warf er den Kopf in den Nacken, beugte sich zurück, riß den Mund auf, und sein abgehacktes, keuchendes Lachen brach hervor. Die Klasse, die vor Aufregung verstummt war, stimmte zuerst nur ängstlich, unterwürfig ein, doch als Rakowski die Arme herabfallen ließ, lachten alle aus vollem Hals. Rakowski machte eine soldatische Kehrtwendung und ging zum Katheder zurück. Čutura winkte Blam, sich hinzusetzen, und nahm selbst lautlos in seiner Bank Platz. Der Unterricht wurde fortgesetzt.

✻

Čutura durchstreift die Stadt. Vielleicht im verschwitzten, über der Brust geöffneten Hemd, vielleicht in Anzug und Krawatte am Lenkrad eines Autos – je nach der Position, die er nach dem Krieg in der Gesellschaft eingenommen hätte –, aber natürlich mit einer Liste aller Novi Sader Lajos Kocsis' in der Tasche oder vor den aufmerksamen Augen. Dieser Liste folgend, die nur Adressen enthält, keine Namen, denn sie wären alle identisch, sammelt Čutura neue, nachkriegszeitliche Erfahrungen über die Unterschiedlichkeit des scheinbar Gleichen.

. . . .

– Wohnt hier Lajos Kocsis?

– Was wollen Sie denn von ihm?

– Ich möchte mit ihm sprechen. Ist er nicht da?

– Wenn Sie wegen Geld kommen, kehren Sie lieber gleich wieder um. Sein halbes Gehalt geht für Kredite drauf, und die drei Kinder, die Sie hier sehen, haben nur den einen Ernährer.

– Das sind die Kinder von Kocsis?

– Das sind meine Kinder, Genosse, und ich dulde nicht, daß ihnen auch nur das Geringste weggenommen wird. Damit Sie es wissen.

– Ich frage, weil der Kocsis, den ich suche, ein älterer Mann ist. Da bin ich wohl an der falschen Adresse. Wie alt ist Ihr Mann?

– Wer hat Ihnen überhaupt unsere Adresse gegeben?

– Ein gemeinsamer Freund. Ich habe Kocsis Geld zu geben, und nicht welches von ihm zu verlangen. Ist er das da, auf dem Foto mit Ihnen und den Kindern?

– Ja, das ist er.

– Dann entschuldigen Sie. Ich habe mich geirrt.

. . . .

– Wohnt hier Lajos Kocsis?

– Ja.

– Und wo ist er?

– Er schläft.

– Ist er mit Ihnen verwandt? Wer sind Sie?

– Seine Schwiegermutter.

– Können Sie mir sagen, ob Ihr Schwiegersohn früher am Vojvoda-Šupljikac-Platz gewohnt hat?

– Wo, sagen Sie? Moment. Marta! Marta!

– Ja, bitte.

– Dieser Mann möchte Lajcsika sprechen.

– Entschuldigen Sie, meine Dame. Vielleicht ist es ein Versehen. Ich suche einen Lajos Kocsis, der während des Krieges nach Budapest gezogen war. Ist das Ihr Mann?

– Mein Mann war in Budapest Soldat. Was wollen Sie von ihm?

– Wenn er der ist, den ich suche, dann ist er als Zivilist nach Budapest gegangen. Mit einer Frau vom Vojvoda-Šupljikac-Platz.

– Was reden Sie da! Mein Mann ist zwangsrekrutiert worden und ohne Beine zurückgekommen. Siehst du denn nicht, daß er betrunken ist, Mama?

. . . .

– Sie sind Lajos Kocsis?

– Ja.

– Dann bin ich wohl falsch hier. Der Lajos Kocsis, den ich suche, ist kleiner als Sie, dicker, wahrscheinlich auch etwas jünger…

– Cukros?

– Bitte?

– Sie suchen Lajos Kocsis, genannt Cukros? Das ist mein Neffe.

– Hat er während des Krieges am Vojvoda-Šupljikac-Platz gewohnt?

– Ja, ich glaube schon. Kommen Sie doch herein.

– Ich möchte nicht stören.

– Aber wieso denn? Ich bin allein. An einem so warmen Nachmittag ist mir sowieso langweilig.

– Ja, aber der Kocsis, den Sie erwähnen, dieser...

– Cukros?

– Ja. War er verheiratet?

– Natürlich. Dreimal. Seine erste war aus Srem, da war er beim Militär, in Mitrovica. Dann hat er was mit einer anderen angefangen, Sie wissen, wie das so geht bei jungen Leuten. Aber es dauerte nicht lange, und er hat sich auch von ihr getrennt.

– Hatte er Kinder?

– Mit der ersten? Ich glaube nicht. Sie haben es nur zwei Jahre miteinander ausgehalten, wenn ich mich nicht irre.

– Nein, ich meine überhaupt. Ist Ihr Cukros in Budapest gewesen?

– Ach, der war überall. Sogar in Amerika.

– Und wann?

– So zehn Jahre etwa ist er dagewesen, glaube ich.

– Und wann?

– Das kann ich Ihnen nicht sagen. Er ist mit Leuten aus der Lika hinübergefahren, denn er war Maurer. Aber dann kam der Krieg, er konnte nicht zurück, und so hat er dort zum drittenmal geheiratet.

– Also während des Krieges war er nicht hier?

– Nein, ich sage es Ihnen doch. Die Grenzen waren ja zu.

– Dann kann er nicht der Kocsis sein, den ich suche. Entschuldigen Sie die Störung.

– Aber warum, setzen Sie sich doch. Ich unterhalte mich gern mit Ihnen. Ich war mal Lehrer und bin an Gesellschaft gewöhnt. Wissen Sie, wir Kocsis' sind aus der Hortobágy, aus Ungarn, in die Bačka gekommen. Und als ich einmal oben war, da hab ich mir gesagt, ich besuche unser Dorf, Korpány, davon hat mir noch mein Großvater erzählt. Also ich gehe hin und finde im Dorf sieben Familien Kocsis. Ich zeig Ihnen das Foto, das wir dort gemacht haben, nur einen Moment Geduld, ich lebe allein und habe nicht die beste Ordnung.

– Ein andermal bestimmt. Jetzt muß ich gehen, wirklich. Alles Gute.

. . . .

– Ich suche Lajos Kocsis.

– Sie? Warum? Wer sind Sie?

– Ein Bekannter von ihm. Ist er nicht da?

– Wissen Sie es denn nicht?!

– Was?

– Papa ist gestorben. O, mein Gott! Vor nicht ganz drei Wochen. Am Herzen. Sechs Tage lag er im Krankenhaus, wir haben uns noch Hoffnungen gemacht, aber es hat nichts geholfen. Wenn ich ihn zu Hause behalten hätte ...

– Das wußte ich nicht. Verzeihen Sie. Aber vielleicht suche ich gar nicht Ihren verstorbenen Vater, sondern einen anderen Kocsis. War er je in Budapest?

– Sehr oft. Meine Schwester ist ja dort verheiratet.

– Ich meine, hat er längere Zeit dort gelebt? Während des Krieges?

– Während des Krieges waren wir in Serbien, in Kraljevo. Dort ist unsere Mama umgekommen, als der Bahnhof bombardiert wurde.

– Dann habe ich mich geirrt. Entschuldigen Sie noch einmal.

. . . .

– Ich suche Lajos Kocsis.

– Er ist nicht da.

– Und wo ist er?

– Was weiß ich? Ich habe ihn nicht gefragt, wohin er geht.

– Sie sind seine Frau?

– Ja.

– Hat Ihr Mann einmal am Vojvoda-Šupljikac-Platz gewohnt?

– Was ist denn das?

– Ein Platz in der Nähe des Zentrums. Da wohnte eine
Witwe mit einer kleinen, lahmen Tochter. Hat Ihr Mann mit
ihr zusammengelebt?

– Was geht Sie das an? Wer sind Sie? Warum verhören Sie
mich?

– Er ist es also. Schon gut, meine Dame, ich wollte nur wissen, ob er der Kocsis ist, den ich suche. Er ist später nach
Budapest gezogen, nicht wahr? Und wieder zurückgekommen. Ist er es?

– Ich brauche Ihnen gar nichts zu erzählen. Wenn diese
Schlampe Sie hergeschickt hat, können Sie ihn gleich mitnehmen, ich brauche ihn nicht

– Unsinn. Ich will ihn nicht mitnehmen. Ich mußte mich
nur vergewissern. Auf Wiedersehen.

. . . .

– Siehst du das Haus da drüben, Kleiner?

– Ja.

– Da wohnt ein gewisser Lajos Kocsis, nicht wahr?

– Wie?

– Lajos Kocsis. Ein älterer Mann. Kennst du ihn?

– Nein.

– Wieso denn nicht, wenn du hier spielst? Ganz sicher
kennst du ihn. Ein älterer Onkel in dem gelben Haus dort.
Nicht wahr, du kennst ihn?

– Ja.

– Na, siehst du. Und wo ist er?

– Jetzt?

– Ja.

– Jetzt, weiß ich nicht. Aber er ist in die Kneipe gegangen.

– In welche?

– Da drüben an der Ecke.

– Hast du gesehen, wie er hingegangen ist?

– Er geht immer hin. Jeden Tag.

– Kannst du mir die Kneipe zeigen? Ich bezahl dir ein Eis.

· ·

– Also hier, sagst du. Jetzt lehn schön dein Rad an die Mauer, und guck von der Tür aus, ob der Onkel drin ist. Aber geh nicht hinein, tu, als wenn du nur so guckst. Einverstanden?

– Einverstanden.

· ·

– Na, ist er drin?

– Ja.

– Wo sitzt er? Sag mir, auf welcher Seite. Links oder rechts? Vorn oder hinten?

– Er sitzt nicht. Er steht.

– Aha. Am Tresen?

– Ja.

– Sind da noch mehr?

– Ein paar.

– Warte. Gib mir die Hand, und wir gehen zusammen hinein. So. Jetzt sag mir, welcher es ist, aber zeig nicht mit dem Finger auf ihn. Der mit der Mütze?

– Nein.

– Dann der ohne Mütze, neben ihm? Ja, ja, der ist es! Dieser Grauhaarige, Gebückte, im abgetragenen grünen Hemd? Der jetzt sein Glas hebt. Das ist er doch?

– Ja.

– Gut, dann kehren wir um. Hier entlang, bis zur Ecke. Da hast du hundert Dinar für ein Eis. Aber erzähl niemandem von mir. Das ist unser Geheimnis. Wenn du es für dich behältst, komme ich wieder und unterhalte mich mit dir. Und du kriegst jedesmal Geld für ein Eis von mir.

· ·

VI

Die Genealogie der Blams läßt sich anderthalb Jahrhunderte zurückverfolgen. In einer Gruppe von vierhundert Flüchtlingen, die einen durch das Toleranzedikt ausgelösten Pogrom überlebt hatten, brach im Jahr 1812 auch der Gerber Nachmia mit seiner Frau, deren Vater und sechs Kindern aus dem Elsaß gen Süden, nach der Schweiz auf. Unterwegs starben der Vater der Frau und die jüngste Tochter Noema an Kälte und Hunger und wurden an zwei aufeinanderfolgenden Tagen in zwei benachbarten Schluchten begraben. Die Schweiz zeigte sich auch ansonsten als ungastliches Land, denn die kalvinistischen Geistlichen verboten ihrer Herde, mit den Flüchtlingen zu verkehren und sie in ihren Ortschaften aufzunehmen. Erst in dem Städtchen Turs, wo es schon eine jüdische Kolonie von sechsundzwanzig Familien gab, wurde es ihnen gestattet, sich anzusiedeln, aber außerhalb der Ortsgrenzen und gegen eine Steuer in Höhe von einem Taler jährlich pro Kopf. Da die früher Zugezogenen dieser Abgabe nicht unterlagen, versuchten die Neulinge häufig, sich gegen das Verbot des Stadtoberhaupts unter diese zu mischen, was Vergeltungsmaßnahmen nach sich zog.

Nachmia bemühte sich, in seinem Handwerk zu arbeiten, doch das war unmöglich, weil die Siedlung zu weit von einem Wasserlauf entfernt war. Sobald er für seine Familie eine Hütte gebaut hatte, machte er sich deshalb mit seinem ältesten Sohn, dem zwölfjährigen David, auf den Weg. Sie luden ein paar übriggebliebene bessere Kleidungsstücke und zwei aus der verbrannten Werkstatt gerettete gegerbte Ziegenhäute auf den Karren, der sie aus dem Elsaß hergebracht hatte, spannten sich davor und boten die Sachen in den Häusern entlang der Landstraße an. Vom Erlös wollten sie in einer Stadt neue Ware kaufen und dort ihre Handelstätigkeit entfalten.

Aber die Gebirgsgegenden, durch die sie kamen, waren dünn besiedelt und die dortigen Bauern arm, so daß sie auf dem Tauschweg nur zu Lebensmitteln wie Käse und Rauchfleisch gelangten. Sie wanderten immer weiter und trafen unverhofft auf jüdische Schmuggler, die das französische und das deutsche Heer jenseits der deutsch-schweizerischen Grenze belieferten und an die sie die Lebensmittel zu einem guten Preis loswurden. Das brachte sie auf die Idee, ihre kaufmännischen Pläne zu ändern; in den folgenden zwei Jahren durchmaßen sie mit Lebensmitteln und Alkohol die Gegend zwischen Grenzgebiet und Hinterland, und im dritten Jahr überschritten sie samt der Familie, die sich um ein weiteres Mitglied vergrößert hatte, die Grenze und ließen sich in Deutschland nieder.

Nachmia besaß hier bereits ausgedehnte Schmuggelverbindungen und wurde selbst Zwischenhändler, so daß er bald beträchtliche Gewinne erzielte und ein Haus bauen konnte. Aber 1815 wurden Nachmia und David im Streit mit italienischen Söldnern, die nicht bezahlen wollten, erstochen und tot in einen Bach geworfen; ihre gesamte Ware nahmen die Söldner mit.

Nachdem sie Mann und Sohn gefunden und begraben hatte, verkaufte Nachmias Frau Sarah das Haus und zog der größeren Sicherheit wegen mit ihren fünf Kindern weiter ins Landesinnere. Ihr Zweitgeborener, Moise, verdingte sich bei einem Bauern, und da er fleißig und ausdauernd war, stellte ihn der örtliche Gutsbesitzer als Verwalter ein. Er heiratete, zeugte einen Sohn und zwei Töchter, brachte seine zwei Schwestern unter die Haube, beschaffte seinen Brüdern Arbeit in den Gutswerkstätten und begrub seine Mutter, als ihre Todesstunde geschlagen hatte. Aber 1848 brach ein Bauernaufstand aus, und sie brannten nicht nur das Schloß des Gutsherrn (der sich in die Stadt geflüchtet hatte) nieder, sondern auch das Haus seines Verwalters. Die wütende Menge tötete Moise, vergewaltigte seine Töchter und gab sie den Flammen preis, und ihr Zorn verschonte auch nicht die beiden Brüder in den Gutswerkstätten. Es überlebten nur Moises mißhandelte Frau Rebekka und sein Sohn Eleasar, der vor der Feuersbrunst in einen Wald geflüchtet war.

64

Rebekka und Eleasar fanden Obhut bei einem gutherzigen Müller, aber weil die Unruhen im Badischen nicht aufhörten, schlossen sie sich Rebekkas Bruder David an, der sich anschickte, in den Osten Deutschlands zu ziehen, wo es angeblich ruhiger zuging. Aber Rebekka starb unterwegs, und David mit seiner Familie und Eleasar flohen vor den Pogromen, die in ganz Deutschland tobten, nach Österreich und von dort nach Mähren. Hier fanden sie in Brünn eine größere jüdische Gemeinde vor und gaben Eleasar zu einem rituellen Schlächter, der einen Lehrling brauchte; sie selbst zogen in Richtung Galizien weiter, um nie wieder aufzutauchen.

Eleasar lernte das Schlächterhandwerk und die damit verbundenen religiösen Vorschriften, heiratete die Tochter des Meisters und übernahm, nachdem dieser gestorben war, sein Geschäft. Nach dem 1879 erlassenen Gesetz bekam er als Erster seines Stammes auch einen Familiennamen: Blam. Er hatte drei Kinder: zwei Söhne und eine Tochter. Die Tochter verheiratete er aufs Dorf, den älteren Sohn Samuel behielt er als Gehilfen, während er den Jüngeren, Jufka, das Schneiderhandwerk lernen ließ.

Nach Eleasars Tod übernahm Samuel sein Geschäft; Jufka verließ das Dorf und ging in die Stadt Ostrava. Er mochte das wenig einträgliche Schneiderhandwerk nicht; in Ostrava heiratete er ein lahmes, aber wohlhabendes Mädchen und eröffnete ein Wirtshaus. Er wurde früh Witwer und hatte eine Tochter und einen Sohn. Die Tochter verheiratete er mit dem Kaufmann Josef Ehrlich, der mit der Braut samt Mitgift nach Wien ging, um ein Geschäft zu eröffnen; den Sohn Jakob behielt er, weil er ihm im Wirtshaus helfen sollte.

Der ohne Mutter aufgewachsene und als einziger Sohn verhätschelte Jakob wurde ein Faulpelz: statt die Gäste zu bedienen, spielte er Karten und Billard mit ihnen. Er heiratete ein Mädchen aus einem fernen slowakischen Dorf (in Ostrava wollte ihn keine Familie als Schwiegersohn haben) und zeugte in seiner Ehe die beiden Söhne Heinrich und Vilim. Aber wegen seines ausschweifenden Lebens stellte ihm der Schwiegervater auf Drängen der Tochter ein Ultimatum: entweder solle er sein Vaterhaus verlassen, in das der Schwiegereltern ziehen und ein ordentliches Leben führen, oder die Frau mit den Söhnen werde sich von ihm trennen. Jakob entschied sich für die erstgenannte Lösung und zog zum Schwiegervater, um ihn in seinem Geschäft zu unterstützen, doch fuhr er auch da mit dem Spielen und Trinken fort. Er starb mit zweiunddreißig Jahren, nachdem er betrunken von einer Brücke in einen Abgrund gestürzt war.

Um Heinrich und Vilim kümmerten sich nun die verwitwete Mutter und der Großvater. Heinrich behielten sie im Geschäft, und Vilim schickten sie nach Preßburg ins Gymnasium. In der fünften Klasse verließ Vilim das Gymnasium und trat in die örtliche Zeitung ein, zuerst als Laufbursche, dann als Anzeigenakquisiteur. Zwei Jahre später zog es ihn nach Budapest wegen der vielen bunten Zeitungen, die er von dort in die Hände bekommen hatte; er wollte ein richtiger Journalist werden. Bald wurde ihm klar, daß er in Budapest erst recht keine Aussicht hatte, den ersehnten Beruf zu erlernen, also ging er nach Szeged und von dort nach Novi Sad, wo er am Ende als Mitarbeiter der Lokalzeitung angenommen wurde. Nach dem Zusammenbruch Österreich-Ungarns verlor er diese Anstellung, aber dank seiner Kenntnis des Tschechischen und Slowakischen, das er im Umgang mit der serbischen Bevölkerung ziemlich deformiert hatte, schaffte er den Übergang in das neue serbische Tageblatt *Glasnik* (Der Bote), aus dem später *Naše novine* (Unsere Zeitung) werden sollte.

Die Familie von Blanka Blam, geborene Levi, war aus der entgegengesetzten Richtung, aus dem Süden, aus Serbien, nach Novi Sad gekommen. Im Jahr 1820 verließ ihr Vorfahr, der Viehhändler Meir, die Stadt Smederevo, wo es nach dem Rückzug der türkischen Macht keine Sicherheit mehr gab, und gelangte mit Frau und zwei Söhnen, dem Lauf der Donau folgend, nach Peterwardein. Der Zutritt zur Stadt wurde ihm verwehrt, und als er versuchte, jenseits der Schanzen einen Handel aufzumachen, wurde ihm unter Androhung der Vertreibung mitgeteilt, daß einem Nichtchristen solche Tätigkeit nicht gestattet sei. Daher eröffnete er in einer Erdhütte jenseits der Schanzen ein Wirtshaus, wo er Offizieren und Soldaten gegen Zinsen auch Geld lieh. Die Kommandantur erfuhr von seiner Wucherertätigkeit und vertrieb ihn, das Wirtshausinventar wurde ausgeräumt und verbrannt. Meir floh mit der Familie in Richtung Erdut, aber unterwegs wurden sie von Räubern überfallen und ausgeplündert, und Meir wurde getötet.

Meirs Witwe Mariam versteckte sich bei Juden in Erdut und diente in ihren Häusern. Der ältere Sohn Gerson verließ sie bald, ging als Hausierer in die Welt und kehrte nie zurück; der jüngere, Isaak, kam dank der Vermittlung durch Erduter Juden im Geschäft von Adam Hirschl in Novi Sad unter. Hier heiratete er und nahm seine alte Mutter zu sich; er versuchte ein Geschäft zu eröffnen, was ihm jedoch der Magistrat der Stadt verweigerte, und so ging er in das Dorf Rumenka. Seine Frau gebar einen Sohn und eine Tochter. Die Revolution von 1848 brach aus, die Aufständischen plünderten Isaaks Warenbestände, und das zur Vergeltung herbeigeholte österreichische Heer steckte sein Haus in Brand. Die alte Mariam starb, und Isaak floh mit seiner Familie nach Kać, wo er vier Jahre später, ohne sich von dem Verlust je erholt zu haben, selbst verschied.

Seine Witwe Rava fristete ihr Leben als Grünkramhändlerin, sie verheiratete ihre Tochter und zog zu ihr; der Sohn Nathan ehelichte eine reiche Braut und eröffnete ein Wirtshaus. Er hatte sechs Kinder: zwei Töchter und vier Söhne. Drei von ihnen verdingten sich bei Kaufleuten in der Umgebung, und der vierte, Avram, wurde Waagemeister in Kać.

Avram heiratete und hatte zwei Kinder: den Sohn Karl und die Tochter Blanka. Er wollte seinen Kindern eine Ausbildung ermöglichen, und als er erfuhr, daß die jüdische Gemeinde von Novi Sad einen Geschäftsführer suchte, bewarb er sich und wurde gegen eine monatliche Vergütung einge-

stellt. Karl besuchte das Gymnasium, starb jedoch früh an
Tuberkulose; Blanka schrieb sich bei der Bürgerschule ein.
Indes starb unerwartet auch Avram an Tuberkulose, und
seine Witwe Regina kehrte nach Kać zu ihrer Schwester zurück, mit der sie einen Handel betrieb. Blanka blieb in Novi
Sad bei Verwandten der Mutter; hier lernte sie Vilim Blam
kennen und heiratete ihn.

✻

Blam erwacht.

In den letzten Bruchstücken seines Traums steht er vor
einer dicken Glaswand, hinter der er Gestalten wahrnimmt.
Die Gestalten bewegen sich, winden sich, aber da das Licht
nicht ausreicht, sieht Blam sie undeutlich, ein Gewirr von
Formen, wie ein Knäuel Schlangen, die ohne Richtung und
Ziel dahinkriechen. Doch irgendwoher weiß er, daß das keine
Schlangen sind, sondern Menschen, er ahnt, daß hinter der
Wand etwas Schreckliches geschieht, daß man dort leidet, sich
im Schmerz verkrampft, umkommt. Diese Erkenntnis erfüllt
ihn mit Grauen, zieht ihn jedoch zugleich unwiderstehlich an.
Er nähert sich der Wand mit bleischweren Schritten, als
schleppte er Gewichte an den Füßen, und je geringer sein Abstand wird, desto klarer sieht er, daß sich hinter der Glaswand
tatsächlich ein Knäuel menschlicher Gestalten am Boden
windet. Da löst sich eine der Gestalten aus dem Knäuel, erhebt sich auf die Knie, auf die Füße und tritt im selben
Augenblick wie Blam an die Wand heran. Blam bleibt stehen,
und die Gestalt jenseits schmiegt sich an die Wand, preßt
Hände und Gesicht dagegen. Die Handflächen drücken eine
rosige Blutfarbe aus sich heraus und werden gelb, das Gesicht
wird plattgedrückt: die Nase verbreitert sich wie eine reife
Feige, der Mund spaltet sich in zwei Blutegel, das Kinn baucht
sich zur Birne, und zuletzt legen sich die Augen ans Glas,
zwei riesige, aufgerissene Augen, deren Augäpfel der Druck
gegen das Glas vergrößert wie Ringe auf dem Wasser. Doch

trotz aller Entstellung kommt Blam das Gesicht bekannt vor. Er versucht, in den verzerrten Zügen, den verwaschenen Farben das zu finden, was in sein Gedächtnis paßt, seine Gedanken wählen aus, engen den Kreis der Bekannten immer mehr ein, bis sie zum Zentrum gelangen und Blam entsetzt begreift, daß dieses Gesicht sein eigenes ist.

Er erwacht schweißgebadet und mit hämmerndem Herzen.

Er erwacht in seinem Bett, das am Fenster steht und die dünnen, durch die Jalousienritzen dringenden Lichtstreifen über ihn hinweg bis zur jenseitigen Wand gleiten läßt, wo sich Janja unter ihrem Flimmern anzieht. Blam wird von einem Gefühl erfaßt, das sich aus drei Elementen zusammensetzt. Erstens wehrt er sich gegen das Erwachen und nimmt es zugleich dankbar an. Für ihn ist das Erwachen eine Lüge, aber eine Lüge auch der Traum, aus dem er durch das Wachwerden auftaucht. Ihn verletzt, daß das eine das andere ausschließt. Noch zittert in ihm das Grauen des Traumbildes: die unter Qualen gekrümmten, verschlungenen Leiber, von denen einer sein eigener ist. Diese Qual ist real, er fühlt sie in sich, in seinem keuchenden Atem, dem Herzrasen, dem kalten Schweiß, und er ahnt, er weiß, daß ihr ein ganzes Geflecht von Qualen vorausgegangen ist, ein ganzes geträumtes Leben, an das er sich indes nicht mehr erinnert und dessen letzte Reflexe zu zerfallen, zu verlöschen drohen. Er will nicht, daß sie verlöschen. Wenn das sein Leben ist, will er es besitzen. Andererseits ist sein Leben auch dies: das schwitzende, zitternde Wachwerden im Bett gegenüber der Frau, die da lichtgebadet steht und sich ankleidet und ihn einlädt, sich dem Schutz des Tages anzuvertrauen.

Während er sich zu dem unvermeidlichen Übergang entschließt, sieht Blam zweitens ein, wie schlecht er darauf vorbereitet ist. Sein Herz schlägt hastig und arhythmisch, die Schläge hallen zwischen den Rippen wie in einem Faß, und nach jedem fünften oder sechsten Schlag durchfährt seine Brust ein Schmerz wie von einem Nadelstich. Das sind, so vermutet er, Echos der im Traum erlebten Angst; aber in letzter Zeit hat er ähnliche Beschwerden auch ohne so gravierende Anlässe, beim Gehen auf der Straße, am Schreibtisch oder sogar, wenn er sich hier auf dem Bett ausruht. Etwas in ihm gerät ins Stocken oder vielmehr in Bewegung, eine Unregelmäßigkeit, ein Defekt, ein schadhafter Zahn an dem Rad des Körpers, das die von diesem geforderten Anstrengungen und Kräfte ausgewogen verteilen und im Gleichgewicht halten soll. Dieses Gleichgewicht in ihm schwindet, sein Herz scheint einmal zu erschlaffen und dann wieder unnötig zu hasten, er beherrscht es nicht mehr, jagt ihm kopflos hinterher oder wartet verängstigt, schweißgebadet darauf, daß es seinen Erfordernissen genügt. Er glaubt, das sind Anzeichen für eine Gefäßverstopfung und dieser unregelmäßige, stockende Kreislauf in ihm könnte plötzlich aufhören und an seine Stelle ein Schlag, ein Krampf treten; er wird ächzen, nach Luft ringen, aber Luft wird es nicht geben, nicht für seine Lungen, er wird ersticken, sinnlos zappelnd wie ein Kater, den man mit einem Stein um den Hals ins Wasser geworfen hat. Ist jetzt dieser Augenblick? Blam lauscht, als würde das Leiden, der Tod sein Kommen durch einen besonderen Rhythmus, ein Signal ankündigen, er ermattet vor Anstrengung, ihn abzuwenden. Aber wie? Er ahnt, daß er sich ihm entziehen, ihn wie eine Strafe aufschieben kann, indem er ihn einfach ignoriert, indem er sich ganz dem Leben zuwendet – er ist abergläubisch und glaubt, daß der Tod dann sein Ziel verfehlen wird. Er pumpt die Lunge voll, versucht ruhig zu atmen, konzentriert Blick und Gehör auf das Leben dort am anderen Ende der Küche, und wirklich, die Stiche in der Brust scheinen allmählich nachzulassen, und dann wird auch der Herzschlag gleichmäßiger, langsamer, leiser.

Doch der Blick zur Wand gegenüber erfüllt ihn mit neuer Unruhe. Der Körper, der sich dort beugt und streckt – dieser große, elastische, nach so vielen Jahren noch immer elastische, rosige Frauenkörper ist derselbe, den er einmal von der Straßenbahn aus gesehen hat, aber damals war er in blaues

Tuch gekleidet und von einem knochigen Männerarm umschlungen. Ein Trugbild? Ja, vielleicht war es auch ein Trugbild, aber so wahrhaftig, so übereinstimmend mit seiner Vorstellung, daß es mit einem Federstrich ihre Beziehung abrundete, besiegelte. Wie ein Symbol. Oder wie ein Traum. Ja, genau wie ein Traum, der realer sein kann als die Wirklichkeit, tiefer, klarer, weil er frei ist von den verwirrenden Zufälligkeiten im Wachzustand. Wie sein Traum jetzt eben. Aber in dem Fall bewegt er sich nur zwischen Träumen, von Traum zu Traum, und alles andere ist lediglich Täuschung.

✳

Das Haus der Blams am Vojvoda-Šupljikac-Platz war ein bescheidenes ebenerdiges Gebäude, zwar aus Ziegeln gemauert, aber mit Feuchtigkeit in den Wänden, mit schmalen Fenstern, die wenig Licht in die Zimmer ließen, mit niedrigen, gewölbten Kellerräumen und einem Hof, den man aus Geiz verkleinert hatte, um Platz für eine separate Hinterhauswohnung zu schaffen. Unter dem Tor bog sich bei jedem Schritt die in den Betonboden eingelassene Falltür zum Keller, über dem geschwärzten Dach war die Sonne nur mittags zu sehen, das Klosett war ohne Wasser, draußen, zwischen Vorder- und Hinterhaus.

Das Haus entsprach den Bedürfnissen der Blams, als sie, jung verheiratet, sich von den ungemütlichen und teuren Untermietzimmern befreien und ein »eigenes Dach über dem Kopf« haben wollten, und so investierten sie bereitwillig das Erbe, das Blanka nach dem Tod ihrer Mutter, der verwitweten Händlerin, angetreten hatte. Aber mit dem Aufstieg des Novi Sader Bürgertums, bei dem die Juden, dank ihrer Familienbeziehungen in alle Welt, den anderen voraus waren, zeitigte der Vergleich zwischen dem Vorhandenen und dem Möglichen immer höhere Ansprüche, so daß das Haus im Lauf der Jahre viele Veränderungen erfuhr. Dabei spielte Vilim Blam die Rolle des Planenden, der sich für alles Moderne begeisterte, wovon er als Journalist und regelmäßiger Kaffeehausbesucher reichlich zu sehen und zu hören bekam, während Blanka Blam, die ohne größere gesellschaftliche Kontakte und auch ohne Phantasie, aber zielstrebig war, seine Ideen, wenn auch mit Verspätungen aufgrund von Hindernissen und Schwierigkeiten, in die Tat umzusetzen versuchte. Blam nahm abends bei einer Tasse schwarzem Kaffee und einem Gläschen Rotwein, die ihm im Eßzimmer serviert wurden, gern den Bleistift zur Hand und skizzierte auf den leeren Seiten des Blocks, den er tagsüber in der Tasche trug, um sich alle Neuigkeiten aufzuschreiben, geschickt den Grundriß des Hauses, markierte Türen und Fenster durch doppelte Querstriche und veränderte dann das Bild, indem er bestehende Wände tilgte und andere einzeichnete, Zimmer teilte oder erweiterte, Durchgänge trennte oder verband. Danach verlangte er, zufrieden und mit geröteten Wangen, daß seine Frau das Geschirrspülen unterbrach und seine ansprechende Schöpfung anschaute und begutachtete, wurde wütend, wenn sie, mit einem nassen Teller in der Hand, die Entwürfe nicht sofort verstand oder mit dem erwarteten Enthusiasmus belohnte. Aber während er schon tags darauf die von der abendlichen Ruhe und dem Wein inspirierte Vision vergaß, kam es vor, daß sie, die diese nur stumm, mit gerunzelter niedriger Stirn betrachtet hatte, ihren Mann nach einer Reihe von Tagen oder Wochen an eine Einzelheit der Zeichnung erinnerte, die in ihrem Geist inzwischen den Charakter einer Notwendigkeit angenommen hatte, und verlangte, daß er die Handwerker rief und Geld dafür zur Verfügung stellte. Das gelang schon schwerer, und Blam schob die erforderlichen Verhandlungen lange auf, versäumte es, die fälligen Honorare einzusammeln oder gab sie schon auf dem Weg nach Hause für Geschenke aus; dennoch wurden ihre häufig wiederholten Forderungen mit der Zeit erfüllt. Die Fenster wurden durch neue, größere, quadratische ersetzt, auf der Hofseite wurde eine verglaste Veranda angebaut, zusätzlich zum Brunnen wurde eine Wasserleitung gelegt, und als Krönung der Modernisierung wurde ein Teil der altertümlich großen Speisekammer zum Bad umgestaltet.

In der Hofwohnung, wo die Witwe Erzsébet Csokonay mit ihrer lahmen kleinen Tochter lebte, änderte sich in all dieser Zeit nichts, außer daß die Mieterin jeden Sommer mit einer Bürste an langem Stiel eigenhändig die Wände rings um die winzigen, grüngestrichenen Fenster und um die Glastür weißte, durch die man in ihre Küche und weiter in das einzige Zimmer gelangte. Diese Tür, die früher auf die Rückwand der Hausbesitzerwohnung mit dem Belüftungsfensterchen der Speisekammer geblickt hatte, bekam nun ein neues Gegenüber in Gestalt des modernen Badezimmerfensters, das breiter als hoch war. Von diesem Fenster aus beobachtete der pubertierende Knabe Miroslav Blam Abend für Abend Erzsébet Csokonay, wenn sie sich wusch.

Man könnte sagen, daß es zur Eröffnung dieses Festivals der Nacktheit zufällig kam, als Blam eines Abends das Bad betrat und nicht sofort Licht machte; da sah er im Fenster den nebelhaften Reflex eines äußeren, vom Fußboden aus nicht bestimmbaren Lichtscheins, und nachdem er einen Schemel auf die Klosettschüssel gestellt hatte und daraufgestiegen war, bot sich seinen Augen erstmals die Szene mit der badenden Witwe. Aber hatte ihn nicht schon lange eine unerklärliche Ahnung hierher gezogen? Erzsébet Csokonay war eine blasse, brünette Frau, die ihr Haar unter einem straffgebundenen Tuch versteckte und stets eiligen Schrittes ging, ein wenig vorgebeugt, wie niedergedrückt unter ihrem Witwenlos, ihrer Armut und der Sorge um das einzige Kind, das mit einer Hüftluxation auf die Welt gekommen war. Vor den Blicken des heranwachsenden Blam trug sie ihre schweigende Not und Schicksalsergebenheit nicht nur täglich über den Hof, wenn sie zur Arbeit in die wohlhabenderen Häuser hastete, wo man sie als Aushilfe beschäftigte, und wenn sie von der Arbeit kam, um aufzuschließen und ihrem dem Alleinsein überlassenen Kind zu essen zu geben, sondern auch bald durch die Wohnung der Blams, wo sie hin und wieder wusch und beim Großreinemachen zur Hand ging. Sie arbeitete flink, wortlos, fast wütend und beugte ohne Rücksicht ihren drallen Körper, an dem sich die alten Röcke blähten wie Schiffssegel vom schweren Tropenwind. Aber der wirkliche Hinweis auf das Weibliche an ihr erfolgte durch Lajos Kocsis, von dem Moment an, da er in der Rolle ihres ständigen Gastes auffiel.

Lajos Kocsis war verheiratet, aber obwohl er arbeitslos war und samt Frau und Kindern im Haus und auf Kosten seines Schwiegervaters, eines Fleischers, lebte, beanspruchte er auch das Recht auf die Freuden eines Liebhabers. Für diese Freuden brachte er offensichtlich keinerlei Opfer, schon gar nicht finanzielle, wofür ihm ja die Mittel fehlten, so daß Erzsébet Csokonay seit dem Beginn ihrer Beziehung nicht nur ebensoviel arbeitete wie zuvor, sondern noch mehr, um ihn in einer sauberen, warmen und mit Vorräten versehenen Wohnung zu erwarten. Im Vorderhaus bei den Vermietern, den Blams, wurde diese Tatsache mit unzweideutiger Mißbilligung aufgenommen. Wenn sie von der Veranda, auf der sie gern nach dem Mittagessen oder gegen Abend saßen, die eher kleine, stiernackige, aufrechte, in einen abgetragenen, aber sorgfältig gebürsteten Anzug gekleidete Gestalt des Nichtstuers im besten Mannesalter über den Hof zur Csokonay-Wohnung gehen sahen, warfen sie sich spöttische bis zornige Blicke zu und bemerkten halblaut: »Da ist er! Schon wieder!« und analysierten danach lange das ungleiche Verhältnis zwischen dem stutzerhaften, hohlen Egoisten und der durch ihre Einsamkeit wehrlosen Witwe. Dabei verurteilten sie auch, obwohl sie es niemandem, wohl nicht einmal sich selbst eingestanden hätten, die Unzuverlässigkeit ihrer zeitweiligen Haushaltshilfe, die wegen ihrer Liebe und der damit verbundenen Opfer keine Sklavin ihrer bezahlten Tätigkeit mehr war und manchmal mitten in der Arbeit die Blams allein ließ, um hinüberzulaufen in ihre Wohnung, vor deren Tür der müßige Liebhaber unerwartet eingetroffen war.

Der sechzehnjährige Miroslav Blam aber durchschaute instinktiv den egoistischen Hintergrund dieser Kritik und stellte sich in seiner jugendlichen Rebellion auf die Seite des Liebespaars. Er selbst war ganz erfüllt vom Reifen seiner Sinnlichkeit, wenn sie auch noch unbestimmt, ungerichtet war, und die elterliche Verurteilung des sittenwidrigen Verbrechers Kocsis riß nur seine eigenen moralischen Schranken nieder. Wenn Kocsis, frisch rasiert, mit straffgekämmtem graumeliertem Haar, mit einer zerschlissenen, unter dem dicken, roten Hals zum kleinen Knoten geschlungenen Krawatte auf dem Hof erschien und in der Wohnung von Frau Csokonay verschwand, eilten seine Gedanken und Phantasien von dem verhaßten Lehrbuch weg dorthin, in diese kleine, hermetische und jetzt auch noch verriegelte Wohnung, wo sich, wie er ahnte, all das abspielte, was er insgeheim ersehnte. Er verbrachte Stunden damit, sich die Umarmungen, das Aneinanderdrängen, das Keuchen vorzustellen, die nackten, in ihrer Sinnenlust wogenden, verkrampften Körper; dann ging der reale Kocsis in umgekehrter Richtung noch einmal über den Hof, aufrecht wie zuvor, sorgfältig gekämmt, noch röter im Gesicht und am Hals, und etwas später erschien auch die Witwe, mit einem Tuch über dem gesenkten Kopf, um ihre lahme kleine Tochter von der Schule abzuholen oder zu einer Nachbarin zu eilen, bei der sie sich als Aushilfe verdingt hatte. Blam betrachtete sie mit glühendem Interesse, er ahnte unter dem groben Tuch ihren lebendigen Körper, und wenn er zufällig dem Blick ihrer schmalen, schrägen Augen begegnete, glaubte er unter einer stummen, leidenschaftlichen Aufforderung zu verbrennen.

Als er an jenem Abend zum erstenmal den eben entdeckten Aussichtspunkt hinter dem Badezimmerfenster erstiegen hatte, blickte er genau auf die Glasscheiben in der Tür von Frau Csokonay, die zwar bis in Mannshöhe durch eine geraffte Musselingardine verhüllt waren, aber am oberen Rand einen ausreichend breiten Spalt freiließen, um ihm von der Höhe der Klosettschüssel und des daraufstehenden Schemels aus den Blick auf die Mitte des Raums zu öffnen. In diesem Raum und unter einer für ihn unsichtbaren Lampe ging die Witwe hin und her, wie immer mit einem Kopftuch, aber die nachdenkliche Gewissenhaftigkeit ihrer sonst so hastigen, fahrigen Bewegungen verriet, daß sie sich auf etwas Ungewöhnliches vorbereitete. Sie räumte das Geschirr vom Tisch auf den Herd, faltete das Tischtuch zusammen, öffnete und schloß die Kredenz, schob Tisch und Stühle beiseite. Auf den solcherart freigemachten Platz stellte sie eine große weiße Waschschüssel, trat zum Herd, nahm einen Topf, setzte ihn auf den Boden, entfernte den Deckel und goß, mitten im hochschießenden Dampf stehend, Wasser in die Schüssel. Der Dampf breitete sich wie ein Vorhang aus und machte die Frau für ein paar Augenblicke unsichtbar. Aber gleich darauf legte er sich, wurde dünner, und als er sich gänzlich verzogen hatte, war Frau Csokonay schon ohne Kopftuch und steckte das lange, kastanienbraune Haar im Nacken zusammen. Danach öffnete sie ihre Bluse, zog sie aus, schob den Rock hinunter und stieg heraus, streifte das Hemd über den Kopf und die Pantoffeln ab: sie stand ohne Kleider mitten in der Küche. Blam unterdrückte einen Aufschrei: bei all seinen begehrlichen Vermutungen hatte er nicht geahnt, daß sich unter diesen unförmigen Kleidern ein derart zarter, fast verletzlicher Körper verbarg. Die Haut der Witwe war blaß, glatt, an den milchweißen langen Schenkeln straff gespannt und an den unverhältnismäßig kleinen, zitternden Brüsten beinahe durchscheinend und wie schamhaft um die zwei blutroten Siegel der flachen, feingefältelten Brustwarzen gerafft.

Dann zerfiel das erregende Bild: die Witwe begann sich zu waschen. Sie bückte sich tief, so tief, daß die Schultern ihre Brüste verdeckten, sie machte die Seife naß und rieb sich damit die Hände ein, schöpfte Wasser und verteilte den Schaum auf Armen und Schultern, unter den Achseln und auf der Brust, langte mit den Händen auf den Rücken, bis zum Ansatz der Wirbelsäule. Sie spülte den Schaum sorgfältig ab, grätschte die Beine über der Schüssel und seifte Schamge-

gend, Bauch, Gesäß, Schenkel ein. So im Hocken schöpfte sie
Wasser über sich, ganz geduckt, so daß ihre Brüste auf den
Knien lagen wie zwei flache Tüten und der Bauch mit der
Scham im Dunkel zwischen den Schenkeln verschwand, bis
auf ein Büschel kurzer, dunkler Härchen. Sie richtete sich
wieder auf, trat in die Schüssel, seifte sich die Beine ein und
spülte sie ab. Jetzt war sie wieder vollständig zu sehen, aber
ganz glänzend vor Feuchtigkeit und gerötet. Sie griff nach
dem Handtuch, legte es sich um, hielt es über der Brust zusammen. Sie schlüpfte in die Pantoffeln, ging zur Tür und
war plötzlich vom Dunkel verschluckt. Blam zog erschrok-
ken den Kopf vom Fenster zurück. Er stand ein paar Minuten reglos da, zurückgelehnt, zitternd und überlegte, ob er
bemerkt worden war, lauschte, ob sich gegenüber die Tür
öffnete, ob er leichte Schritte in Pantoffeln oder eine Be-
schwerde hören würde, er habe sie belästigt. Aber nichts geschah. Vorsichtig, benommen blickte er wieder aus dem Fenster. Draußen war es fast ebenso dunkel wie im Bad, und er
ahnte mehr als er sah, daß die Küche jetzt verlassen war, ohne
Bewegungen in ihrem engen Schlund, mit dem verschwommenen weißen Fleck der Waschschüssel als einziger Spur des
eben Stattgehabten. Frau Csokonay war offenbar ins Zimmer und schlafen gegangen.

Von da an hatten Blams Tage einen verheißenen, erwarteten abschließenden Höhepunkt. Nach dem Abendessen,
wenn Vilim Blam im Radio die Nachrichten hörte, seine Frau
das Eßzimmer und die Küche aufräumte und Esther der
Mutter half oder sich in ein Lehrbuch vertiefte, verfolgte
er ungeduldig das Vorrücken der Uhrzeiger, ging ins Bad,
schloß sich ein, stellte den Schemel auf den Toilettendeckel
und lauerte auf den Beginn der Szene, die ihn mit Seligkeit
und Leidenschaft erfüllte. Es kam vor, daß sich Frau Csokonay wegen notwendiger Hausarbeit verspätete oder daß jemand anderer von den Blams nach dem Abendessen das Bad
in Beschlag nahm, aber er meisterte all diese Hindernisse und
Aufschübe durch Ausdauer und Schlauheit, ging notfalls

auch mehrmals hinaus, immer unter einem anderen Vorwand. Einen Abend ohne das Schauspiel der Nacktheit konnte er sich nicht mehr vorstellen, und wenn es vorüber war, blieb er unbefriedigt zurück, gereizt, voller Sehnsucht nach dem nächsten, am folgenden Tag.

Die Vorstellungen wurden seltener, als Lili auftauchte und Blams Abende mit Spaziergängen ausfüllte, mit Gesprächen, Reiseplänen, mit Komplimenten auf seine Klugheit und sein gutes Aussehen, schließlich mit der Verwandlung des beiderseitigen Begehrens in die Wirklichkeit körperlicher Berührungen in der Dositej-Straße. Dieser Ersatz war zwar unvollkommen, durch Verantwortung belastet, in einigem auch enttäuschend, aber er bot im Vergleich mit der Szene in der Küche von Erzsébet Csokonay den Reiz des Greifbaren, Realen, Beruhigenden. Wenn Blam an einem freien Abend wieder zum Badezimmerfenster hinaufstieg, rief der vertraute Anblick nicht mehr den früheren leidenschaftlichen Rausch hervor: er kannte nun schon das Geheimnis des weiblichen Körpers, verlangte mehr von ihm als bloße Erregung, er verlangte Genuß, und zugleich wußte er, daß der Genuß im Vergleich mit den Erwartungen unzulänglich war. Dann reiste Lili unter Tränen ab, nachdem sie ihn ein letztes Mal zum Mitgehen aufgefordert hatte; dafür kamen Krieg und Okkupation und rissen Blam gewaltsam aus dem Nebel seiner Träumereien und Betrachtungen, stürzten ihn in die rohe Tatsachenwelt von Gewalt, Todesangst, schockierenden Veränderungen. Zu diesen gehörte der eigentlich unauffällige, eigenmächtige Einzug Kocsis' in die Wohnung der Witwe Csokonay, gegen den die Blams, nun schon Bürger zweiter Klasse, nichts einwenden durften und konnten, und so schauten sie hilflos zu, wie der angegraute Geck spät am Morgen die Hofwohnung verließ, als sei es seine eigene, rasiert und das Haar straff zurückgekämmt, wie er sich mit neuer Würde zur Veranda hin verneigte, wo sein Gruß mit widerwilligem, aber ängstlichem Lächeln entgegengenommen wurde. Bald sah man unter seinem Arm eine neue, gelbe

Aktentasche als Zeichen von Beschäftigung und Broterwerb, die – auf daß die Demütigung noch tiefer wurde – eine auffällige Ähnlichkeit mit Beschäftigung und Broterwerb Vilim Blams aufwiesen: in der Blüte des ungarischen Nationalismus hatte man Kocsis mit der Abonnentenwerbung für einen prachtvollen Bildband über die Rückkehr der Bačka und Novi Sads unter die Fittiche der Stefanskrone betraut. Nur für Erzsébet Csokonay brachten die Ereignisse keinerlei Veränderung: sie lief weiterhin schnellen Schritts zur Arbeit in fremde Häuser und wartete auf ihr lahmes kleines Mädchen und den schmarotzenden Liebhaber; Kocsis' Provisionen mußten spärlich fließen, oder er verbrauchte sie – auch darin Vilim Blam beleidigend ähnlich – als Taschengeld, denn die Frau trug nach wie vor ihre schäbigen Kleider, die nichts von der Schönheit des Körpers ahnen ließen, der sich darunter verbarg.

Als Blam eines Abends früher als sonst nach Hause gekommen war und sich wegen der bestürzenden Nachrichten über Erschießungen in der Stadt hilflos und verzweifelt fühlte, stieg er, von der Erinnerung getrieben, zum Badfenster hinauf und blickte in die erleuchtete Küche hinüber. Er fand sie verändert: hinter der Kredenz war ein weißes Bett aufgeschlagen, und an dem näher beim Herd stehenden Tisch saß die lahme kleine Tochter der Witwe, tauchte einen langen, roten Federhalter in ein viereckiges Tintenfäßchen und schrieb etwas in ein Heft. Blam wartete geduldig, aber er sah die Witwe nur einmal, als sie aus dem Zimmer kam, um das Bett zu richten und die Kleine zum Schlafengehen auszuziehen. Offenbar hauste sie mit Kocsis in dem einzigen Zimmer. Wo und um welche Zeit wusch sie sich jetzt? Er bekam es nicht heraus, versuchte es auch gar nicht. Der Zauber jener nächtlichen Szenen war ohnehin zerstört, und die neue Wirklichkeit ließ ihm nicht die Kraft, ihn noch einmal zurückzuholen.

VII

»Du bist schon wach?« fragt gedämpft die Frau, die wohl eine Bewegung Blams gehört hat. »Es ist gleich halb sieben.«

Das ist nicht nur die Feststellung einer Tatsache, sondern eine Ermahnung: schon tut sie einen Schritt, wobei sie ihren Strumpf festhält, zum Tisch und drückt mit dem Zeigefinger der anderen, weit vorgestreckten runden weißen Hand auf den Knopf an der Metallhaube des Weckers, denn das Läuten ist überflüssig geworden. Nachdem die Uhr neben ihrem Kopfkissen als stummer Zeitmesser gedient hatte, hat sie sie wie jeden Morgen hierhergebracht und das Weckwerk aufgezogen, das sie um des ruhigen Schlafs der Kleinen willen nicht benutzt.

Ihr Bemühen erfüllt ihn mit einer kleinen, bösen Genugtuung. »Ich komme schon«, sagt er, obwohl er sich nur auf die Ellenbogen erhebt. Janja hat ihm schon angeboten, ihn selbst zu wecken, auch vorgeschlagen, daß sie noch einen Wecker kaufen, aber er hat beides abgelehnt mit der Behauptung, daß ihn das Ticken stört und er ihrer Pünktlichkeit nicht traut; in Wirklichkeit wollte er es ihr nicht ersparen, daß sie an ihn denken muß, sobald sie aufwacht.

Denken: er weiß, wie. Er weiß, daß sie die gewölbte Stirn runzelt, daß seine Gestalt mit den geschlossenen Augen, reglos, stumm, wie ein Gegenstand in ihrer Vorstellung erscheint. Ein Gegenstand, den man in Bewegung setzen muß, wenn man ihn benutzen will, das ist er für sie.

Aber das macht nichts: als ein Gegenstand unter anderen ist er um sie herum, engt sie ein, zwingt sie, ihn hin und wieder zu streifen. Hätte sie noch mehr Gegenstände, wäre die Küche noch kleiner, mit noch mehr Dingen vollgestopft, stünde auch ihr Bett hier, müßten sie einander ständig berühren. Vielleicht würde so, Körper an Körper, Atem mit Atem vermischt, in ihnen der Wunsch erwachen, sich an einem solchen Morgen zu umarmen, wenn die Phantasie rastloser, freier ist, selbst nach wahnwitzigen Träumen, von denen das Herz hämmert, oder gerade deshalb.

Auch jetzt würde er sie gern ins Bett ziehen, um sich unter ihrer frischgewaschenen Haut zu verkriechen, in ihren biegsamen Körper einzudringen und sich in ihr von seinem schweißgebadeten, verunsicherten Selbst zu befreien. Er spürt die Bewegungen, mit denen er das tun würde, seine Hände und Lenden zittern vor Anspannung und Begier, aber das, was der Umarmung vorausgehen müßte – die Aufforderung –, bekommt er nicht über die Lippen, er kann die entsprechenden Worte nicht einmal denken, formulieren. Zwischen ihnen beiden sind echte Worte, Worte der Aufforderung oder Erklärung, längst erstorben; er selbst hat sie nach dem aus der Straßenbahn Gesehenen getilgt, ist, statt jedes Versuchs, Janja festzuhalten, zum Zeichen des Einverständnisses mit ihrem Abschied verstummt. Die Worte, die zwischen ihnen noch dauern, sind oberflächlich, fast höhnisch in ihrer Nüchternheit.

»Ich bin ganz verschwitzt«, sagt er auch in diesem Moment, nörgelnd.

Janja unterbricht zögernd ihre kleinen Bewegungen des Ankleidens und richtet sich mit noch immer entblößten, von der rötlichen Sonne beschienenen Armen und Schultern auf.

»Soll ich dir ein Handtuch geben?«

Er aber fühlt sich gereizt durch ihre nackte, zur Pflicht und nicht zur Liebe bereite Schönheit.

»Unsinn. Das mach ich schon selbst.«

Er senkt die Füße auf den Teppich, der die kalten Fliesen bedeckt, fährt in die Pantoffeln und zwängt sich durch die schmale Gasse zwischen Bett und Tisch zum Waschbecken mit der Dusche, denn diese Schlafkammer-Küche war ursprünglich ein Bad, das die Frau erfinderisch umgestaltet hat, um das Zimmer für die Kleine frei zu bekommen. Und natürlich für sich selbst im Dienst der Kleinen, die ihr das Wichtigste ist.

Jetzt hantieren sie beide in zwei entgegengesetzten Ecken: er wäscht sich unter dem Wasserhahn, sie zieht sich fertig an, Es scheint, als liefen ihre Bewegungen, das Bücken, das Heranziehen der Arme im selben eingeübten Rhythmus ab. Dies ist jedoch nur Gewohnheit: ihre Gedanken sind weit weg von ihm, Blam weiß es, vielleicht schon im Restaurant, wo wie jeden Tag eine ausgelassene Gesellschaft auf sie wartet, vielleicht bei der Kleinen, die noch schläft.

Sie beenden ihr Tun auch im selben Augenblick und nähern sich gemeinsam dem Fenster: sie, um die Jalousien hochzuziehen und es zu öffnen, er, um seinen Pyjama aufs Bett zu werfen und das Hemd vom Stuhl zu nehmen.

Janja greift sich den Pyjama vom Bett und breitet ihn auf der Fensterbank in der Sonne aus.

»Damit er trocknet. Nachher, wenn die Kleine kommt, mach wieder zu. Wegen der Zugluft.«

Sie geht zum Kühlschrank, öffnet ihn, taucht gebückt, mit zuckenden Brauen, in sein kaltes Licht.

»Gib der Kleinen Butter und Honig. Und mach die Milch richtig warm.« Das sind Befehle, ausgesprochen mit der herben Stimme ihrer Mädchenjahre: nur um sie zu erteilen, weckt sie ihn, nimmt sie ihn überhaupt zur Kenntnis.

»Du frühstückst nicht?« fragt er zurück, obwohl er die Antwort kennt.

»Später im Restaurant.«

»Eines Tages kommt eine Kontrolle, und dann bist du blamiert.«

»Wir frühstücken alle dort.«

Mit einem gekünstelten, gelangweilten, durch Wiederholung schiefen Lächeln winkt sie ihm zu und geht.

Blam bleibt allein zurück. ein paar Augenblicke lang lauscht er ihren Schritten im Vorzimmer, dann schnappt das Türschloß zu. Er sieht sich um. Er muß Ordnung machen und das Frühstück vorbereiten, wie sie es von ihm erwartet, aber er hat keine Lust. Sobald sie fort ist, hat er hier zu nichts Lust. Alles um ihn herum erscheint ihm auf einmal künstlich, nichts empfindet er als vertraut, als zu ihm gehörig. Das Bett, das anstelle der einstigen Badewanne in einer Wandnische unter dem Fenster steht, wirkt auf ihn wie eine Schlafwagenpritsche, und auch die Ausstattung ringsum sieht aus, als sei sie für eine Eisenbahnfahrt oder als Provisorium gedacht: Herd und Waschbecken, Hänge- und Kühlschrank. Die Abstände sind auf den Zentimeter genau berechnet, wie auch alles andere, damit möglichst viele Gegenstände hier Platz haben, die drüben im Zimmer gestört und der Kleinen Raum und Luft weggenommen hätten. Er hat es indes selbst so gewollt, hat von sich aus vorgeschlagen, aus dem Zimmer auszuziehen, wo das Kind seine Ruhe und Bequemlichkeit braucht, hat Janja mit Ratschlägen für das Ein- und Umräumen der Sachen geholfen. Als wollte er aus der Gemeinschaft, der Familie ausgestoßen werden, sich inmitten dieser gesichtslosen Requisiten für die Zubereitung der Speisen und Aufrechterhaltung der Sauberkeit isolieren. Als wollte er sich selbst dafür bestrafen, daß er überhaupt versucht hat, sich mit jemandem zu verbünden, auf eine Stufe zu stellen. Oder war stärker als all das seine Hoffnung gewesen, Janja würde sich durch seine Übertreibungen zum Widerspruch herausgefordert fühlen beziehungsweise die freiwillige Einsamkeit mit ihm teilen? Wie dem auch sei – sie war ohne Zögern und bereitwillig auf seine Vorschläge eingegangen.

Jetzt meldet sich wieder das Herz, es scharrt in der Brust, als wäre der Korb aus Rippen, in dem es sitzt, zu eng; er weiß, daß das von den Gedanken kommt, an die er sich nicht gewöhnen kann. Aber er ist sich fast sicher, daß ihm in diesem Augenblick keine Krankheit droht; er ist sich fast sicher, daß das nur geschehen kann, wenn Janja in der Nähe ist; sie ist die Hand, die den Knoten seines Lebens, seines Todes lösen kann und muß, das andere ist Wellenschlag, Widerhall.

Er verläßt die Küche mit ihren Maschinen und begibt sich in die Diele, wo sich zwei Durchgänge kreuzen: einer hinein ins Zimmer und einer hinaus ins Treppenhaus. Hier drinnen ist es stickig, drückend, aber draußen herrscht ein frischer, sonniger Morgen; er braucht nur noch eine Tür zu öffnen, über die Terrasse zu gehen, und er steht auf der windigen Gasse, unter freiem Himmel. Oder sogar im Himmel, mit einem Kopfsprung, was ihm in diesem Moment das Passendste schiene, so verlassen und sinnentleert fühlt er sich; vielleicht tritt Janja gerade aus dem Haus, so daß er genau vor ihren Füßen aufschlagen würde. »Du hast vergessen, mich zu küssen«, würde er ihr mit dem letzten Atemzug sagen, während sie sich schaudernd über ihn beugt. Ja, sie sollte schaudern, bis zu ihrem eigenen Tod! Indes fragt es sich, ob sie sich über ihn beugen oder nicht eiligst umkehren würde, die Treppe hinauf, um sich zu vergewissern, ob sein Todessprung die Kleine nicht geweckt und verängstigt hat. Sie, ihren Kopf und nicht den seinigen würde sie an die Brust drücken.

In dem Zimmer, das er betritt, ist die Finsternis zäh wie Glockenspeise, so gründlich sind die Vorhänge geschlossen; aber er kennt seinen Weg, kennt ihn fast besser als im eigenen Domizil, denn hier sind die Gegenstände auf eine natürliche, ursprüngliche Art angeordnet, so daß man sich instinktiv zurechtfindet. Auf einer Seite die Schränke, der Tisch in der Mitte, die Liegen mit den Fußenden nach der Ecke ausgerichtet, wo der Kachelofen steht. Der Weg über den weichen Teppich bis zum Fenster ist frei. Die ausgestreckten Hände ertasten sofort den Riemen des Rollos, das mit knarrenden Leisten eine Lichtgarbe einläßt.

Die Kleine liegt mit dem Nacken zum Fenster, und Blam muß um das Kopfende der Couch herumgehen, bevor er sie anspricht. Ihr Gesicht ist in die Schatten des Kissens getaucht, aber seine lebhaften, kindlichen Farben scheinen das Dunkel aufzulösen, es mit ihrem Leuchten zu besiegen. Es ist rund, dieses Gesicht, einfach geschnitten, auf Stirn und Wangen liegen lose blonde Haarsträhnen – das Gesicht einer noch nicht erwachsenen, noch nicht ausmodellierten, weichen, zarten Janja. Und jenes anderen, der ihr Erzeuger ist. Popadić? Oder einer von Janjas zufälligen Liebhabern, die es, so glaubt er, auch zu der Zeit gab, als die Kleine gezeugt wurde? Er hat Janja nie danach gefragt, sondern sich mit dem aus der Straßenbahn Gesehenen als Beweis begnügt. Was er jetzt feststellt, was er fast regelmäßig feststellt, wenn er die

84

Kleine ungestört betrachten kann, ist nur eine Bekräftigung und Bestätigung der ursprünglichen, in ihm schon verwurzelten Überzeugung. Nein, stellt er wiederum fest, sie trägt keinen seiner Züge. Und das beruhigt ihn. Er kann sie als gelungene Schöpfung bewundern, die unter seinen Augen und mit seiner Teilnahme und Hilfe aufwächst, aber er ist der befangenen, gefährlichen väterlichen Zuneigung enthoben. Wäre sie zarter, dünner, trüge sie seine matte Haut- und Haarfarbe, seine tiefen Schatten und seinen verschlossenen Ausdruck auf den Wangen, dann würde es ihn dauern, sogar schmerzen. Er würde sich Sorgen machen um den Inhalt in der Tiefe dieser Züge, dieser Schatten, er würde in und hinter ihnen bekannte Urbilder suchen, unterbrochene, zerstörte Verbindungen wie auf jenem im morgendlichen Traum wiedererkannten Gesicht. Aber so erlegt ihm dieses Gesicht keine Verpflichtungen auf. Er begreift es als eine andere Welt, eine Welt anderer Gedanken, anderer Zweifel. Er freut sich, wenn die Kleine gesund und lebhaft ist, wenn sie wächst und in der Schule Erfolg hat, sein Herz ist voller Mitleid, wenn sie krank ist, er holt bedrückt den Arzt herbei oder Medikamente aus der Apotheke, bedauert, daß er nicht statt ihrer, die so klein, unschuldig, voller Vertrauen in ihn ist, Schmerzen, Fieber, Ängste auf sich nehmen kann, er fühlt mit Gewißheit, daß er sein Leben für sie wie auch für Janja geben würde, ohne Überlegung, sogar mit Erleichterung ob dieser Sühne für seine unvollkommene Bindung und Liebe; aber seine Bindung und Liebe bleiben dennoch unvollkommen.

Deshalb hat er der Kleinen gegenüber ein Schuldgefühl und geht vermutlich zärtlicher mit ihr um als die in allem so eifrige Mutter Janja. Er beugt sich vorsichtig über sie und berührt leicht ihren dünnen Arm auf der Steppdecke. Ihre Hand ist klein, glatt, frisch bei der Berührung, und Blam schreckt davor zurück, sie aus dem Schlaf zu reißen, als ob er sie mit dem Druck seiner Hand beschmutzte oder verletzte. Er tätschelt sie zweimal, dreimal, und die Kleine kommt zu sich, rekelt sich, öffnet kurz die Augen, um sie gleich wieder zu schließen. Aber in diesem kurzen Moment hat sie ihn angesehen, und sein Anblick hat sie nicht erschreckt, sondern beruhigt: ihre Lippen verziehen sich zu einem undeutlichen, schlaftrunkenen Lächeln.

»Du mußt aufstehen, Herzchen, hat Mama gesagt.«

Sie rekelt sich wieder und schließt die Lippen. So pflegen sie sich ein bißchen scherzhaft gegen Janja zu verbünden, die Verkörperung von Strenge und Pflichten, aber wohl auch das Fundament der Liebe zwischen Mutter und Tochter und seiner Liebe, die erst durch Janjas Willen in vernünftige und nützliche Bahnen gelenkt wird.

»Warum?«

»Weil du lernen mußt, glaube ich. Stimmt das?«

Die Brauen der Kleinen zucken – genau wie bei Janja, wenn sie sich auf etwas besinnt –, ihr Gesicht bleibt für einen Moment starr, dann schlägt sie die Augen auf. Sie nickt ernst.

»Na siehst du.« Und mit erhobenem Zeigefinger gibt er ihr wie mit einem Taktstock das Zeichen zur gemeinsamen feierlichen Wiederholung des Satzes, den er ihr einmal beigebracht hat, um ihre Klage über Janjas Strenge mit einem Scherz zu zerstreuen: »Mama hat immer recht.«

Sie lachen.

»Gut, Herzchen. Ich räume auf, und du ziehst dich an.«

Aber in sein Domizil zurückgekehrt, verfinstert er sich wieder. Was wird von seinen scherzhaften, traurig-scherzhaften Worten und Handlungen weiterleben, wenn er nicht mehr bei ihnen ist? Vielleicht nichts, denn zusammen mit ihm wird auch der Anlaß dazu verschwinden. Ihr Leben wird sich ohne seine Vermittlung ordnen, vielleicht sogar besser, wenn es, in Janjas Händen konzentriert, weniger Verwirrung und Zweifel zuläßt.

Die Tür knarrt: also ist die Kleine aufgestanden und durch den Flur zum Klosett gegangen; gleich wird sie kommen, und inzwischen wird er sein Bett machen, damit sie sich nicht schämt und gestört fühlt, schließlich ist sie schon groß. Wenn er nicht mehr da ist, wird auch dieses Problem entfallen, denkt er, in der Wohnung werden sich frei und ohne Scheu nur die beiden Frauen bewegen, es wird auch mehr Platz sein, denn man wird sein Bett wegräumen oder verkaufen; der Raum wird wieder ein Bad sein, nur ergänzt durch die Küchenutensilien. »Ich habe ein Zimmer mit Teeküche und Bad«, wird Janja, wie er schon zu hören glaubt, einer Kollegin im Restaurant erzählen, und das nicht ohne Stolz. »Es war einmal eine Junggesellenwohnung, aber wir zwei Frauen kommen schon zurecht.« Vielleicht wird sie erwähnen, daß sie das Bad noch zu seinen Lebzeiten, sogar mit seiner Hilfe und nach seinen Ideen, umgestaltet haben, und dabei schon vergessen, wie sehr er ihnen im Weg war. Und vielleicht wird sie die Kleine darüber aufklären, daß sie nicht seine Tochter ist, und ihr damit die Trauer ersparen.

Jetzt kommt sie herein, er wendet sich dem Bett zu und bringt es in Ordnung, während das Wasser ins Waschbecken plätschert. Er befühlt den Pyjama, er ist fast trocken, und stopft ihn unter das Kopfkissen.

»Hat mir Mama keinen Zettel geschrieben?«

Er dreht sich um; die Kleine steht vor ihm im gestärkten und gebügelten rosa Kleid, mit straffgekämmtem Haar, adrett wie ihre Mutter.

»Was für einen Zettel?« fragt er scheinbar erstaunt; dabei weiß er, daß die beiden ständig miteinander korrespondieren: über Dinge, die erledigt, Termine, die beachtet werden müssen. »Weißt du nicht selbst, was du heute zu tun hast?«

»Doch.« Die Antwort hat trotzdem einen enttäuschten Unterton.

»Setz die Milch auf.«

Sie gehorcht, und er bleibt untätig, etwas schuldbewußt, denn das ist eine Aufgabe, die Janja für den Fall ihrer Abwesenheit noch immer ihm überträgt.

»Zieht es dir?«

»Nein.«

Trotzdem schließt er das Fenster.

Die Kleine steht am Herd, hebt geschickt, mit zufriedener weiblicher Geste den Topf herunter und setzt ihn auf den Tisch.

»Ist sie warm genug?«

»Ja.«

»Wirklich? Mama hat es mir extra eingeschärft.«

Die Kleine sieht ihn fragend an, als überlegte sie, ob er sich über ihre Mutter lustig macht oder nicht, dann entschließt sie sich zu einem Lächeln. »Probier.«

Er freut sich über dieses Zeichen der Komplizenschaft, lächelt zurück.

»Nein, nein, heute bist du die Hausfrau.«

Sie legt zufrieden den Kopf schief und beginnt den Tisch zu decken. Er setzt sich.

»Gefällt es dir, das Frühstück selbst zu machen?«

»Ja.«

»Früher hat mir meine Mama das Frühstück gemacht«, sagt er in unsicher belehrendem Ton, ein wenig beschämt, weil er ihr den Kreis der Vorfahren erschließt, die höchstwahrscheinlich nur formal auch die ihrigen sind. »Oder meine Schwester. Du weißt doch, daß ich eine Schwester hatte, die Esther hieß? Sie war dir ein bißchen ähnlich. Ich meine nicht äußerlich, sondern in ihrem Wesen.«

»Ich weiß.«

»Was weißt du?«

»Daß du eine Schwester hattest. Und daß sie im Krieg umgebracht worden ist.«

»Ja, Herzchen. Sie und mein Papa und meine Mama.«

»Und Mamas Schwester Darinka.«

»Ja, auch Mamas Schwester Darinka. Und viele andere. Tausende.«

»Warum haben sie sich das gefallen lassen?« fragt sie nachdenklich, unterbricht ihre Bewegung, die Zuckerdose in der erhobenen Hand. Sie sieht ihn mit ihren blauen, klaren, neugierigen Augen an. »Ich glaube, ich würde mich wehren.«

»Einige haben sich ja auch gewehrt, weißt du. Meine

Schwester hat sich gewehrt. Sie hat auf ihre Mörder geschossen. Aber das konnte nicht jeder. Das ist sehr schwer. Wenn du größer bist, wirst du es verstehen.«

*

Im Unterschied zu dem nervösen und ewig unzufriedenen Miroslav Blam war Esther still und häuslich. Sie liebte es, »sich auszuruhen«, wie Frau Blam etwas beschönigend ihren Hang zum Nichtstun charakterisierte – irgendwo in einer Ecke oder auf dem Teppich zu sitzen, den Arm auf eine Sessellehne gestützt, den Blick auf die bunten Vorhänge oder die Gesichter der ins Gespräch vertieften Familienmitglieder gerichtet. Vielleicht weil sie sich meist im Zimmer aufhielt, war sie auch noch als junges Mädchen dick und blaß wie ein Kind. Sie kam gut mit ihren Altersgenossen aus, mit den Mädchen ebenso wie mit den Buben, deren rüde Scherze sie mit Staunen quittierte, dennoch war sie nicht sehr gesellig; wenn eine Freundin der Mutter ihr Kind mitbrachte, überließ sie ihm gern ihre Puppen und Puppenmöbel und Backförmchen, aber sie verlangte nie danach, den Besuch zu erwidern. Wie ein kleines Haustier fühlte sie sich am wohlsten in dem Winkel, in den sie durch den Zufall der Geburt geraten war, und ebenso gewann sie später auch ihren Arbeitsplatz, die Schule, lieb wie ein zweites Heim: sie ging mit der Pünktlichkeit eines ältlichen Pedanten zum Unterricht, machte alle Hausaufgaben und hatte in ihrer Schulmappe stets alle benötigten Artikel bei sich, neben ihren sauberen, gepflegten Büchern, die sie nie mit Schutzhüllen zu versehen brauchte. Vilim Blam, der aus Eitelkeit seinem männlichen Nachkommen den Vorzug gab, hielt sie insgeheim für einfältig, und auch Blanka Blam wäre nicht überrascht gewesen, hätte ihre Tochter bei allem Eifer nur bescheidene schulische Erfolge gezeigt, denn sie selbst war seinerzeit eine schwache Schülerin gewesen, und sie schrieb das mehr ihrem Geschlecht zu als irgend etwas anderem. Aber das Gegenteil trat ein. Während der aufgeweckte Miroslav nur in der Grundschule rasche Fortschritte machte, aber als Gymnasiast das Lernen venachlässigte und regelmäßig Privatstunden brauchte, um das Ende des Schuljahres zu bestehen, eroberte Esther von Anfang an den Platz der Klassenbesten und verteidigte ihn unbeirrt.

Sie hatte nämlich ein phänomenales Gedächtnis: was immer ihr vor die runden, braunen Augen, in die fleischigen, tief angesetzten Ohren geriet, ein Wort oder ein Name oder eine Ziffer, das setzte sich in ihrer Erinnerung fest und blieb dort eingegraben wie in einer Wachsplatte.

Diese für die Schule und für ein unter geregelten Verhältnissen heranwachsendes Mädchen so nützliche Begabung wurde zur Last, als die Wellen gesellschaftlicher Abrechnungen das Haus am Vojvoda-Šupljikac-Platz erreichten: Esther befand sich plötzlich in der Situation einer gewissenhaften Glucke, der eine böswillige Hand unaufhörlich fremde Eier unterschiebt. All die unheilvollen Nachrichten, auf welche die anderen mit Wehgeschrei reagierten, um sie dann zu vergessen, weil sie nicht ganz an ihren Wahrheitsgehalt glaubten, notierte sie sorgfältig und für immer in ihrem unbestechlichen Gedächtnis. Sie verfolgte jede noch so übertriebene oder widersprüchliche Tagesmeldung, nahm jede Emigrantengeschichte in sich auf, durchlebte alle mündlichen und schriftlichen Berichte über die Leiden und den Tod unschuldiger Menschen. Schließlich nahmen ihre runden, trägen, aber aufmerksam geweiteten Augen, ihre tiefsitzenden Schafsohren das Chaos auch in ihrer unmittelbaren Nähe wahr. Es begann damit, daß Vilim Blam in der Zeitung, für die er volle zwei Jahrzehnte enthusiastisch geschrieben hatte, als Jude seine Journalistenstelle verlor und zum Anzeigenakquisiteur degradiert wurde. Das hätte die häuslichen Verhältnisse kaum merkbar beeinträchtigt, wäre nicht seine Moral untergraben worden, denn obwohl Vilim Blam im Anzeigengeschäft ebensoviel verdienen konnte wie mit dem Schreiben, hatte er keine Lust mehr, Mühe auf etwas zu verwenden, was er nicht wie gewohnt tags darauf unter seinem Namen gedruckt sehen konnte, so daß er, statt mit der Aktentasche in der Hand Kaufleute und Handwerker aufzusuchen, mehr als früher den Versuchungen des Kaffeehauses erlag, wo er über den Durst trank und sich mit Gesprächen über die Politik die Laune verdarb. Die Rechnungen für Telefon, Strom, Gas stapelten sich unbezahlt auf der Eßzimmerkommode, der Krämer forderte immer nachdrücklicher die Begleichung der angeschriebenen Schulden. Frau Blam, die in die Sorgen und Methoden des Geldverdienens nicht eingeweiht war, weil ihr Mann es zu Beginn ihrer ehelichen Beziehung lachend abgelehnt hatte, sie ihr anzuvertrauen, begann Rat in der Nachbarschaft zu suchen, und nachdem viele naive Hoffnungen auf eine einfache, aber einträgliche Nebenbeschäftigung zerronnen waren, gelangte sie zu dem Schluß, daß sie wie eine verarmte Witwe einen Untermieter nehmen müsse. Vilim Blam lehnte den Vorschlag zunächst energisch ab, wobei er sich auf den baldigen Bankrott des Hitlerismus und seiner lächerlichen einheimischen Epigonen berief, aber unter dem Druck der angehäuften Rechnungen mußte er am Ende nachgeben, allerdings unter der Bedingung, daß nicht irgendein Beliebiger ins Haus aufgenommen würde, etwa ein Schüler vom Land oder ein tageweise bezahlter Beamter, den zu bedienen diskriminierend für seine Frau gewesen wäre, sondern jemand, der vor den Bekannten in der Stadt als Gast der Familie gelten konnte. Er selbst war es, der den unverheirateten Journalisten Predrag Popadić, gewissermaßen seinen jüngeren Kollegen und Schützling, ins Haus brachte.

Der damals sechsundzwanzigjährige Popadić hatte erst kurz zuvor bei der Zeitung angefangen, und zwar auf Wunsch seines Vaters, eines reichen Grundbesitzers aus der Umgebung, der es satt hatte, den nutzlosen Aufenthalt des ewigen Studenten in Belgrad zu finanzieren, sowie durch Vermittlung des derzeitigen Banus, dessen einflußreicher politischer Parteigänger Popadić senior war. Der junge Mann hatte ein angenehmes Äußeres, ein heiteres Naturell, er zog

sich gern gut an, war stets sauber, glattrasiert, mit gerade ge-
stutztem dünnem schwarzem Schnurrbärtchen und leicht
pomadisiertem, welligem dunklem Haar. Mit dem Journalismus hatte er nicht viel im Sinn; er war für ihn nur insoweit
attraktiv und befriedigend, als er ihm Zugang zur höheren
Gesellschaft der Stadt verschaffte, vor allem zu schönen, gepflegten Frauen, denen stets die Blicke seiner braunen, lebhaften, runden Hundeaugen galten. Aber wenn er kein Geld
für galante Rendezvous und Besuche hatte, die Blumen oder
ein Geschenk erforderten – was häufig geschah, denn er gab
viel aus –, begnügte er sich auch mit Eroberungen niederen
Ranges: die Witwe Csokonay beklagte sich bei Frau Blam,
daß Popadić sie belästigte, wenn sie sein Zimmer aufräumte,
und es kam vor, daß er eine Besucherin von zweifelhaftem
Ruf aus dem Kaffeehaus mit nach Hause brachte, freilich immer darauf bedacht, ungesehen mit ihr durch das Vorzimmer
zu schleichen. Bei einer Familie wie den Blams wäre ein
Mensch von so lockerer Lebensweise früher natürlich auf
Ablehnung gestoßen; jetzt aber sah man darüber hinweg.
Für Vilim Blam stellte Popadić eine lebende Verbindung
zum Journalismus dar, zum geliebten Geruch der Drucker-
schwärze, zum Glanz der fettgedruckten Unterschriften,
und wann immer er den jungen Mann zu Hause antraf und
sicher war, daß er sich nicht in verdächtiger Gesellschaft befand, bat er ihn fast flehentlich an den Eßzimmertisch, um
sich bei einer Tasse Kaffee nach Neuigkeiten aus der Redaktion zu erkundigen, nach Intrigen und Klatschgeschichten,
deren es jeden Tag reichlich gab, aber auch nach dem realen
Stand der Politik und der Kriegsvorbereitungen, worüber die
Presseleute durch ihre Kontakte mit Behörden und durch die
zur Hälfte geheimen Regierungsbulletins besser informiert
waren. Um diese Eßzimmerdialoge, die besonders lang wurden, wenn Popadić kein Geld zum Ausgehen hatte, bildete
der Rest der Familie einen distanzierten, jedoch interessier-
ten Kreis. Miroslav Blam, zu der Zeit hin und her gerissen
zwischen seinen nächtlichen Beobachtungen am Badezim-

merfenster und den ersten Berührungen mit Lili, erblickte in Popadić das Urbild des freien erwachsenen Mannes, der ihm bei guter Laune einen freundschaftlichen Rippenstoß geben und ihm heimlich Fotos nackter Frauen zeigen würde; Esther ging ihm schüchtern aus dem Weg, denn sie spürte seine glühenden Blicke und seinen ebenso schmutzigen wie anziehenden männlichen Geruch, aber sie konnte aus ihrer Ecke stundenlang zusehen, wie er rauchte, die Beine in den dunklen Seidenstrümpfen übereinanderschlug und sich über das dünne Schnurrbärtchen strich. Bei Blanka Blam löste seine Gegenwart die widersprüchlichsten Empfindungen aus. Sie war wütend auf ihn, weil er leichtfertig und unzuverlässig war, weil er sein Zimmer nicht in Ordnung hielt und es durch die zweifelhaften Damenbesuche entweihte, schließlich weil er ihren Mann von der Arbeit und die Kinder von den Hausaufgaben ablenkte; andererseits jedoch faszinierte er sie als Quelle ihres ersten eigenen Verdienstes, ihrer neuen Selbständigkeit. Sie mußte sich um ihn sorgen und kümmern, aber nicht wie um ihre Angehörigen beiläufig und in längst eingefahrenen Bahnen des Gefühls, sondern in Wirklichkeit und sehr genau, wie um eine sowohl launische als auch nützliche Maschine, die ständige Wartung und Kontrolle verlangt. Allmählich wurde Popadić zu der Achse, um die all ihre persönlichen finanziellen Kalkulationen, ihr Zorn, ihre Sorgen, ihre kleinen Erleichterungen kreisten; er wurde in ihrem Bewußtsein so etwas wie ihre ureigenste Schöpfung, die es zu verbessern, auf den rechten Weg zu bringen, noch gründlicher auszunützen galt, sie wußte nur nicht, wie. Da kam es zu der peinlichen Episode mit Lili, die ihr Popadić auch als Komplizen näherbrachte. Ein mutiger und diskreter Gynäkologe mußte gefunden werden, und einen solchen kannten weder sie noch ihr Mann noch ihre ehrbaren Freunde, also war sie gezwungen, sich an den Untermieter zu wenden, der viele Beziehungen zu den mondänen Junggesellenkreisen von Novi Sad unterhielt. Popadić zeigte sich hilfsbereit, es stellte sich heraus, daß einer seiner guten Freunde gerade so ein Arzt war, wie Frau Blam ihn suchte, und er übernahm es, die heiklen Verhandlungen zu führen. Jetzt flüsterten er und Frau Blam häufig miteinander, denn Blam und erst recht die Kinder brauchten nicht alles zu wissen; sobald sie hörte, daß Popadić eingetroffen war, ging sie in sein Zimmer, ungeduldig zu erfahren, wann und wie die Sache ins reine kommen würde, sie klagte und weinte, und er tröstete sie. Und da in diesen schweren und risikoreichen Tagen voller Hast und Geheimniskrämerei Frau Blams Weiblichkeit eine hektische späte Blüte erfuhr, regte sich in Popadić das Begehren; eines Morgens, als die Wohnung noch dunkel und still war, zog er sie in sein Zimmer und machte sie gegen ihren ängstlichen, hilflosen Widerstand zu seiner Geliebten.

Die Beziehung dauerte unbemerkt etwa zwei Monate an, bis Popadić, der wohl zu einer größeren Geldsumme gelangt war, auf die Suche nach neuen Bekanntschaften ging. Er kam wieder bei Tagesanbruch nach Hause, einmal in Begleitung einer Frau, die früh am Morgen, statt zu verschwinden, schüchtern die Küchentür einen Spalt öffnete und um die Erlaubnis bat, sich einen Tee aufzubrühen. Frau Blam in ihrer Verblüffung gab ihr kochendes Wasser, aber als die Fremde sich im Haus einnistete und sogar ein Köfferchen mit ihren Sachen herbrachte, erklärte sie mit Tränen in den Augen, dies sei unstatthaft, und verlangte von ihrem Mann, daß er als Hausherr die Unerwünschte hinauswarf. Vilim Blam versuchte sie mit der Vermutung zu beruhigen, daß Popadić das neue Verhältnis wie alle bisherigen bald satt haben werde, aber damit goß er nur Öl ins Feuer. Die Forderungen wurden immer nervöser und eindringlicher, und er wich ihnen unter Vorwänden aus. Nach einer solchen erfolglosen Debatte erschien die entnervte Frau Blam schließlich selbst im Zimmer des Untermieters und forderte seine Konkubine zum Gehen auf. Es kam zum lautstarken Streit, auf dessen Höhepunkt sich die beleidigte Fremde an die üppige Brust griff, die Augen verdrehte und mit zuckenden Gliedern umfiel. Popadić rief panisch um Hilfe, worauf auch die anderen Familienmitglieder herbeiliefen, die dem Streit bislang aus dem Eßzimmer gelauscht hatten. Sie hoben die Kranke mit vereinten Kräften aufs Bett und beobachteten nun aus gleicher Höhe die Konvulsionen ihrer kräftigen weißen Beine, die Popadić erfolglos mit der Decke zu verhüllen suchte. Die Frau hatte jedoch die Kontrolle nicht nur über ihren Körper, sondern auch über ihre Worte verloren und verriet im Delirium ihre schmerzliche Erkenntnis, daß sie offenbar als Nebenbuhlerin aus dem Haus gewiesen werden solle. Vilim Blam verstand, begann selbst zu brüllen, riß die Wasserkaraffe vom Tisch – das erste, was ihm unter die Hände kam – und schleuderte sie ungeschickt in die Glastür, womit er vielleicht seine Frau oder Popadić gemeint hatte. Das ohrenbetäubende Scheppern des splitternden Glases schien das Ende des Aktes zu markieren: die Frau auf dem Bett beruhigte sich, Vilim Blam brach in Tränen aus, Blanka Blam warf sich an seine Brust, rief die ebenfalls vor Enttäuschung und Schmerz weinenden Kinder, und die Familie zog sich in ihren Teil der Wohnung zurück. Die Kinder wurden zu Bett geschickt, und Blanka und ihr Mann saßen noch lange im Eßzimmer, flüsterten und weinten und wechselten etwa die gleichen Worte des Vorwurfs und der Reue wie im Junggesellenzimmer Popadić und seine Besucherin, die ihre Sachen packte.

In dieser Nacht verließ sie das Haus, und es herrschte stillschweigendes Einverständnis, daß Popadić dasselbe tun würde, sobald er eine andere Bleibe gefunden hatte. Aber zwei Tage später kam ihm die Mobilmachung zuvor, er mußte einrücken und hinterlegte zum Abschied nur einen Zettel, auf dem er bat, seine Sachen, die in zwei Koffern gepackt in der Ecke standen, aufzubewahren, bis er jemanden schickte, sie abzuholen. Doch auch dazu kam er nicht mehr, denn seine eilig aufgestellte Einheit erhielt den Marschbefehl nach Serbien. Wegen der Sachen tauchte er selbst auf, und das erst zwei Monate später, sonnengebräunt und unrasiert, in einem fremden, zu weiten Anzug, den er am Tag der Kapitulation einem Kaffeehausbesitzer in Užice heimlich abgekauft hatte,

95

um der Gefangennahme zu entgehen. In der Zwischenzeit hatten sich auch auf dem Vojvoda-Šupljikac-Platz Szenen des Krieges abgespielt: der kopflose Rückzug der jugoslawischen Armee und der Einmarsch der ungarischen Truppen unter einer wilden Schießerei, die sie selbst inszenierten und die ihnen als Vorwand diente, rasch und ohne Verantwortung die bisherigen Träger der Macht zu töten. Unter den Hunderten von Opfern dieser ersten Säuberungsaktionen war auch der Besitzer des Blattes, bei dem Blam und Popadić gearbeitet hatten, die Geschäftsräume waren versiegelt, und dieses gemeinsame Unglück wie auch das Blut, das zwischen ihnen geflossen war, schienen bei dem traurigen Wiedersehen die unrühmliche Schuld zu tilgen. Blam bat Popadić ins Eßzimmer, damit er ihm von seiner abenteuerlichen, aber so gar nicht gloriosen Soldatenzeit erzählte, und als der Abend kam und mit ihm die Polizeistunde und das Stiefelknallen der Patrouillen unter den Fenstern, ging er in die Küche, um sich mit seiner Frau zu beraten. Als er zurückkam, bot er dem Obdachlosen an, sein einstiges Zimmer doch wieder zu beziehen, bis sich die Verhältnisse beruhigt hätten. Popadić drückte ihm aufrichtig gerührt die Hand und nahm an.

Blams Großzügigkeit blieb nicht ohne Lohn, denn Popadić, getrieben durch den Verlust seiner Arbeit und den unwiderstehlichen Wunsch, sich wieder in den Sattel des süßen Lebens zu schwingen, lief an den folgenden Tagen unermüdlich durch die Stadt und zu seinen Bekannten, wobei er, wenngleich noch unbewußt, auch im Sinne seines Hausherrn tätig wurde. Er informierte sich, machte Angebote, fragte herum, verhandelte, und so gelangte er schließlich auch zu dem neuen Vizegespan, einem ehemaligen ungarischen Anwalt, mit dem er häufig Karten gespielt hatte und dem zum Glück soeben die Organisation des öffentlichen Lebens in der Stadt übertragen worden war. Es folgten neue Gespräche, Interventionen, und eines Tages kam Popadić ganz strahlend mit zwei überraschenden Neuigkeiten direkt aus dem Amt des Gespans angelaufen: die serbische Zeitung *Glasnik* wer-

de unter anderem Namen und seiner, Popadić', Leitung als
Chefredakteur wieder herauskommen, und als erstes Zeichen der Anerkennung durch die fremde Macht habe man
ihm eine Zweizimmerwohnung im Merkur-Palast zugeteilt,
die durch den Auszug eines nach Serbien vertriebenen jugoslawischen Banschaftsrats frei geworden sei. Da ging es ans
Gratulieren und zugleich Abschiednehmen; Frau Blam ser-
vierte auf Anordnung ihres Mannes Kaffee und Wein, und
Popadić versprach feierlich, daß er Vilim Blam als erstem
einen Posten im neuen Unternehmen sichern werde, zwar
nicht in der Redaktion – was unerwünschten Widerstand
hervorgerufen hätte –, aber im Anzeigendienst, wo er vor
Ausbruch des Krieges gewesen war. Das Leben konnte also,
wenn auch verändert, in den vertrauten Bahnen weitergehen.

Nur Esther gelangte nicht wie die anderen zu diesem
Schluß. Als in den folgenden Tagen auch der Schulunterricht
wieder begann, ging sie zwar diszipliniert hin, um ihre sech-
ste Klasse abzuschließen – zusammen mit Miroslav, der das
Abitur machte, und zwar ohne Probleme dank der Unregel-
mäßigkeiten im Schulbetrieb –, aber Lehrbücher und Hefte
rührte sie nicht mehr an. Ihre Stelle nahmen zerlesene und
speckige, illegal gedruckte politische Broschüren und heimliche Gespräche im Kreis neuer Kameradinnen ein, deren
Gesellschaft sie jetzt ebenso eifrig suchte wie sie ihr früher
ausgewichen war. Sie ging häufig weg, und zu ihr kamen
Mädchen in immer größerer Zahl, hin und wieder auch ein
Junge – zwei, drei Mal war es Ćutura, den die Familie als
Miroslavs Freund kannte und am wenigsten als Esthers Gast
erwartete –, sie flüsterten mit ihr, schickten sie als Kurier aus,
nahmen sie zu Versammlungen mit. Dann begannen die Fe-
rien, und sie wurde ihrer Familie gänzlich abtrünnig. Schon
morgens ging sie mit Badeanzug und Frühstücksbroten zum
Schwimmen und kam erst abends zurück, sonnenverbrannt,
staubig, zerkratzt, mit einem neuen, spöttischen und harten
Ausdruck in dem einst pausbäckigen und nun schmalen, wöl-
fisch spitzen Gesicht; stumm und ausgehungert verschlang

sie das vorbereitete Abendessen, hörte zerstreut die Vorwürfe der Mutter an und begab sich sofort ins Bad und zu Bett. Eines Nachts kam sie überhaupt nicht nach Hause, die Eltern suchten bei allen Bekannten nach ihr und riefen dann das Krankenhaus an – erfolglos; erst früh am Morgen, kurz nach dem Ende der Ausgangssperre, klingelte sie am Tor, zitternd in ihrem Sommerkleid und den Sandalen an den bloßen Füßen, ganz von Erde beschmutzt; als Frau Blam sie mit Fragen und Drohungen überschüttete, gebot sie ihr kurz, zu schweigen, denn von ihrem nächtlichen Ausbleiben dürfe niemand erfahren, wenn ihnen ihr Leben lieb sei. Vilim Blam, aus dem warmen morgendlichen Bett zu Hilfe gerufen, versuchte in der milden Sprache eines erwachsenen Freundes mit ihr zu reden, doch er bekam eine noch unangenehmere Antwort: jeder müsse selbst wissen, was er tue, und solle sich nicht in die Angelegenheiten anderer einmischen, wie auch sie sich nicht eingemischt habe, als sie, die Eltern, sich vor gar nicht langer Zeit ihre Unbesonnenheiten erlaubten.

Als es Herbst wurde, schrieb sie sich wie die Mehrzahl ihrer Kameradinnen für die siebente Gymnasialklasse ein. Sie brachte es darin nicht einmal auf zwei Monate. Eines Tages, Ende Oktober, als die Mutter sie zum Mittagessen erwartete, klingelten zwei Agenten am Tor und fragten nach Esther Blam. Ehe Frau Blam erklären konnte, daß ihr Kind in der Schule sei, stießen sie sie beiseite, drangen ins Haus ein, durchsuchten es vom Boden bis zum Keller – sie schauten sogar unter die Betten in der Hofwohnung von Erzsébet Csokonay –, rissen Esthers Bücher aus dem Schrank und befahlen beim Weggehen der erstarrten Mutter, sofort die Polizei zu benachrichtigen, wenn ihre Tochter sich melde. Aber sie und Vilim Blam, der eintraf, als die Agenten eben weg waren, warteten vergebens auf Esther – natürlich nicht, um sie an die Polizei zu verraten, sondern um sie, wie sie hastig verabredeten, heimlich in den Zug nach Budapest zu setzen, wo Frau Blam eine Kusine hatte. Esther kam weder an diesem

Tag noch an diesem Abend noch in dieser Nacht, sie kam nie wieder.

Am Morgen nach der durchwachten Nacht ging Vilim Blam zu Popadić in den Merkur-Palast, weckte ihn und erzählte, was geschehen war. Popadić empfahl Geduld und versprach, in Erfahrung zu bringen, was er konnte. Blam kehrte nach Hause zurück, um etwas Schlaf nachzuholen. Am Nachmittag wartete er bei *Naše novine* auf Popadić, doch dieser schüttelte bedauernd den Kopf: noch nichts. Aber kurz darauf bat er ihn telefonisch, schnell wieder in die Redaktion zu kommen. Hier bot er ihm einen Stuhl an und reichte ihm wortlos und bekümmert ein Papier, eine amtliche Mitteilung der Polizei zum Zweck der Veröffentlichung durch die Presse: Am Mittag des 23. Oktober 1941 seien die Kommunistinnen Esther Blam, Gymnasiastin, 17 Jahre, jüdischer Herkunft, und Andja Šovljanski, Näherin, 18 Jahre, Serbin, im bewaffneten Kampf von der Königlichen Gendarmerie erschossen worden, als sie wegen Verdachts der Teilnahme an staatsfeindlichen Aktionen durch Verbreitung von Flugblättern und Brandstiftung auf den Getreidefeldern der Umgebung verhaftet werden sollten. Blam las die Mitteilung mehrere Male und konnte ihren Inhalt nicht fassen. »Das ist nicht meine Esther, das ist nicht meine Esther«, stammelte er mit hilflosem und fragendem Blick auf den verlegen vor ihm stehenden Popadić. Dann erhob er sich und legte das Papier weg: »Ich will sie sehen!« Popadić erklärte, das sei unmöglich: Esther sei bereits an unbekanntem Ort und ohne Zeugen beerdigt worden. Er riet Blam, sich in das Unabänderliche zu schicken, sagte, so seien die Zeiten, niemand wisse, was ihn morgen erwarte und wessen Verhalten sich als richtig und weitblickend erweisen werde. »Vielleicht werden Sie eines Tages noch stolz auf sie sein«, murmelte er vertraulich und schob Blam behutsam aus dem Büro mit der Empfehlung, sich eine Woche nicht bei der Zeitung sehen zu lassen.

Aber weder Vilim Blam noch seine Frau kamen mehr dazu, auf ihre Tochter stolz zu sein: sie folgten ihr fast auf den Tag genau drei Monate später in den Tod. Der einzige, der Nutzen aus ihrem Heldentum zog, war Miroslav Blam, denn Popadić, sei es, daß er Reue empfand, weil er auf der Seite der Mörder war, sei es, daß er sich ausrechnete, seine Schuld durch einen Freundschaftsdienst auslöschen zu können, übertrug sein Wohlwollen in vollem Umfang auf ihn.

Miroslav Blam nämlich hatte sich zur selben Zeit, als Esther ihre Wandlung zur Kämpferin durchlebte, ebenfalls von der Familie gelöst: er heiratete unverhofft, mietete ein möbliertes Zimmer, als habe er kein Heim, und begann, ohne an eine weitere Ausbildung zu denken oder sich um eine Beschäftigung zu kümmern, ein unabhängiges Leben. Verzweifelt über den unbedachten Schritt dessen, dem seine Hoffnung galt, wollte Vilim Blam ihn wenigstens in geordneten Verhältnissen sehen; da Miroslav von einer Rückkehr nach Hause nichts hören wollte und Vilims Einkünfte für den Unterhalt beider Hausstände zu gering waren, verkaufte er eilig – mit Funkensteins Hilfe – das Haus und ließ dem Sohn eine größere Summe zur Finanzierung des Nötigsten zukommen. Solcherart ungewiß und ungeklärt war die Situation zum Zeitpunkt von Esthers Ermordung. Als sich Vilim Blam sieben Tage nach dem tragischen Ereignis wieder bei Popadić zum Dienst einfand und, freundlich aufgefordert, sich auszusprechen und auszujammern, neben seinem und seiner Frau untröstlichem Schmerz um die Tochter auch die unhaltbare Lage des anderen, nun einzigen Kindes erwähnte, erklärte Popadić nach kurzem Überlegen, er sehe im Gegensatz zu dem besorgten und verletzten Vater in Miroslavs Schritt nicht den Ausdruck von Leichtsinn, sondern von gesundem Instinkt, denn die Ehe mit einer Christin – wenn er sich dazu noch selbst taufen ließe, wobei er, Popadić, durch seine Beziehungen zum Klerus helfen könne – werde ihn vor der Verfolgung als Jude bewahren. An den folgenden Tagen, während Miroslav Blam in seinem Hinterhofstübchen mit den Händen unter dem Kopf dalag und darauf wartete, daß Janja von der Arbeit in der Nachbarschaft zurückkam, erledigte Popadić viele telefonische und einige persönliche Gespräche in seinem Sinne, worauf er ihm durch Vilim Blam ausrichten ließ, er solle bei *Naše novine* vorsprechen. Er bestellte ein Taxi und fuhr mit ihm zur orthodoxen Kirche, wo bereits der Pope im Ornat wartete, und von dort zur Agentur »Uti«, damit er seine Ernennung zum Kalkulator in Empfang nahm. Der Ausflug endete mit der gemeinsamen Rückkehr in Blams provisorisches Domizil, wo sich Popadić persönlich von den beengten Verhältnissen seines Schützlings überzeugte und Janja zum erstenmal sah. Angespornt durch das eine wie durch das andere, besorgte er den Jungvermählten die Wohnung in der Mansarde des Merkur-Palastes und etwas später für Janja eine feste und reguläre Beschäftigung in einem Restaurant.

VIII

Über Novi Sad während der Okkupationszeit existieren zwei gedruckte Dokumente: das Buch *Verbrechen der Besatzungsmacht in der Vojvodina 1941–1944* mit einem dieser Stadt gewidmeten Abschnitt und die komplette Ausgabe des Blattes *Naše novine*, das von Predrag Popadić unter ungarischem Patronat herausgegeben wurde.

Das Buch ist nach dem Krieg entstanden, es schildert also aus zeitlichem Abstand und fußend auf wiedergefundenen Archiven des Feindes, Aussagen von überlebenden Opfern wie Augenzeugen und Geständnissen der ergriffenen Schuldigen die Untaten, die vom Einmarsch der ungarischen Truppen am 11. April 1941 bis zu deren Rückzug am 22. Oktober 1944 an der Zivilbevölkerung begangen wurden. Auf den Seiten dieses Buches kann man verfolgen, wie der Prozeß von den Plänen der Eroberer bis zu ihrer Verwirklichung verläuft: Man findet dort die Anweisungen des Oberkommandos und des Spionageabwehrdienstes über die Notwendigkeit, die slawische und jüdische Bevölkerung einzuschüchtern und kommunistische Aktivitäten in ihren Reihen und denen der übrigen Bewohner zu bekämpfen, und auf der anderen Seite verzeichnet das Buch die Verhaftungen, die Transporte in die Lager und zur Zwangsarbeit, die Folterungen und Hinrichtungen, mit denen diese Anweisungen befolgt wurden. Zuweilen zieht sich der Faden zwischen Absicht und Verwirklichung durch das dürre Gerüst der Akten: Rundschreiben soundso, auf seiner Grundlage Befehl soundso, und am Ende der Bericht an den Befehlshaber mit der Zahl der Zugeführten, Verhafteten, Liquidierten. Manchmal wiederum erstehen dank der wörtlich zitierten Aussage eines Zeugen oder Täters höllische, von noch warmem Blut getränkte und von noch hörbaren Schreien begleitete Bilder vor den Augen des Lesers: man erfährt, aus welchem Anlaß der Offizier A.B. den Zwangsarbeiter C.D. zum »Anbinden« verurteilte, wie viele Minuten dieser gefesselt und auf den Zehenspitzen stehend aushielt, bis er ohnmächtig wurde, einen Herzanfall bekam oder den Verstand verlor; man erfährt, welcher Agent welchem inhaftierten Kommunisten Nadeln unter die Fingernägel trieb, die Hoden quetschte, die Fußsohlen zerschnitt; man erfährt, welcher zur Durchsuchung eines Hauses abkommandierte Trupp alle Familienmitglieder mit Geschossen zersiebte, von den krank im Bett liegenden Großeltern bis zu den kleinen Kindern, die sich schreiend unter Schränken und Tischen zu verstecken versuchten. An der einen Stelle braucht es mehr, an der anderen weniger Phantasie, um sich ein Verbrechen vorzustellen, aber das Verbrechen dominiert als Ziel und Thema.

Das zweite gedruckte Zeugnis namens *Naše novine* entstand dagegen im Verlauf der Ereignisse selbst und trägt den Stempel derer, die diese Ereignisse lenkten. Obwohl es fast exakt dieselbe Periode umfaßt – vom 16. Mai 1941, dem Erscheinungstermin der ersten Nummer, bis zum 6. September 1944, als die letzte Nummer herauskam –, gibt dieses zweite Dokument ein in vielem abweichendes Bild. Man kann in *Naše novine* nämlich Nachrichten finden wie: »Vor dem Senat des Kreisgerichts wurde gestern gegen den Belgrader jüdischen Kantor E. F. wegen illegalen Grenzübertritts verhandelt ... Nach Verbüßung der Strafe wird E. F. wieder über die Grenze abgeschoben ...«, und so eine Nachricht erweckt dann den Anschein eines legalen gerichtlichen Akts, denn sie erwähnt nicht, daß der Kantor E. F. illegal die Grenze zwischen Serbien und Ungarn überschritten hatte, um der Gaskammer zu entgehen, und daß er nach seiner Abschiebung unverzüglich in die Gaskammer geschickt wurde. Außerdem ist eine solche oder ähnliche Nachricht – über Ausweiskontrollen in einem Stadtviertel, Verhaftung verdächtiger Kommunisten, Erschießung bei einer bewaffneten Auseinandersetzung wie im Fall von Esther Blam und Andja Šovljanski immer nur eine unter vielen, die zusammen mit ihr die ganze Mannigfaltigkeit des Alltagslebens spiegeln, wo Verurteilungen und Erschießungen parallel zu den übrigen traurigen, aber auch freudigen Ereignissen geschehen. »Gestern vormittag fanden die ersten Prüfungen in der Fahrschule statt … Unter den ersten, die ihre Prüfung bestanden, war auch die bekannte Röntgenologin Fräulein Marcela Jagić.« – »Am Tag des heiligen Nikolaus sang der Chor der Kathedrale unter der Stabführung von Herrn Professor Milutin Ružić seine zweihundertste Liturgie.« – »In einem Anfall von Geistesverwirrung versuchte der Landarbeiter Paja Nikolić, 62, seine Frau und danach sich selbst zu töten … Paja hatte, als er vorgestern nacht nach Hause kam, ohne jeden Grund seine Frau Marija angefallen.« – »Ihre Vermählung geben bekannt: Pera Nikolić, Tischler, und Bojana Jovanović.« – »Die bekannte Expertin für Kosmetik, Frau Biljana, wurde als Mitarbeiterin von *Naše novine* gewonnen.« – »Friseur, 24 Jahre, orthodoxen Glaubens, mit eigenem Geschäft, wünscht Bekanntschaft zwecks Heirat. Friseurinnen bevorzugt. Zuschriften unter Kennwort ›Friseur‹.« Die Rubrik »Kinderpost«: »Hallo, liebe Kinder, eure Post ist zur Stell', und was sie euch bringen wird, das erfahrt ihr schnell.« Die Geschichte in *Naše novine*: »Der teuerste Kuß«! Der Fortsetzungsroman von *Naše novine*: »Ein Toter ermittelt.« Usw. – An den Tagen der Razzia in Novi Sad, dem 21., 22, und 23. Januar, erschien die Zeitung nicht (wegen des allgemeinen Ausgehverbots konnten weder Journalisten noch Drucker ihre Häuser verlassen), aber weder die folgende Nummer vom 25. Januar noch die weiteren enthalten etwas über das Ereignis. Als hätten nicht am 25. Januar 1942 mehr als tausend gefrorene Leichen in der Stadt gelegen, als wären nicht in vielen Straßen der Schnee rot von Blut und die Mauern mit Hirn aus zerschmetterten Schädeln bespritzt gewesen, als wäre nicht durch Zehntausende Häuser das geflüsterte Entsetzen gegangen, bringt *Naše novine* an diesem Tag, wie stets nach den Frontberichten, den Befehlen des deutschen Oberkommandos und den Mitteilungen aus dem ungarischen Parlament, im Lokalteil Nachrichten wie: »Schnellzugverkehr eingestellt«, »36jähriger Bauer erfroren«, »Neuer Preis für Dachstroh«, »27 Grad minus am Freitagmorgen«, gefolgt von der Kinderseite, der Erzählung, der Romanfortsetzung, den Kleinanzeigen.

Welches Bild ist wahrhaftig? Natürlich beide beziehungsweise keins von beiden. Ausgehend von verschiedenen Standpunkten – der Anklage oder der Verteidigung, der Endgültigkeit oder der Fortdauer, des Wesentlichen oder des Oberflächlichen, der Enthüllung oder der Verschleierung, der Geschichte oder des Alltags –, sind sie wie zwei Zeichnungen ein und derselben Gegend: die eine vermerkt Berge und Flüsse, die andere Siedlungen und Straßen. Erst wenn man beide übereinanderlegt, erhält man eine annähernd exakte Darstellung.

✻

Die Liebe Miroslav Blams loderte an der Grenzlinie auf, die schon während der Schulzeit sein Verhalten im wesentlichen bestimmt hatte: zwischen Aca Krkljuš und Ljubomir Krstić Čutura. Mit dem Beginn der Okkupation kamen diese beiden entgegengesetzten Muster noch deutlicher zum Vorschein: Krkljuš gründete, nachdem er sich von den Zwängen der Schule befreit hatte, eine Jazzband, und Čutura widmete sich voll und ganz der illegalen politischen Arbeit.

Die beiden Schulabgänger ließen sich bei ihrer Entscheidung vom selben Motiv leiten: dem Aufruhr, der in diesen ersten Monaten der Okkupation, als sie zunächst wie ein Schock wirkte, wie eine Entwurzelung aus dem Alltag von unabsehbarer Dauer und Nachwirkung, fast siegreich in den Gefühlen aller Menschen widerhallte. Den Aufruhr atmeten mit vollen Lungen Ungarn und Deutsche, denen der Umschwung unverhofft die Chance zu Aufstieg, Ruhm und Bereicherung bot; Aufruhr witterten fieberhaft die Serben, die ahnten und voraussagten, daß ein auf Mord und Mißbrauch errichtetes Regime nicht ewig dauern konnte; Aufruhr stammelten die verletzten, gedemütigten Juden; und an den Aufruhr dieser Hauptgruppen hängten ihre Sehnsucht nach Veränderungen auch alle von ihnen isolierten Schichten und Einzelpersonen, so wie sich bei einem Schiffbruch verstreute Ertrinkende an die Ränder schon übervoller oder sogar gekenterter Boote klammern.

Zu diesen Einzelpersonen gehörte auch Blam. Er klammerte sich eigennützig an den Aufruhr, sehnsüchtig und angstvoll, erregt und schuldbewußt, getrieben von Hoffnungen und dem Vorgefühl des finsteren Untergangs. Blam, der bis zur Okkupation ein Gefangener des Hauses am Vojvoda-Šupljikac-Platz gewesen war, gefesselt, aber beschützt, als einziger Sohn dazu ausersehen, mit Hilfe seiner höheren Bildung in die bessere Gesellschaft aufzusteigen und so die Mauer der Entfremdung zu durchbrechen, welche die Familie bisher umschlossen hatte, hörte mit dem Verlust der Möglichkeit, seine Bildung zu vervollkommnen und von ihr zu profitieren, plötzlich auf, ein Gefangener, aber auch ein Schützling zu sein, ein Mensch mit einer Mission, einer Aufgabe, er hörte auf, irgend etwas zu sein, er wurde ein Nichts. Aber paradoxerweise erlangte er durch diesen Verlust gerade das, was das Verlorene ihm hatte verschaffen sollen: die Gleichstellung mit den anderen. Denn jetzt waren Schulbildung, Vorwärtskommen, Positionen, all diese Werte, deren Verwirklichung früher berechenbar gewesen war, nicht nur für ihn, sondern für Tausende anderer in der Stadt eine Beute des Chaos geworden, eine Beute der Willkür, des Krieges, des Blutes, des Schicksals, der häuslichen Obhut entrissen, auf die Straße geworfen zusammen mit ihren Trägern, Menschen, die um sie herumstrichen, in ihnen stöberten, vor ihnen zurückwichen wie Rudel herrenloser Hunde, die sich um Abfallhaufen versammeln.

Auch Blam, der sich, untätig und ohne Daseinszweck, durch Sorgen und unterdrückte Verzweiflung vom Vaterhaus abgestoßen und von den erschreckenden, aber auch erregenden Neuigkeiten draußen wie von einem Feuerwerk angezogen fühlte, verbrachte die ganze Zeit auf der Straße und – schaute. Er sah die ungarischen Offiziere mit steil

zurückgeschobenen Mützen, in kurzen Husarenjacken und
grauen Schnürstiefeln eitel und selbstbewußt über das Terrain marschieren, das sie mit Hilfe einer fremden Gewalt erobert hatten, sah, wie sie sich verneigten und den Frauen der
neuernannten hohen Beamten die Hand küßten, den Frauen
der kommissarischen Verwalter enteigneter jüdischer Geschäfte und der Pester Advokaten, die sich wie Aasgeier auf
diesen Sammelplatz der Rechtlosigkeit gestürzt hatten; er sah
auch diese Frauen, einige schön, einige häßlich, aufgeputzt,
aber vulgär oder mit dem Abglanz längst verschlissener Vor-
nehmheit; er sah hünenhafte Gendarmen mit Federbüschen
an den schwarzen Hüten, wie sie paarweise, mit geschultertem Gewehr, mit scharfblickenden schrägen Augen durch die
Straßen patrouillierten und diese neue Ordnung, diese Unordnung, diesen Wahnsinn, diese Krankheit beschützten; er
sah deutsche Soldaten im Stahlhelm auf Posten vor ihren speziellen Kasernen, wie sie arrogant und höhnisch das von
ihnen selbst inszenierte und beherrschte Schauspiel beobachteten; er sah Serben und Juden, degradierte Beamte, Kaufleute, Handwerker, die mit einem Leidensgenossen stehenblieben, sich umschauten und flüsterten, fragend den Kopf
schüttelten und nach einem düsteren Abschiedsgruß ihre
leeren Zimmer aufsuchten, um abzuwarten; er sah schwarzgekleidete alte Männer und Frauen, die, unfähig, die Veränderungen zu begreifen und sich ihnen zu stellen, trostsu-
chend und gesenkten Blickes in die Kirche gingen; er sah die
Jungen, die sich erregt versammelten, drohend drängten, die
sich auf Zuruf verständigten, auf dem Platz, auf dem Korso,
berstend vor Indignation, vor Widerstand, vor Kampfeslust,
vor Haß, vor gerechter Erbitterung, er sah, wie sie einander
Flugblätter zuschoben, Nachrichten übermittelten, unter
den Mantelschößen Messer und Pistolenknaufe zeigten. Unter ihnen erblickte er auch Čutura, der in Eile war, streng,
immer am Rand der Gruppen, die das unsichtbare Band seines Willens zusammenzuhalten schien; er begegnete auch
Krkljuš, der sein Saxophon im Futteral zur Probe schleppte

oder, umgeben von seinen Musikern, abends auf dem Korso
einen neuen Swing oder Foxtrott pfiff, den er anderntags mit
ihnen üben wollte, und Blam gesellte sich erwartungsvoll –
um herauszufinden, was er tun müßte, um mit dem stärke-
ren, entschiedeneren Element zu verschmelzen – mal zu dem
einen, dann wieder zu dem anderen.

Daß am Ende Krkljuš die größere Anziehungskraft hatte,
kann Blams Vorsicht ebenso zugeschrieben werden wie seinem Mangel an Orientierungsbedürfnis, welches Esther zur
selben Zeit in die entgegengesetzte Richtung führte. Čutura
war vollauf damit beschäftigt, sich und andere zu orientieren,
und Blam fragte sich wirklich oft, wieso er kein einzigesmal
versuchte, auch ihn in seinen eisernen Strom aufzunehmen,
obwohl er es andererseits wohlweislich vermied, eine Gelegenheit dazu zu bieten. Wenn sie früher auf dem gemeinsamen Heimweg von der Schule bis zum Vojvoda-Šupljikac-
Platz am Zaun des Parks stehengeblieben waren, vertieft in
ein Gespräch über dieses oder jenes Ereignis in der Schule,
über einen Lehrer oder Schüler, also immer über den Mechanismus menschlicher Charaktere und ihrer Wechselbezie-
hungen, trunken vor Einverständnis und unschlüssig, sich
daraus zu lösen, hatte Blam oft das Gefühl gehabt, er werde
im nächsten Augenblick die Verantwortung für diese gemeinsam geschaffene und bejahte Harmonie übernehmen
müssen: daß ihm Čutura glatt anvertrauen würde, etwas
heimlich irgendwohin zu bringen, oder ihm den Hintergrund und die Fäden eines gefährlichen konspirativen Unternehmens offenbaren würde. Aber dann hatte er aus Angst
vor der Verantwortung, aus Angst, daß sie schon da sein und
ihn unvorbereitet treffen könnte, mit einem Scherz, einem
Wort des Zweifels oder allgemeiner Gleichgültigkeit den Kü-
raß zerschlagen, der sich bereits um ihn zu schließen begann,
und sie waren auseinandergegangen, ohne zu einem Schluß
gekommen zu sein, außer daß es ihnen Freude machte, so un-
verbindlich zu diskutieren. Denn auch Čutura gefielen diese
Gespräche – sonst hätte er, der so streng gegenüber anderen

und sich selbst war, sie nicht Tag für Tag fortgeführt –, sie waren für ihn ein Reservoir an Themen und Ideen, aus dem er zwar nicht unmittelbar schöpfte, das ihm aber einen größeren Überblick vielleicht gerade über das verschaffte, was er nicht tun und sehen sollte. Die Okkupation unterbrach die Periode des Suchens, sie erforderte eine feste Orientierung, die Čutura bereits hatte. Daß diese Trennung mit dem Ende der Schule, also auch der gemeinsamen Heimwege zusammenfiel, bedeutete nur noch einen äußerlichen Einschnitt; wann immer sich Čutura und Blam trafen, auf der Straße oder bei einer Versammlung, flogen zwischen ihnen lediglich die Funken freudigen Wiedererkennens, ohne daß daraus das Bedürfnis zum Gedankenaustausch entstand. Und als sie sich zum letztenmal sahen, kurz vor Čuturas Tod, war der Bruch schon längst vollzogen und endgültig.

Denn nach dem Trägheitsprinzip seiner unselbständigen Natur neigte Blam, einmal von der einen Strömung abgeschnitten, um so intensiver der anderen zu, der von Krkljuš. Und dessen Freundeskreis, der ihn großzügig duldete und ihm sogar besonderen Wert beimaß. Wiederum aus dem Bedürfnis, in ihm ein Reservoir dessen zu haben, was er selbst nicht war, einem Bedürfnis, das Menschen oder Gruppen von beschränkten Ansichten empfinden. Das Orchester, das heißt Krkljuš selbst, der dickliche Pianist Raka, der Schlagzeuger Miomir, genannt Miomiris, und der lebhafte, immer eilige und verschwitzte Trompeter Jole, lebten in diesen Monaten ausschließlich für den Jazz, das war ihr Aufruhr, ihr Schutz gegen den Widersinn, der sie in der kleinen Stadt mit Sperrstunde, Verdunklung, drohenden Bajonetten und Bekanntmachungen an den Straßenmauern umgab; aber sie hatten bei sich gern auch jemanden, der anders war, der sie hin und wieder auf die Kurzsichtigkeit oder Vergeblichkeit ihrer Passion aufmerksam machte, und sei es, damit sie sie besser erkannten und sich ihr noch inbrünstiger hingaben. So pflegte Blam auch mit ihnen eher Bekanntschaften als wirkliche Freundschaften; er schwirrte um sie herum wie eine Fliege um einen Bienen-

schwarm oder ein Ameisenvolk, entfernte sich und kam
näher, hörte ihren Proben bei Raka zu – der als Sohn wohlha-
bender Eltern ein Klavier hatte – und rauchte dabei seine ersten Zigaretten; er ließ hin und wieder ein Wort fallen, äußerte
einen Eindruck, eine Meinung, und dann ging er oder blieb
und beobachtete schweigend, distanziert, wie sie einander ge-
stikulierend ins Wort fielen, mit den Instrumenten wie mit Sä-
beln fuchtelten und pfeifend oder summend die Richtigkeit
der eigenen Interpretation für ein eben gespieltes oder ein
noch zu spielendes Stück zu beweisen versuchten. Irgendwie
gehörte er zu ihnen, wenn er sich auch immer wieder für eine
längere Zeit in die Einsamkeit zurückzog, und so gelangte er
in die Tanzschule Maticki, wo man Krkljuš' Band dafür gewonnen hatte, gegen ein kleines Entgelt jeden Sonntag von
fünf Uhr nachmittags bis neun Uhr abends zu musizieren.

Die Tanzschule befand sich dort, wo die Karadjordje-
Straße nach Schlängellinien durch das Zentrum in die Peri-
pherie schnitt, in einem ebenerdigen, halb ländlichen Haus
mit einem verbreiterten Hoftrakt. Der Tanzlehrer Ognjen
Maticki (während der Okkupation abwesend, da in Gefangenschaft) hatte diesen Trakt gepachtet, die Wände der einstigen Wohnung eingerissen und so zwei große Räume erhalten: ein helles Vorzimmer mit Ziegelfußboden und in seiner
Verlängerung einen geräumigen, gedielten Saal mit zuge-
mauerten Fenstern, in dem ständig Lampen brannten. In
diesem Saal wurde getanzt; aber während der ganzen Zeit liefen die Mädchen und Jungen unruhig ins Vorzimmer, aus
dem Vorzimmer in den Hof, dann bis vors Tor, wo sie sich auf
dem Trottoir versammelten, immer auf der Suche nach jemandem, in Erwartung von jemandem, sie berieten gruppenweise,
ob sie hineingehen oder einen anderen Vergnügungsort aufsuchen sollten, zählten ihr Geld für die Eintrittskarten, die im
Vorzimmer von einer alten, braungesichtigen Frau mit Kopftuch – der Mutter von Ognjen Maticki – an einem Tischchen
mit weißer Decke ausgegeben wurden, oder sie überließen
sich einfach aus Mutwillen, aus Unschlüssigkeit diesem Zwi-

schenreich, der Mischung und dem Kontrast zwischen der
Musik von drinnen und den Gesprächen von draußen, zwischen jener verräucherten und dieser frischen Luft, zwischen
jenem Licht und dieser Dämmerung oder Finsternis – die,
durch die Verdunklung aufgezwungen, immer schwärzer
wurde –, zwischen jener Erfüllung und dieser Ahnung. Eben
das machte die Tanzschule so anziehend für Blam: die Unruhe und das unaufhörliche Hin und Her, die Möglichkeit,
abwechselnd vorwärtszudrängen und sich zurückzuziehen,
einen Entschluß aufzuschieben oder auszuführen. Er paßte
sich erleichtert diesem Gewoge an. Wenn er, meist zusammen mit den Musikern, den Saal betreten hatte, nahm er
seinen Platz hinter dem alten Klavier mit der stumpfgewor-
denen Politur ein, beobachtete, wie die ersten Tänzer eintrafen, von der jüngeren Frau Maticki, einer mageren Dame mit
Kurzhaarfrisur, empfangen und zu den Stuhlreihen längs der
Wände dirigiert wurden, er hörte seinen Freunden beim
Stimmen der Instrumente zu, machte seine Bemerkungen,
riet ihnen, mit welchem Stück sie beginnen sollten; und wenn
dann die Musik einsetzte und die ersten Paare sich im Tanz
drehten, ging er selbst seinem Vergnügen nach. Er trat zu
dem Grüppchen junger Burschen, die in der Saalmitte standen und den Tanzenden zusahen – was Frau Maticki nicht
mochte, weshalb sie ja auch Plätze an der Wand bereithielt –,
überlegte, ob er ein Mädchen auffordern sollte, eins von denen, die gehorsam auf den Stühlen warteten, oder eins, das
bereits tanzte – denn trotz des Widerstands von Frau Maticki
war unter den lockeren Sitten der Okkupation das Abklat-
schen der Tänzerinnen normal und wurde mit eigensinniger
Genugtuung praktiziert –, näherte sich einem Paar, trennte
es mit einer flüchtigen Verbeugung und tanzte, bis er von
einem anderen auf dieselbe Weise beiseite geschoben wurde;
er ging ins Vorzimmer, kaufte sich bei dem glattgekämmten
Burschen im weißen Kittel ein Sinalco, setzte sich auf den
Tresen der jetzt, im Sommer, leeren Garderobe hinter dem
Rücken der alten Frau Maticki; schlüpfte in den Hof, wenn es

schon dunkel geworden war, drängte sich an den Paaren vorbei, die das Bedürfnis nach mehr Intimität hierhergetrieben hatte, fing hier und da Worte einer Verabredung, einer Neckerei, Worte der Ablehnung und des Zögerns auf; trat auf die Straße, die Hände in den Taschen, stand isoliert, allein, lauschend in der dunklen Menge, die hinein und heraus drängte und ihre Stimmen mit der fernen Musik mischte; er war anwesend und abwesend, wußte, daß er hineingehen und wieder tanzen, aber ebensogut auch verschwinden konnte, ohne daß es in der Finsternis und im Gewühl bemerkt würde. Er war entzückt von dieser Unverbindlichkeit, diesem Desinteresse am anderen, dieser rohen Natürlichkeit in den Beziehungen, ganz im Geiste der Vorstadt, die auch ihn, Blam, auf ihre ungeschliffene Art annahm und ihm erlaubte, sich jederzeit zu entfernen, weil er weder durch sein Fortgehen noch durch sein Bleiben das störte, was hier einzig erwünscht und gewollt war: das Vergnügen.

Wie wohltuend unterschied sich das für ihn von den Geselligkeiten im Gymnasium, zu denen man geschlossen ging, um unter Aufsicht eines diensthabenden Lehrers die dezenten Schritte auszuführen, die einem ein extra dafür von der Schule engagierter Tanzmeister beibrachte! Blam hatte den Eindruck, daß hier alles ungezwungener, gesünder, interessanter war; auch die Mädchen – Ladengehilfinnen oder Bauerntöchter aus der Umgebung – erschienen ihm viel ungezwungener, lebendiger, ja auch hübscher als die steifen, in ihren dunkelblauen Faltenröcken und weißen Blusen klösterlich uniformierten Schülerinnen. Hier konnte er auch leichter eine Bekanntschaft schließen, da er wußte, daß sie zu nichts verpflichtete, daß sie so lange dauerte wie ein Tanz oder noch kürzer, bis einem die erwählte Partnerin eben weggenommen wurde. Er holte sich also in aller Ruhe die Hübschesten, was er sich im Gymnasium versagt hatte, und bemerkte erregt, daß sie von ihm Notiz nahmen, daß sie ihn im Gedächtnis behielten, daß sie ihm erwartungsvoll entgegensahen, wenn er sich näherte, und ihn manchmal mit den

Blicken suchten, weil sie ahnten, daß er nicht weit war. Dabei übersah er nicht, daß die meisten dieser Mädchen einen Freund hatten, mit dem sie nach dem Tanzabend gemeinsam weggingen – nach Hause? oder spazieren? oder bis zum nächsten Haustor, um sich zu küssen? – das wußte er nicht, und ihn überkam der Wunsch, selbst hier ein Mädchen zu gewinnen, um mit den anderen gleichzuziehen und den Zauber des Abends ganz auszuschöpfen. Er stellte fest, daß ein Mädchen, mit dem er häufig tanzte – eine große Blondine mit runder Stirn und offenem Lächeln –, Abend für Abend den Begleiter wechselte, und schloß daraus, daß sie an keinen gebunden war; gegen Ende eines Tanzabends ergriff er die Gelegenheit, schlug ihr vor, gemeinsam nach Hause zu gehen, und sie war einverstanden.

Das erste, was sie ihn fragte, als sie ins Dunkel der Straße tauchten, war: »Sie kennen die Musiker? Ich sehe Sie immer im Orchester«, und so konnte er sie ausführlich über die Natur seiner Freundschaft mit den attraktiven Jungen unterrichten, sogar andeuten, welchen Einfluß er als Kenner auf ihr Programm und ihren Vortrag hatte. Janja interessierte sich mehr für persönliche Einzelheiten: von Krkljuš hatte sie gehört, daß er gern trank, Raka hatte sie mit einem Mädchen von zweifelhaftem Ruf gesehen; aber Blam überzeugte sie in vielem vom Gegenteil. So gelangten sie, für ihn fast unbemerkt, ans Ziel, ein ebenerdiges Haus mit bröckelndem Putz, vor dem sie plötzlich haltmachte. »Hier wohne ich.« Und sie reichte ihm die Hand. »Gute Nacht.« Blam raffte sich mit Mühe zu der Frage auf, ob sie auch am folgenden Sonntag zum Tanz kommen würde, womit er sie beinahe in Erstaunen versetzte. »Aber natürlich.« Ihm blieb nur noch, ihre kräftige Hand vieldeutig zu drücken und sich zu verbeugen.

Dieser kurze gemeinsame Heimweg beschäftigte ihn dann die ganze Woche. Er redete sich ein, daß er sich noch nie in Gegenwart eines Mädchens so leicht, frei, ungehemmt und ohne Angst vor möglichen Fehlern gefühlt hatte. Er schrieb das ihrer offenen Art zu und ahnte, daß diese auf einer großen, vielleicht riesigen Zahl ähnlicher Begegnungen beruhte, daß Janja an Flirts und intimere Berührungen gewöhnt war, und er fragte sich, ob er nicht zu sanft mit ihr umgegangen war, ob sie nicht selbst mehr Kühnheit von ihm erwartet hatte. Aber wenn er sich ihr Verhalten und das Gespräch vergegenwärtigte, konnte er keinerlei Zeichen für eine derartige Erwartung entdecken; daraus schloß er, daß er sich dennoch, fürs erste Mal, richtig benommen hatte, und setzte all seine Hoffnung auf die nächste Begegnung, da er intimer mit ihr reden und versuchen würde, sie zu küssen. Falls sie darauf einging, mußte er sich um einen Ort kümmern, wo er mit ihr allein sein konnte, vorerst das Zimmer in der Dositej-Straße, sofern es nicht vermietet war.

Aber der nächste Tanzabend verlief anders als erhofft – nicht weil sich Janja inzwischen verändert hatte, sondern weil sie entgegen seinen Erwartungen dieselbe geblieben war. Sie schenkte ihm ihr flüchtiges offenes Lächeln und löste sich, noch während er sich scherzend verneigte, von ihrem Partner, um ihm die Hand auf die Schulter zu legen. Und als der nächste Tänzer kam, ein kleiner, pausbäckiger Bursche mit einer in die Stirn fallenden Haarlocke, tat sie das gleiche: sie lächelte dem Neuen zu, und verabschiedete Blam mit einem flüchtigen Nicken. Sie war allzu beliebt, allzu gefragt, das sah er jetzt; allzu viele Jungen umschmeichelten und umgarnten sie. Doch andererseits konnte Blam ihre Offenheit im Gespräch nicht vergessen: er war fast sicher, daß sie nur mit ihm so offen sein konnte, weil er es nur mit ihr gewesen war. Beim nächsten Tanz forderte er sie wieder auf und verlor sie wieder, dann tat er dasselbe noch einmal, unterließ es jetzt aber nicht, sie zu fragen, ob er sie nach dem Tanzabend begleiten dürfe. »Heute nicht«, sagte sie mit leicht gerunzelter Stirn, »ich bin schon belegt«, und richtete ihr schnelles Lächeln auf den nächsten Tänzer, der gekommen war, um Blam abzulösen. Er zog sich verdrossen zurück. Ihre Ablehnung verletzte ihn weniger als die gewöhnliche Formulierung, die sie gebraucht hatte. »Ich bin schon belegt.« Was für

ein dummer, alberner, abgegriffener Ausdruck! Er beschloß
sofort zu verzichten, verließ den Saal, und als er zurückkam,
forderte er der Reihe nach einige Mädchen zum Tanz auf, die
ihm schon früher gefallen hatten. Dennoch konnte er sich
nicht auf die Unterhaltung mit ihnen konzentrieren, sondern
suchte unwillkürlich mit dem Blick nach Janja, und wenn er
sie entdeckte, beobachtete er ihre Gesten, die Bewegungen
ihrer kräftig geschnittenen Lippen und versuchte die Worte
davon abzulesen; er beobachtete, mit welchen Jungen sie
tanzte und mit wem am häufigsten, um den Auserwählten
dieses Abends herauszufinden. Manchmal traf er ihren Blick,
der ihm nicht auswich, aber bei der Begegnung unverändert
blieb, liebenswürdig und heiter und bar jeglicher Bedeutung,
jeglicher Botschaft. Er hörte auf zu tanzen und stieg aufs Podium, um ihre Aufmerksamkeit zu erregen. Er beugte sich
über Rakas Schultern, und während dieser in die Tasten
schlug und den Kopf zurücklegte, erzählte er ihm von einer
Bekannten, die ihn mit einem gewissen übelbeleumdeten
Mädchen gesehen habe, und richtete dabei den Blick auf
Janja. Sie bemerkte ihn, sah ihn an, aber wieder ohne den
Ausdruck der Bewunderung und Neugier, den er erwartet
hatte; die Musiker schienen sie nicht mehr zu interessieren,
nachdem sie alles Wissenswerte über sie erfahren hatte. Also
ist sie oberflächlich, folgerte Blam fast zufrieden und blieb
träge sitzen, bis der Tanzabend zu Ende war. Er sah sie mit
einem blassen, großen jungen Mann weggehen, den er bisher
noch nie in ihrer Nähe bemerkt hatte.

Er war sich jetzt im klaren darüber, daß es sich nicht
lohnte, ihr seine Aufmerksamkeit oder tiefere Gefühle zu
widmen: er mußte sie als anziehenden, schönen Körper betrachten, den er bekommen konnte oder nicht. Er wollte sie
bekommen, also mußte er sich darauf konzentrieren, nur
darauf, nicht auf seine Empfindungen oder auf eine Beurtei-
lung ihrer inneren Werte. Er brauchte einfach eine neue Gelegenheit, sich ihr zu nähern, um sie dann zu erobern, an sich
zu binden. Nur mußte er geduldig auf diese Gelegenheit

warten, und das beschloß er zu tun. Er rechnete sich aus: weder der große blasse Junge noch ein anderer nach ihm würde sich lange an ihrer Seite halten, da sie so wählerisch, so launisch war, und wenn sie abgespeist waren, hatte wieder derjenige die Chance, der in der Nähe war, das heißt er. So verbrachte er zwei vergebliche Sonntage: an dem einen erschien sie nicht zum Tanz, am nächsten wies sie Blams Einladung mit dem Hinweis zurück, sie werde früher weggehen, ins Kino. »Mit wem?« konnte er sich nicht enthalten, zu fragen. »Ach, mit Freunden«, sagte sie achselzuckend und lächelnd, forderte ihn jedoch nicht zum Mitkommen auf. Sie tanzten gerade einen sehr schnellen Tanz, seine Hand fühlte die Zuckungen ihres muskulösen Körpers, aber das war ihm diesmal nicht angenehm, ebensowenig wie die eigenen rhythmischen Zuckungen, er fand, daß sie sich beide lächerlich benahmen, wie sie so eifrig über den morschen, unebenen, wie ein Faß dröhnenden Boden dieses dummen Saals hüpften und sich fast feindselig wegen einer Verabredung stritten. »Und darf ich auch einmal mit Ihnen ins Kino gehen?« brachte er hervor, ohne nachzudenken, fast sicher, daß sie ihn abweisen würde. »Ja«, antwortete sie einfach, als hätte sie dieses Angebot erwartet, »nächsten Sonntag.« – »Das ist aber noch lange«, protestierte er schroff, obwohl sein Herz freudig pochte und der Tanz mit ihr wieder den entrückten Zauber annahm, der im gegenseitigen Berühren lag. Janja überlegte, ihre Brauen zuckten. »Na gut. Sagen wir, am Mittwoch.« – »Soll ich Sie abholen?« Sie schüttelte den Kopf. »Nicht zu Hause. Treffen wir uns an der Ecke.«

Er wartete also auf den Mittwoch. Sorgfältig wählte er das Kino aus, darauf bedacht, ihr keinen der Filme zuzumuten, die schon am Sonntag gelaufen waren – nachdem er neulich versäumt hatte, sie zu fragen, was sie sich ansehen wollte –, und entschied sich für das *Avala* aufgrund der ausgehängten Fotos, die eine Liebesgeschichte verhießen, wie sie nach seiner Vorstellung einem Mädchen ihrer Art gefallen mußte. Er kaufte Karten für die letzte Reihe auf dem Balkon – wohin

116

sich meist die Liebespaare zurückzogen – und brach um
sechs Uhr auf. Aber als er die Gassen zwischen der Karadjordje-Straße und der parallelen Šajkaška-Straße erreichte,
schrak er zusammen: Er wußte den Weg nicht. Er kehrte in
die Karadjordje-Straße zurück, bog vorsichtig ab, konzentrierte sich, mußte wieder kehrtmachen, ging weiter gerade-
aus, wußte nicht, wohin, und konnte niemanden fragen, weil
er damals unter dem angeregten Gespräch versäumt hatte,
auf die Straßenschilder zu achten. Der Schweiß brach ihm
aus. Er versuchte noch zwei-, dreimal umzukehren und ab-
zubiegen, aber dann befand er sich plötzlich am Ziel, an der
Ecke ihrer Straße, von wo man das niedrige Haus mit der
bröckligen Fassade und dahinter einen kleinen runden Platz
mit einem Brunnen in der Mitte sehen konnte. Es war halb
sieben, noch nicht zu spät.

Sie jedoch verspätete sich beträchtlich. Er spazierte durch
die stickige Dämmerung des Sommertags, der den unsichtbaren, irgendwo noch glühenden Sonnenball nicht loslassen
wollte, sah abwechselnd zu ihrem Haus hinüber und auf
seine Uhr. Endlich öffnete sich das Tor, aber statt des hübsch
frisierten, adrett gekleideten Mädchens, das er erwartete, erschien eins mit zerzaustem Haar, im zu kurzen Kleid, mit
staubigen bloßen Füßen, das einen rotangestrichenen, ver-
beulten Wassereimer in der Hand schwenkte. Nur mit Mühe
erkannte er Janja wieder. Sie grüßte ihn mit einem Scheppern
des Eimers und bog sogleich zum Platz ein, leichtfüßig und
im Laufschritt, und das wippende Kleidchen ließ halb sonnengebräunte und halb weiße feste Schenkel sehen. Die Erscheinung war so unerwartet und dennoch kraftvoll und
natürlich, daß Blam nicht gleich auf die Idee kam, ihr nachzugehen; er sah vielmehr aus der Entfernung zu, wie sie über
den Platz zum Brunnen rannte, sich vorbeugte und den Eimer an den Rüssel des Ausflußrohrs hängte, den Schwengel
so heftig betätigte, daß das Wasser hervorschoß und über die
Blechwände des Eimers spritzte, ihn dann vom Rohr zog und
zurückkehrte, etwas schief unter der Last, rot vor Anstren-

gung; das Haar hing ihr über Augen und Wangen, die Zungenspitze war zwischen die Zähne geklemmt, der Schritt vorsichtig balancierend. Erst vor dem Haus sprang er herbei und streckte die Hand zur Hilfe aus. Aber sie wich erstaunt beiseite, wobei etwas Wasser aus dem Eimer über ihr staubiges Knie schwappte, das davon erglänzte. »Lassen Sie nur, ich komme sofort!« Und sie verschwand im Haustor.

Tatsächlich kam sie bald wieder heraus, nun schon ordentlich zurechtgemacht, als ginge sie zum Tanzen, mit frisiertem Haar, in einem weißen Leinenkleid, Taschentuch und Schlüssel in der Hand, weiße Schuhe an den gewaschenen Füßen. Aber als Blam sie von der Seite betrachtete, konnte er ihren vorherigen Anblick nicht vergessen. Als habe er sie eben nackt oder bei einer unzüchtigen Handlung beobachtet, brachte ihm ihr jetziges normales Aussehen keine Befriedigung mehr. Im Grund erfülllte ihn der Anblick dieses adretten hübschen Mädchens durchaus mit Bewunderung, aber von nun an vor allem deshalb, weil er in ihm, hinter ihm jenen anderen, verlockenderen, eines vor Eile hochroten, atemlosen Kindes fand. Nach diesem kindlichen Mädchen drängten seine Sinne wie nach einem lange erahnten und endlich entdeckten Frauenideal, und da sie nun anders war und ihr wahres Wesen verborgen blieb, konnte er weder ungehemmt mit ihr reden noch später, im Dunkel des Kinos, seine Eroberungspläne verwirklichen. Sobald das Licht erlosch, griff er nach ihrer Hand im Schoß, und sie überließ sie ihm, doch diese Hand war träge und trocken, statt sich, wie er erhofft hatte, um seine Hand zu schließen, ihr Widerstand zu leisten. Er faßte sie um die Taille, und sie richtete sich ein wenig auf, um seinem Arm Platz zu machen. Er fühlte, wie fest ihr Rumpf war, gespannt in einen einzigen Bogen, der sich nach unten und oben weich rundete, aber unter seiner Berührung steif blieb. Sie betrachtete aufmerksam die Bilder auf der Leinwand, er sah von der Seite, daß ihre Augen im Dunkel unbeweglich glänzten. Was dachte sie? Spürte sie die Gier seiner Finger? Er legte ihr eine Hand an die Wange, drehte ihren Kopf zu sich herum und preßte seine Lippen auf ihre Lippen. Sie überließ sich ihm, öffnete gehorsam Mund und Zähne vor seiner Zunge, aber ihre Augen blieben offen, etwas schräg, damit ihnen das Flimmern der Bilder nicht entging. Er mußte es zulassen, denn sie war ihm gegenüber so offenbar bereitwillig, weil sie das vermutlich für die Pflicht eines Mädchens hielt, wenn es ins Kino ausgeführt wurde. Später küßte er sie wieder, und am Ende der Vorstellung und des Heimwegs küßte er sie auch an der Ecke, wo er zuvor auf sie gewartet hatte. Aber sie löste sich schnell aus seiner Umarmung mit dem Bemerken, sie müsse schlafen gehen, denn sie stehe zeitig auf; für das nächste Treffen bestimmte sie den Sonntagstanz und antwortete auf Blams enttäuschten Einwand: »Das ist doch schon in drei Tagen!«

So blieb sie, auch nachdem er ihr nähergekommen war, für ihn in der Ferne. Hin und wieder erlaubte sie ihm, sie nach Hause zu bringen oder mit ihr ins Kino, in eine Konditorei oder spazierenzugehen, sie erlaubte ihm, ihre Hand zu halten und sie zu küssen, aber sie blieb nüchtern dabei, sogar mit Bedacht abweisend, und hob sich schmerzlich von dem Bild ab, das er sich nach der Szene am Brunnen von ihr gemacht hatte, weshalb er unzufrieden mit ihr war. Doch wenn sie sich trennten, wenn er nicht mehr mit ihr zusammen war, rückten die Vorwürfe gegen sie in den Hintergrund und machten wieder jenem Bild Platz, das sie halbentblößt, warm, unbefangen erregt zeigte und das so stark, so lebensvoll war, daß ihm schien, nur sein falsches Verhalten, seine ungenügende Beharrlichkeit, seine Vorsicht seien schuld, wenn es für ihn nicht Wirklichkeit wurde, und so dürstete er nach der nächsten Begegnung, die das Versäumte wettmachen sollte. Er verlangte hartnäckig, sie öfter zu sehen, ließ sich durch ihren Widerstand, ihre Ausflüchte nicht einschüchtern. Schließlich erreichte er es durch sein Betteln, daß er bei ihr zu Hause vorsprechen durfte. »Also komm, wenn du unbedingt willst. Aber es ist nicht sicher, daß ich auch da bin.«

Schon am folgenden Nachmittag begab er sich zu dem Haus mit dem bröckelnden Putz und fühlte sich so aufgeregt und feierlich, als hätte er den Zutritt zu einem geheimen Heiligtum erkämpft. Mit klopfendem Herzen betrat er den weiträumigen, zur Mitte hin abfallenden Hof, wo ein Mädchen – in jenem verwaschenen Kleid, das er kannte, denn es war dasselbe, in dem Janja Wasser geholt hatte – Wäsche auf eine ausgespannte Leine hängte. Beim Quietschen des ungeölten Tors wandte sie sich um, und Blam konnte sich überzeugen, daß sie denselben freien, neugierigen Blick hatte wie Janja, nur daß sie viel jünger war, fast noch ein Kind. »Ich möchte zu Janja«, sagte er und starrte wie gebannt auf das Kleid, das auch dieses fremde, noch kleine Mädchen reizvoll für ihn machte. Sie ließ sich von seinem Blick nicht im mindesten beirren, sondern kehrte ihm den schmalen Rücken zu und rief laut, fast wütend ins Innere des Hofes: »Danka!« In der Tür des Hoftrakts erschien eine junge Frau mit sommersprossigem Gesicht und sah Blam gleichgültig an. »Er will zu Janja«, erklärte das Mädchen, noch immer mit dem Rücken zu ihm, und schüttelte die Tropfen aus einem weißen Männerhemd. Die junge Frau antwortete zu ihr gewandt, als wäre Blam gar nicht anwesend: »Du weißt doch, daß sie nicht da ist.« Dann drehte sie sich zu Blam um und sagte achselzuckend: »Wenn Sie wollen, können Sie auf sie warten.«

Er wartete auf sie im Hof, und später, da er beharrlich blieb, bat ihn die junge Frau in die Wohnung. Diese bestand aus einem Zimmer und einer Küche mit einem von bunten Flickenteppichen bedeckten Lehmboden, mit vielen Betten und wenigen anderen Möbelstücken, die ziemlich altersschwach wirkten, jedoch über und über mit gestärkten, blaugesäumten Handarbeiten geschmückt waren. Die junge Frau und das Mädchen waren Janjas ältere und jüngere Schwester, und in der Küche gab es die Mutter, die sie beaufsichtigte und mit aufgestützten Ellenbogen am Tisch saß, eine müde Frau mit schmalem Gesicht und großen, knochigen, dunkelgeäderten Händen. Zur Arbeit ging nur Janja und verdiente sich ihren Tagelohn bei einem Hausherrn in der Nachbarschaft; die jüngere Schwester besorgte den Haushalt, die ältere, seit kurzem verheiratet, schwanger, mit einer eigenen Wohnung, verbrachte im Elternhaus die Zeit, bis ihr Mann aus der Fabrik zurückkam, und die Mutter und der abwesende Sohn waren von allen Verpflichtungen befreit, sie wegen Kränklichkeit und er wegen seiner Faulheit. Blam brachte das schnell und leicht in Erfahrung, schon bei diesem ersten Besuch in Janjas Haus, am Küchentisch, wo er, nachdem er die Erlaubnis dazu erbeten hatte, Zigaretten rauchte und dem Gespräch der anderen zuhörte. Das Gespräch war karg und barsch wie die ersten Worte, mit denen Janjas jüngere Schwester Blam empfangen hatte, und es wurde im selben lauten, schrillen Ton geführt wie nach einem Vorbild, das die Mutter geliefert haben mochte oder jemand vor ihr, vielleicht der längst verstorbene Vater. Wo sind die Wäscheklammern? Haben wir Brot für das Abendessen? Weiß der alte Miško, daß Janja auch morgen verhindert ist? Das waren die Themen; aber sobald sie Janja erwähnten, ein wenig erstaunt, daß sie noch nicht da war, erhielten ihre Stimmen einen Beiklang der Achtung und sogar einer gewissen Angst. Vor Einbruch der Dunkelheit stürmte Janjas Bruder herein, grünschnäbelig und blond, die Schirmmütze im Nacken, und verlangte ohne ein Wort des Grußes im selben schneidenden, groben Ton zu essen; dann saß er mit aufgestützten Ellenbogen am Tisch, stopfte Grieben und Brot in sich hinein und sah Blam finster an, fragte aber nichts, als wüßte er auch so, wen er suchte, und weshalb – und ging wieder fort. Janja tauchte sehr spät im bleichen Lichtkreis der schon brennenden Petroleumlampe auf, selbst blaß, mit schmal wirkendem Gesicht unter dem dünnen Knoten, zu dem sie ihr Haar gesteckt hatte, verschwitzt, mit bloßen Füßen und so müde, daß sie auf den ersten Stuhl sank, ohne das mitgebrachte Körbchen voller Kirschen aus der Hand zu lassen. Beschämt durch ihren kläglichen Anblick, aber zugleich erregt wie von einer neuen Variante des ersehnten Bildes, wagte Blam es nicht, sie zu dem beabsichtigten Spaziergang aufzufordern, sondern sagte, er sei nur gekommen, um sie zu sehen. »Du hast dir keinen guten Tag ausgesucht«, wies ihn Janja mit einer vor Erschöpfung brüchigen Stimme, aber entschieden ab. »Ich muß mich waschen, du siehst ja, in welchem Zustand ich bin. Und dann gehe ich sofort schlafen.«

Beim nächsten Mal war sie wieder nicht da, sondern mit jemandem ausgegangen, mit einem jungen Mann natürlich, obwohl weder die Mutter noch die Schwestern sagen konnten, mit wem, wie sie es wohl auch nicht hätten sagen können, wenn Blam derjenige gewesen wäre, denn sie hatten ihn nie nach seinem Namen und seinen Verhältnissen gefragt. Anscheinend akzeptierten sie ohne Murren, aber auch ohne Begeisterung die Tatsache, daß Janja gefragt und umschwärmt war, und wagten es nicht, darüber zu urteilen. Nach einigen erfolglosen Besuchen übertrug sich ihre versöhnliche Haltung auch auf Blam. Auch er verurteilte Janja nicht mehr, sondern saß geduldig bei den Frauen und wartete auf sie, manchmal vergebens, aber er freute sich beinahe, wenn es so war, denn damit erlangte er das Recht, auch am nächsten Tag wiederzukommen, und er hatte die Zeit immerhin in Janjas Atmosphäre verbracht und die Ergebenheit ihrer nächsten Angehörigen geteilt wie ein Gebet.

Er wurde so etwas wie Janjas Schatten und war sich dessen bewußt. Aber ohne ein Gefühl der Scham. Oder zumindest ohne ein besonderes Gefühl der Scham. Das Gefühl der Scham, Janja betreffend, war in seiner Ganzheit und Unzweideutigkeit wie ein Fluß im Meer in Blams ursprünglichem Gefühl der Scham aufgegangen, das ihn auf die Straßen, in die Menge, in die vulgäre Vorstadt getrieben hatte, und so fand es Motivation und Belohnung. Die Ursachen der Scham rückten in wohltuende Ferne: jenes vergessene Haus am Vojvoda-Šupljikac-Platz, Vater, Mutter, Erzsébet Csokonay und Kocsis, ihr heimlicher Verkehr, seine eigenen unreinen, verworrenen Beziehungen, die er nicht abschütteln konnte, nicht abwerfen konnte, weil sie in seinem Blut lagen,

122

in jeder Gewohnheit, jedem Wort. Im Gegensatz zu dieser Verworrenheit, diesem Sumpf erhob sich jetzt Janja, ein klares und durch die Liebe gerechtfertigtes Gefühl der Scham. Janja in ihrer Grobheit, ihrer Launenhaftigkeit, ihrer Flatterhaftigkeit. Janja in ihrer Willkür, sich ihm zu widersetzen oder sich hinzugeben. Janja in ihrer Reinheit und Schamlosigkeit. Janja barfuß, im zu kurzen Kleid ihrer jüngeren Schwester, zerzaust, rotwangig und atemlos vor Anstrengung, Janja erschöpft von der Arbeit, blaß, abweisend und zornig. Janjas schwere Arbeit, Janjas Brot, ihre Kirschen, ihr Körbchen; Janjas Zerstreuungen, die Unmoral und Unordnung um Janja. In all dem sah er viel mehr als den Ausdruck einer Persönlichkeit oder einer Reihe von Persönlichkeiten; er fühlte etwas Urwüchsiges, Unzerstörbares, er fühlte die Verwurzelung im Boden, im Boden der staubigen Vorstadt von Novi Sad, in der Sprache, in den Gebräuchen, die viel zahlreicher und dennoch viel stabiler waren als die seinigen, weil keine fremden Vorbilder und Einflüsse, kein Streben nach Anpassung oder Verschmelzung mit etwas anderem sie erschütterten, weil sie sich im Gegenteil allem anderen widersetzten, und das nicht willentlich, absichtlich, was schon ein Zugeständnis gewesen wäre, sondern triebhaft, selbstverständlich, wie dieser Boden, diese Sprache, diese Gewohnheiten, auch sie von Trieben bestimmt: nach Essen, nach Liebe, nach Haß, nach einem Leben ohne Vorbedacht.

Jetzt wagte er nicht mehr wie im Anfang daran zu denken, daß er Janja bekommen, erobern könnte; sein ganzes Hoffen richtete sich darauf, daß wenigstens er von ihr erobert würde, daß er von ihr zermahlen würde und sich in ihr auflöste, um selbst ein unbemerkter Teil dieses etwas stumpfen, aber starken, unerschütterten Lebens zu werden, dieser kleinen Handlungen eines flachen, aber durch die Triebe gerechtfertigten Alltags, dieses Kreises einfacher Gesten und Worte und Gedanken, die nur ein Ausdruck allgemeiner, von der Gewohnheit diktierter Gesten und Worte und Gedanken waren.

Er kam sich selbst irreal vor, gekünstelt, clownesk, als er die Worte fand, um Janja einen Heiratsantrag zu machen. Dabei wußte er, nicht ganz ohne Verstellung, daß sie ihn nicht würde abweisen können: denn er war im Vergleich mit ihr so wohlhabend, gebildet, gut erzogen, so »fein«, wie sich ihre Angehörigen ausdrückten. Aber zugleich war er sich bewußt, wie sehr er durch diese Vorzüge bluffte: wieviel Schwäche, Unsicherheit, Feigheit dahinter steckten, wieviel Unreife und Untüchtigkeit im Alltag; er war sich bewußt, daß sie einen Besseren verdiente und ihn in jedem beliebigen ihrer unbeholfenen Tanzpartner und Verehrer gefunden hätte, daß er im Grunde darauf aus war, sie auszunutzen, auszupressen, auszuschöpfen, durstig nach Saft, gierig nach Bindung und Bestimmung. Indes schien ihm, daß dies seine einzige Chance war – seine einzige Liebe –, und er streckte fast blind die Hand nach ihr aus, so wie man eine Blüte am Abgrund pflückt.

IX Das Dulag (Durchgangslager) für die jüdischen Deportierten aus Novi Sad und seiner Umgebung wurde in der städtischen Synagoge errichtet – es kostete die ungarischen Behörden nicht viel Phantasie, um sich für diese Lösung zu entscheiden. Das gewaltige, für den Empfang der ganzen Gemeinde vorgesehene Bauwerk mußte jetzt zwar zusätzlich die aus den Dörfern hergetriebenen Gläubigen aufnehmen, aber da diese durch Abkommandierung der Jüngeren zur Zwangsarbeit sowie Verhaftungen und Razzien ebenfalls dezimiert waren, erwies sich der Raum dennoch als ausreichend.

Den Deportierten wurde in der Reihenfolge ihres Eintreffens das Tor im eisernen Zaun geöffnet – das jetzt normalerweise verschlossen und bewacht war –, und dann wurden sie in den Tempel getrieben, um auf den harten Holzbänken oder – nachdem sich diese gefüllt hatten – auf dem Steinfußboden Platz für sich und das mitgeführte Gepäck zu suchen. Es war Ende April (1944), das Wetter frühlingshaft mild und sonnig; die Juden trugen noch ihre beste, strapazierfähigste Kleidung und in den Rucksäcken und Taschen sorgfältig ausgewählte, nahrhafte Lebensmittel; Wasser zum Trinken und Waschen bekamen sie aus der Küche des Synagogendieners, oder sie löschten ihren Durst, wenn sie unter Bewachung die Toilette aufsuchten, so daß sie während dieser drei Tage und drei Nächte ihres Aufenthalts in der Synagoge – bis zum Abmarsch zur Bahnstation und der Verladung in den Zug nach Auschwitz – mit dem Nötigsten versorgt waren. Alle wußten längst, daß sie – Deportierte wie Bewacher – abtransportiert werden sollten, und so dienten diese drei Tage, die letzten auf dem Boden, den sie als den ihren betrachtet hatten und von dem sie als die seinigen angenommen worden waren, den einen wie den anderen als Atempause. Eine für die einen mit bösen Ahnungen und für die anderen mit Erleichterung erfüllte Atempause, die sie jedoch durch den gemeinsamen Nenner des Zeitweiligen verband, fast harmonisch, fast freundlich, was sich in der beiderseitigen Achtung bestehender Vorschriften und Befugnisse spiegelte. Die Juden verharrten geduldig im Innern des Tempels, die Wächter versahen ihren Dienst ohne Ausschreitungen und zeigten Strenge nur nach außen, zur Straße, wenn sie die Neugierigen, die stehenblieben und gafften – einmal mischte sich unter sie bedrückt auch der durch seine Ehe gerettete Blam – auseinandertrieben.

Ein Störfaktor in dieser ansonsten einträchtigen Wartezeit kam nicht aus der Menschen-, sondern aus der Tierwelt in Gestalt von Hunden, die zusammen mit den Deportierten oder hinter ihnen hertrabend vor der Synagoge eintrafen und, da weder ihre Besitzer noch die Wächter sie durch das Tor ließen, auf der Straße zurückblieben. Es waren nicht viele, höchstens fünf oder sechs, denn die Hundebesitzer hatten dafür gesorgt, ihre Lieblinge und Hauswächter vor dem Aufbruch nichtjüdischen Bekannten zu schenken oder zur Betreuung zu übergeben oder sie wenigstens irgendwo verschwinden zu lassen; aber diese paar Hunde hatten dennoch die Kette der Verschwörung zerrissen und beharrten in ihrer Begriffsstutzigkeit und tierischen Vertrauensseligkeit darauf, sich so nahe wie möglich bei denjenigen aufzuhalten, denen sie noch zu gehören meinten. Das war eine schmerzliche Überraschung sowohl für die Juden, die sich auf dem Weg zur Toilette oder zum Wasserholen fast verstecken mußten, voller Angst, von ihnen erkannt, durch ihre Liebesbezeigungen und Annäherungsversuche zum nochmaligen Abschied von der Welt gezwungen zu werden, von der sie sich bereits unter Qualen getrennt hatten, als auch für die Wächter, denn die Hunde krochen ihnen um die Füße und lauerten auf einen Moment der Unaufmerksamkeit, um in den verbotenen Bereich zu schlüpfen. Die Wächter scheuchten sie darum mit Rufen, Flüchen, ja auch Fußtritten und Kolbenhieben vom Tor weg, doch diese Fron verletzte ihren Stolz und machte sie wütend. Die Hunde wiederum blieben trotz des Anschreiens und der Schläge beharrlich auf den Gehwegen um die Synagoge, hockten in von ihrer Angst diktiertem Ab-

stand an einer Hauswand oder spazierten auf und ab, beobachteten das Tor, hinter dem ihre Besitzer verschwunden
waren, spitzten die Ohren und reckten den Hals bei jedem
Geräusch, das von dort kam. Am zweiten und dritten Tag
trollten sich einige, vom Hunger getrieben, zum nahe gelege-
nen Markt oder folgten einem Einkaufsnetz, aus dem es ver-
führerisch nach Fleisch roch, aber sobald sie ihren Hunger gestillt hatten und ihrer Selbsttäuschung innegeworden
waren, kamen sie erhobenen Kopfes zurückgetrabt, voller
Angst, sie hätten den Augenblick versäumt, sich den Ihrigen
anzuschließen, und machten erst kurz vor dem Tor halt, im
Schutze einer Mauer oder hinter einem Baum.

So erlebten sie dennoch ein Wiedersehen mit ihren Herren. Als im Morgengrauen des vierten Tages die Kolonne vor
der Synagoge antrat, stürmten sie herbei, und bald war die
Judengasse von fröhlichem Gebell und einschmeichelndem
Winseln erfüllt. Die Menschen in der Kolonne wehrten sich,
zügelten die Kinder, die den überglücklichen Tieren am liebsten um den Hals gefallen wären, die Soldaten fluchten, doch
alles vergeblich. Auf die Hunde zu schießen, war unmöglich
– obwohl auch solche Vorschläge gemacht wurden –, denn
man hatte den Aufbruch zum Bahnhof in die Nacht verlegt,
um Aufsehen zu vermeiden. Es blieb nur übrig, die Kolonne,
gleich nachdem sie angetreten war, in Marsch zu setzen.

Während der Wartezeit vor dem Verladen auf dem Bahnhof hatten die Hunde noch einen schönen Augenblick: sie
stießen ihre Schnauzen gegen die Körper ihrer Herren und
bekamen ein paar aufgesparte Happen. Dann blieben sie allein zwischen den Schienen. Ein Weilchen liefen sie dem Zug
nach, dann gaben sie auf, weil sie den vertrauten Geruch
nicht mehr witterten. Sie sahen verwundert auf die Felder
und Gräben, zwischen die sie geraten waren, kühlten ihre
langen, roten, heraushängenden Zungen und trollten sich
einer nach dem anderen in Richtung Stadt.

*

»Sieh mal, wen ich mitgebracht habe!« ruft Krkljuš und schiebt Blam vor sich her auf die spaltbreit geöffnete Tür zu.

Aber statt weit zurückzuweichen, verharrt der Türflügel, zittert, und aus dem Dunkel nähern sich zwei mißtrauisch verkniffene Augen.

»Laß uns schon rein«, insistiert Krkljuš vorwurfsvoll, und, mit freudig gepreßter Stimme: »Du siehst doch, es ist Blam!«

Die Tür öffnet sich tatsächlich, aber der Überraschungseffekt, den Krkljuš wohl beabsichtigt hatte, als er Blam zu sich einlud, tritt nicht ein. Seine Hände werden ungeduldig, grob, während sie den Freund in den Vorraum drängen.

»Also los!« murmelt er gereizt.

Blam dringt ins Halbdunkel vor und verbeugt sich vor der zierlichen Gestalt von Krkljuš' Mutter, die ihm den Weg freigibt.

»Ich weiß nicht, ob Sie sich an mich erinnern«, sagt er, mehr um Krkljuš als um sich selbst zu entschuldigen. »Früher war ich oft bei Ihnen, als Sie noch am Park wohnten.«

»Ja?« entgegnet sie ungläubig.

»Aber natürlich.« Krkljuš tritt zu ihnen, nachdem er die Tür geschlossen hat. »Unser Schulfreund, von Slobodan und von mir. Wir haben zusammen Hausaufgaben gemacht.«

»Sie sind Slobodans Freund?« Plötzlich heitert sich die Stimme aus dem Halbdunkel auf. »Und wo arbeiten Sie? Vielleicht bei Gericht?«

»Aber nein, Mama!« Krkljuš ist verzweifelt. »Wieso denn bei Gericht? Deswegen habe ich ihn nicht mitgebracht. Blam arbeitet im *Interkontinental*.« Er drängt die Mutter beiseite und streckt die Hand nach dem hellen Spalt im Hintergrund des Vorraums aus. »Tritt näher.«

Blam gehorcht und gelangt ans Tageslicht, in ein Zimmer mit spärlicher Möblierung – Bett, Schrank, ein Tisch mit Stühlen –, auf denen jedoch eine Menge lässig hingeworfener, nicht aufgeräumter Dinge liegen. Unter ihnen fällt eine in die Ecke gelehnte Gitarre auf.

»Setz dich.« Krkljuš zeigt auf einen Stuhl, über dessen Lehne ein grauer Pullover hängt. »Beziehungsweise, leg erst ab. Hier.« Er bemerkt mit Stirnrunzeln, daß nirgends Platz ist. »Ich hatte es eilig heute früh«, murmelt er, während er Blams noch feuchten Regenmantel über das Fußende des Bettes wirft. »So.« Er wendet sich zufrieden um.

»Waren die Arbeiter da?« fragt plötzlich von der Schwelle aus Frau Krkljuš, die ihnen gefolgt ist.

Krkljuš verstummt, als hätte ihn die Frage unvorbereitet getroffen, reibt sich mit Daumen und Zeigefinger das hagere, fleckige Gesicht, dann antwortet er gezwungen: »Stevo nicht.«

»Hast du ihn holen lassen?«

»Nein. Janko hatte viel zu tun.«

»Du hättest auch selbst vorbeischauen können.«

»Ich mußte Kunden bedienen.«

Frau Krkljuš seufzt. »Wo sind die Einnahmen?«

Unwillig, fast angewidert greift er in die Innentasche seines Sakkos und wirft ein Häufchen Banknoten auf den Tisch; die zerknüllten und zerdrückten Tausender und Fünfhunderter blähen sich, als bewegte sich unter ihnen ein unsichtbarer Frosch.

»Hat die Popović bezahlt?«

»Nein.«

Frau Krkljuš seufzt wieder vernehmlich, aber sie tritt an den Tisch, rafft mit mageren Fingern das Bündel zusammen und geht ohne ein Wort hinaus.

Krkljuš wiegt den gesenkten Kopf nach rechts und links, wie benommen. »Verdammter Laden.«

»Macht er dir viel Sorgen?«

»Nein, er macht mich krank, er bringt mich um.« Krkljuš reißt seine trüben Augen auf. »Ich habe ihn am Hals. Ich kann mich nicht konzentrieren. Ich kann nichts eigenes arbeiten.«

»Du meinst komponieren?« fragt Blam vorsichtig.

»Das ist es ja!« Krkljuš rückt näher, bläst ihm seine Alkoholfahne ins Gesicht. »Ich müßte komponieren, ich habe Ideen, aber keine Zeit, mich hinzusetzen und sie auszuarbeiten.«

»Vor einiger Zeit, ich weiß nicht genau, wann«, sagt Blam, wobei ihm einfällt, daß es sehr lange her ist, jedenfalls lange vor seiner letzten Begegnung mit Krkljuš, vielleicht sogar ein paar Jahre, »habe ich im Radio eine Komposition von dir gehört. Gesungen von einer hiesigen Sängerin.«

»Ach, wahrscheinlich *Rückkehr zur Natur*?« Und da Blam ratlos die Arme ausbreitet, geht er in die Ecke, greift nach der Gitarre, drückt sie sich gegen den Bauch und baut leicht und fehlerlos mit einem Anreißen der Saiten den Bogen einer Melodie in die Luft. »War es das?«

Blam nickt.

»Eine meiner letzten Sachen.« Er legt die Gitarre auf einen Stuhl mit zerknautschten Kleidungsstücken, dabei klirren die Saiten leise. »Sie war auch auf dem Festivalprogramm in Opatija. Du weißt, damals war ich noch beim Radio, die haben mich weiterempfohlen.« Er verzieht den Mund.

»Warum bist du dort weggegangen?«

»Ach, laß! Ich bin unter die ›Obhut‹ von Carević geraten. Den kennst du wahrscheinlich. Nein? Ein Kretin. Ein Beamter. Einmal kam ich leicht angesäuselt ins Studio, und er sofort: das wird vom Gehalt abgezogen. Als ob ich nicht hätte zu Hause bleiben und mich krankmelden können. Am nächsten Tag bin ich vor Wut gleich ans Büfett gegangen und habe ordentlich einen gehoben, und so ins Studio. Das habe ich jeden Tag gemacht, bis er mich entlassen hat. Aber er ist auch nicht lange geblieben, die Brüder haben ihn abgesetzt.«

»Könntest du nicht wieder dort anfangen?«

»Jetzt nicht mehr, wegen des Ladens. Mama muß den Alten pflegen, und von meinem Gehalt könnten wir nicht leben. Was soll's!« Er reibt sich das finstere Gesicht und kneift die Augen zu. Dann sieht er Blam unsicher an. »Wollen wir was trinken?«

Blam sucht nach einer Ausrede, aber Frau Krkljuš kommt

ihm zuvor. Als sie eintritt, zuckt ihr kleines Gesicht mißtrauisch, der blinzelnde Blick wandert von ihrem Sohn zu dessen Freund, stolpert über die Gitarre, als ahne oder konstatiere er ein geplantes oder begangenes Vergehen. Schließlich verharrt ihr Blick, anscheinend enttäuscht, bei Blam.

»Sie leben allein?«

»Nein. Ich bin verheiratet.«

»Haben Sie Kinder?«

»Ein Mädchen.«

Frau Krkljuš seufzt schwer, als hätte sich eine böse Vermutung für sie bestätigt. »Ich habe meinem Mann gesagt, daß Sie hier sind. Er möchte Sie sehen.«

»Herr Krkljuš?« Blam steht auf.

»Moment, Moment!« bremst ihn Aca Krkljuš ärgerlich. »Sei nicht so aufdringlich!« ruft er seiner Mutter zu. »Blam ist bei mir zu Gast, verstehst du?« Die Flecke in seinem Gesicht laufen rot an, die mageren Wangen zittern. »Biete uns lieber was an.«

Ihr treten Tränen der Wut in die Augen. »Ich habe nur Kaffee.« Aber sie verharrt an ihrem Platz.

»Machen Sie sich keine Mühe«, sagt Blam, um einen Streit abzuwenden.

Aber sie verläßt gerade das Zimmer und hört ihn nicht mehr.

Krkljuš bricht plötzlich in Lachen aus, das er mit der Hand auf dem Mund zu unterdrücken versucht wie einen Schluckauf. »Warte.« Er geht zum Bett, kniet davor nieder, beugt sich hinab und bringt einen kleinen Koffer aus grünlichem Stoff zum Vorschein. Er hebt den Deckel, schiebt ungeduldig Bücher und Hefte beiseite und zieht unter ihnen eine flache Flasche hervor, in der ein gelbliches Getränk schaukelt.

»Hier.« Im Knien hält er Blam die Flasche hin.

»Ich möchte eigentlich nicht.«

Krkljuš nickt beifällig, schraubt den Blechverschluß auf und trinkt, den Kopf zurückgelegt, ein paar hastige Schlucke. Er atmet aus, setzt die Flasche wieder an, um noch einen einzigen, langen Schluck zu nehmen; dann schraubt er den Deckel zu und legt die Flasche zurück in den Koffer.

»Mach bitte das Fenster auf«, sagt er augenzwinkernd.

Blam steht auf, geht zum Fenster und öffnet es, kleine Regentropfen fallen ihm auf den Handrücken.

Krkljuš packt Bücher und Hefte auf die Flasche, aber dann halten seine Hände inne. »Soll ich dir ein paar neuere Sachen zeigen?« fragt er bittend.

»Natürlich.«

Krkljuš greift sich aus einem Stoß Hefte ein blaues, ein gelbes und noch ein blaues, und breitet sie noch immer im Knien auf dem ungemachten Bett aus. Er öffnet ihre Seiten, die sich auf der weichen Unterlage der Steppdecke von selbst wieder schließen, streicht sie glatt und fährt mit zitterndem Finger über die Linien voller Noten.

»Das sind alles Motive, ich muß sie nur ausarbeiten.« Ungeduldig schlägt er das zweite, gelbe Heft auf und klopft mit dem Finger auf eine Seite, wo die Noten mit schwarzer Tinte oder Tusche ordentlicher geschrieben sind. »Das habe ich Raka geschickt, und er hat geschrieben, daß man es orchestrieren könnte.«

»Und wo ist Raka?«

»In Westdeutschland, hast du das nicht gewußt? Augenblicklich in Frankfurt, glaube ich. Er hat ein eigenes Orchester. Dort ist so was möglich, die Deutschen selbst haben keine Zeit zum Musizieren.«

»Das wird schon auch bei uns laufen. Du siehst doch, ein Festival jagt das andere.«

»Vielleicht hast du recht. Gerade dieser Tage überlege ich, ob ich eine Komposition für Opatija einreichen soll. Willst du sie hören?«

»Gern!«

Aber im selben Augenblick geht die Tür auf und Frau Krkljuš tritt mit einem Tablett ein. Ohne sich nach ihr umzudrehen, schiebt Aca den Koffer unters Bett, steht auf und schüttelt die gestreckten Knie aus. »Später«, murmelt er.

»Ah, ihr habt das Fenster aufgemacht!« keift Frau Krkljuš mißtrauisch und bleibt mit dem Tablett mitten im Zimmer stehen.

»Blam fand, daß es hier zum Ersticken sei«, erwidert Aca.

Frau Krkljuš sieht ihn blinzelnd an, dann hebt sie den Kopf und schnuppert.

»Hm«, konstatiert sie giftig und setzt das Tablett auf dem Tisch ab. Sie wendet sich Blam zu. »Wäre mein Slobodan am Leben, würde er sich um den Laden und die Geschäfte kümmern, und Aca könnte tun, was er will.« Sie seufzt und verzieht das Gesicht. »Probieren Sie, ob er süß genug ist.«

Blam hebt die Tasse mit dem dampfenden Kaffee und nimmt einen Schluck. »Danke, er ist ausgezeichnet.« Aber da Frau Krkljuš neben ihm stehenbleibt, begreift er, daß er in ihrer Gegenwart austrinken muß. Der Kaffee ist heiß, aber er schüttet ihn Schluck für Schluck in sich hinein und stellt die Tasse ab.

»Dann können wir jetzt zu meinem Mann hinübergehen«, stellt sie fest.

Blam sieht unschlüssig Aca an; dieser senkt den Blick und beugt sich über seine Tasse, die er jedoch nicht anrührt, als warte er ungeduldig darauf, allein gelassen zu werden. Blam steht auf und folgt Frau Krkljuš.

Sie treten in den Vorraum, sie voran, er hinter ihr, wobei er sich im Halbdunkel nur schwer zurechtfindet. Frau Krkljuš öffnet eine Tür in Reichweite seiner Hand, und das Tageslicht hat ihn wieder.

Sie betreten ein Zimmer, das größer ist als das von Aca oder wenigstens so wirkt, weil hier weniger Unordnung herrscht. Da stehen zwei alte Betten, ein Sessel und ein Schrank an der Wand, hinter der noch ein Zimmer liegen muß: man sieht über dem Schrank den Rahmen einer Tür.

Der alte Krkljuš sitzt im Sessel, im Pyjama, über den er einen Pullover gezogen hat; er scheint dicker geworden, seit Blam ihn nicht mehr gesehen hat (und bis vor zwei Jahren hat er ihn oft auf der Schwelle seines Ladens stehen sehen, groß,

133

mit vortretendem Bauch, aber schmalen Schultern und Hüften), sein Gesicht ist gedunsen und feucht. Von der Gürtellinie an ist er in eine Decke gewickelt, die auf der rechten Seite schräg herabfällt.

»Ich grüße Sie, mein Junge«, sagt er mit zitternder, gerührter Stimme. »Setzen Sie sich hierher.« Er zeigt auf das am nächsten stehende Bett.

Blam nimmt Platz.

»Sie können auch rauchen.«

»Nein, danke, ich habe eben eine Zigarette ausgemacht.« Er greift sich an die Tasche. »Möchten Sie eine?«

»Ach, ich rauche nicht mehr.« Krkljuš winkt traurig ab. »Seit mir das passiert ist« – er legt die Hand vorsichtig auf die flach herabfallende Seite der Decke –, »mußte ich alles aufgeben. Aber was das Schlimmste ist«, sagt er, zu Blam vorgebeugt, und seine schlaffe Hand zeigt auf die Wand hinter dem Bett: »Aca hört nicht mehr auf mich. Er trinkt!« Er schüttelt den Kopf. »Und mein Slobodan, mein guter Junge, lebt nicht mehr.« Er rückt noch näher an Blams Gesicht heran. »Sie wissen, wie mein Slobodan umgekommen ist?«

»Natürlich«, sagt Blam wider Willen hastig, fast prahlend. Und um den Eindruck abzuschwächen, fügt er hinzu: »Meine Eltern wurden auch bei der Razzia getötet.«

»So?« Krkljuš wird lebhaft. »Dann waren wir ja damals zusammen. Das wußte ich nicht, das wußte ich nicht. Und wo sind Ihre Angehörigen umgekommen?«

»Man sagt, auf der Straße, in der Nähe ihres Hauses. Ich habe woanders gewohnt«, rechtfertigt Blam die Ungenauigkeit seiner Antwort.

Aber Krkljuš bemerkt diese Einzelheit nicht. »Bei Slobodan war es an der Donau!« Er schüttelt traurig den Kopf. Dann richtet er plötzlich einen scharfen Blick auf Blam. »Sie sind Jude?«

»Ja.«

»Dann muß ich Sie etwas fragen, was mich schon lange beschäftigt. Kennen Sie in Novi Sad einen jüdischen Anwalt?«

Blam ist so überrascht, daß er überlegen muß, obwohl es in dieser Sache längst keinen Zweifel mehr für ihn gibt.

»Nein.«

»Wirklich nicht? Keinen einzigen?«

»Nein.«

»Hm.« Krkljuš duckt sich tiefer in den Sessel. »Niemand kennt einen.« Dann nimmt sein Blick wieder die frühere Schärfe an. »Den Dr. Würzmann gibt es auch nicht mehr, nicht wahr?«

»Nein. Ich glaube, er ist nicht aus dem Lager zurückgekommen.«

»Das habe ich auch gehört.« Er sieht Blam jetzt fast bittend an. »Und Doktor Vértes?«

Blam schüttelt den Kopf.

»Ja. Und von den Jüngeren – überhaupt niemand?«

»Niemand, soviel ich weiß.«

»Hm. Und Sie befassen sich nicht mit juristischen Dingen, wie ich hörte?«

»Nein, ich arbeite in einem Reisebüro.«

»Ja, ja.« Krkljuš nimmt das bereits gleichgültig zur Kenntnis und wendet sich auf einmal seiner Frau zu. »Ist das Wasser für die Wärmflasche endlich heiß? Mir ist kalt im Kreuz.«

Sie, die bis jetzt reglos und entspannt dagesessen hat, erhebt sich, geht zum Nachtschränkchen mit dem eingeschalteten Kocher und holt einen Topf, den sie mit den Enden ihres Hauskleides anfaßt. Sie nimmt den Deckel ab, damit sich der Dampf ein wenig verzieht, und dreht sich um. »Wo ist die Wärmflasche?«

»Hier, hinter mir.« Krkljuš beugt sich ungeduldig vor.

Blam steht auf. »Soll ich helfen?«

»Nein, nein.« Frau Krkljuš schüttelt abwehrend den Kopf. »Das kann nur ich.« Sie setzt den Topf zurück auf den Kocher und nähert sich ihrem Mann.

»Dann gehe ich«, sagt Blam. »Ich wünsche Ihnen gute Besserung.«

»Ja, ja«, entgegnet Krkljuš, aber schon zerstreut, und sucht mit den Fingern hinter seinem Rücken, wohin sich auch die Frau sorgenvoll neigt. »Auf Wiedersehen, auf Wiedersehen.«

Blam geht in den Vorraum, tastet sich bis zur Tür von Acas Zimmer, klopft und tritt ein. Das Fenster steht noch immer offen, und Aca sitzt wieder auf dem Bett, umgeben von Bettzeug und den darüber verstreuten Heften, die Hände zwischen den Knien, mit gerötetem Gesicht.

»Ist er dir sehr auf die Nerven gefallen?« Er sieht Blam spöttisch, fast feindselig an.

»Gar nicht. Wir haben nur wenige Worte gewechselt. Und du? Zeig her das Heft!«

»Ach, laß nur!« Krkljuš winkt träge ab. »Ein andermal. Setz dich und trink was mit mir.«

Blam gehorcht, aber während er noch Platz nimmt, schlägt ihm von Krkljuš ein so starker Geruch nach Alkohol entgegen, als wäre das Bett damit getränkt. Ihm wird übel und im selben Moment fast schwindlig vor Hunger. »Weißt du was«, sagt er und fühlt, daß er einen Verrat begeht, »wir verschieben das auch auf ein andermal. Ich sollte jetzt zum Mittagessen gehen.«

»In Ordnung.« Krkljuš findet sich erstaunlich leicht mit dem Abschied ab und steht sogleich auf. »Ich muß auch bald wieder in den verdammten Laden!«

Blam geht in den Vorraum hinaus, während der ihn begleitende Aca Krkljuš sehr melodisch ein Lied pfeift.

»Güß deine Alten. Ich will nicht noch mal zu ihnen rein, sag ihnen, daß ich gehen mußte.«

»Mach ich.« Krkljuš bringt ihn bis zur Wohnungstür, bleibt stehen, an den Rahmen gelehnt, reglos, und sieht Blam ohne ein Lächeln nach.

*

Am Tag ihrer Exekution ging Esther Blam wie üblich zur Schule und verbrachte die ersten Morgenstunden in ihrer Bank beim Unterricht. In der dritten Stunde, sie hatten Mathematik bei der kurzsichtigen Lehrerin Bajčetić, fiel aus der Bank hinter ihr ein über Kontaktpersonen hereingeschmuggelter, zusammengefalteter Zettel auf ihr Heft. Sie entfaltete ihn und las in Druckschrift die Worte: »Sie wollen dich verhaften. Geh sofort zu Mara, dort bekommst du neue Instruktionen.« Sie blickte unwillkürlich nach hinten, um zu sehen, woher der Zettel kam, aber in dem Moment hatte Frau Bajčetić bereits die Bewegung bei der Klassenzimmertür und die Unruhe in den Bänken bemerkt, sie schlug mit dem Lineal aufs Katheder und rief die Schüler zur Ordnung. Esther zog den Kopf ein. Den Zettel las sie noch ein paarmal aufmerksam durch, kniffte ihn, zerriß ihn in kleine Stücke und versenkte diese in ihrem vollen Tintenfaß. Langsam und lautlos packte sie Bücher und Hefte in ihre Tasche, hob die Hand und bat die Lehrerin, austreten zu dürfen. Diese erlaubte es etwas widerwillig. Esther griff nach der Tasche, besann sich jedoch, daß sie keinen Vorwand hatte, sie mitzunehmen, schob sie in die Bank zurück und ging hinaus auf den Korridor. Hier sah sie sich nach dem unbekannten Boten oder einer Spur von ihm um, aber da sie nichts entdeckte, nahm sie ihren Mantel vom Garderobenhaken und verschwand.

Das Haus von Andja Šovljanski, Deckname Mara, zu der man sie schickte, befand sich am äußersten Stadtrand, anderthalb Kilometer vom Mädchengymnasium entfernt; Esther traf gegen elf Uhr dort ein. Zu der Zeit durchsuchten bereits drei Agenten ihre Klasse und das Gymnasium; in ihrer Wut, weil sie sie weder fanden noch von Schulleitung und Schülern eine Erklärung für ihr Verschwinden erhielten, alarmierten sie aus dem Büro des Direktors telefonisch die Spionageabwehr und forderten, daß die geplanten Verhaftungen beschleunigt und unter Teilnahme einer größeren Zahl von Beamten durchgeführt würden. Einer von ihnen blieb für alle Fälle im Gymnasium, um zu warten, die anderen beiden machten sich auf zu Esthers Haus, wo sie sie anzutreffen hofften oder ihr aus dem Hinterhalt auflauern wollten.

Andja Šovljanski, Esthers Kameradin aus dem SKOJ-Zirkel, hatte inzwischen durch einen anderen Boten ebenfalls die Nachricht erhalten, daß ihre Gruppe aufgeflogen war, daß sie zu Hause auf Esther Blam warten und sich zusammen mit ihr im Weiler Klisa bei Großmutter Dara Aćimov versteckt halten sollte, deren Haus sie kannte, weil sie nach einer Brandstiftung auf den Getreidefeldern von Klisa bei ihr übernachtet hatte. Das Unglück war nur, daß die Botschaft schon frühmorgens bei Andja eingetroffen war und keinen Hinweis darauf enthielt, Esther könne die ihre vielleicht wesentlich später erhalten. Andja zog sich sofort an, verstaute in den Taschen des Wintermantels alle Waffen, die sich bei ihr in Verwahrung befanden – drei Handgranaten und eine kleinkalibrige Pistole – und wartete wie im Fieber. Sie war im Haus allein mit ihrem Großvater, denn ihr Vater – ein Blechschmied – war zur Arbeit in die Werkstatt gegangen, eine Mutter hatte sie nicht mehr, und ihre verheirateten Brüder waren weggezogen. Nach stundenlangem Warten in dem Mantel mit den waffenstarrenden Taschen hatte sie das Gefühl, daß sie kostbare Zeit vertat: daß die Botschaft nicht richtig war oder sie sie nicht richtig verstanden hatte, oder daß derweil ihr unbekannte Dinge geschehen waren, vielleicht neue Verhaftungen, vielleicht sogar die von Esther, und sie auf dumme Weise hier in der Falle festsaß. Als es zehn Uhr vorbei war, bekam ihre Ungeduld das Übergewicht über ihre Disziplin, und sie beschloß, hinauszugehen und Informationen einzuholen: dem Großvater sagte sie, sie käme gleich zurück, möglicherweise werde jemand nach ihr fragen; dann verließ sie das Haus.

Esther wußte von alldem nichts. Andjas Haustür war verschlossen, und sie mußte dagegenhämmern. Es erschien der Großvater in Pelzmütze und -joppe und öffnete ihr, als sie sagte, wen sie suchte. Sie gingen durch den herbstlich kahlen Hof, der das Haus von der Straße trennte, und betraten die Küche, wo im Herd ein Feuer glimmte. Der Großvater sagte, Andja werde gleich kommen. Er legte Holzscheite aufs

Feuer, dann drehte er sich eine Zigarette mit dem Tabak aus
seiner Blechschachtel; er rauchte, hüstelte, spuckte auf den
Lehmboden und trat den Speichel mit der Gummi-Opanke
breit, und Esther stand in ihrem dunkelblauen Mantel am
Fenster und wartete auf Andja.

Andja hatte sich zu Sofija Kerešević aufgemacht, der Kameradin aus dem Zirkel, die ihr am nächsten wohnte. Vorsichtig nahm sie ihren Weg von Baum zu Baum durch die
Vorstadtstraßen, die um diese Tageszeit unbelebt waren. Sie
blieb bei jedem Rascheln stehen und beobachtete, hinter
einem Stamm verborgen, die Passanten, bis sie sich überzeugt hatte, daß es nur ein Mann oder eine Frau aus der
Nachbarschaft waren, die ruhig und gedankenverloren ihren
alltäglichen Verrichtungen nachgingen. So erreichte sie das
Haus der Familie Kerešević, das ähnlich wie ihr eigenes etwas
zurückgesetzt hinter Straße und Zaun lag. Sie betrachtete es
lange, nichts regte sich. Dennoch entschloß sie sich zu äußerster Vorsicht. Sie ging bis zur Ecke zurück, bog ab, bog an
der nächsten Ecke noch einmal ab und kam so in die Straße,
die parallel zu der mit dem Haus der Kerešević' verlief. Sie
versuchte ein paar Tore zu öffnen, und als eine Klinke unter
dem Druck ihrer Hand nachgab, betrat sie einen Hof. Hier
traf sie eine alte Frau an, die aus einem tiefen weißen Teller
die Hühner mit Mais fütterte. Sie bat darum, durch den Garten gehen zu dürfen, und stapfte, ohne die Antwort abzuwarten, an trockenen Saaten, Grasflächen und halbkahlen
Obstbäumen vorüber bis zum hinteren Gartenzaun, der aus
Draht war. Sie schaute hindurch und erkannte das Haus der
Kerešević'. Ihr war, als bewegte sich auf dessen Hof etwas
Schwarzes, sie konnte aber nicht ausmachen, ob es ein
Mensch oder ein Tier war. Lange stand sie atemlos, und als
sie sich überzeugt hatte, daß sich nichts mehr bewegte, nichts
mehr zu hören war, kroch sie unter dem Zaun hindurch und
sprang in einen Graben. Der Hof der Familie Kerešević lag
gut überschaubar vor ihr. Sie bemerkte niemanden, nur der
Schornstein auf dem Dach des Hauses entließ leichte weiße

Rauchschwaden. Sie richtete sich auf und bewegte sich weiter in Richtung Hof. Da erschien hinter einem Obstbaum jenes Schwarze von vorhin, sie duckte sich, das Schwarze löste sich als menschliche Gestalt von dem Baum und kam auf sie zu.

Andja warf sich herum und rannte auf demselben Weg zurück, auf dem sie gekommen war, durch den Graben, unter dem Zaun hindurch. Jemand rief, ein Schuß fiel, doch sie machte nicht halt. Aus dem Augenwinkel beobachtete sie, daß die schwarze Gestalt am Stacheldraht hängenblieb, hörte sie fluchen, hetzte an der verblüfften Alten mit dem Teller voll Mais vorbei und fand sich auf der Straße wieder.

Sie hätte weiterfliehen können in die Felder, die an die Gemarkung von Klisa grenzten, wo sie sich vielleicht in Großmutter Daras Scheune mit dem doppelten Boden verstecken konnte. Aber laut Botschaft hatte sie Esther Blam zu Großmutter Dara zu bringen, und als ihr das einfiel, wurde ihr sofort bewußt, welchen Fehler sie mit ihrem Ungehorsam begangen hatte. Statt zu den Feldern rannte sie nach Hause. Hinter sich hörte sie Schüsse, Getrappel, Hundegebell, Pfiffe, sie sah über einen Zaun hinweg, wie sich einige Gestalten aus der benachbarten Straße in ihre Straße stürzten, doch sie lief weiter. Vor ihrem Haus bückte sie sich und kroch behend durch eine Lücke im Zaun, sie war sogar geistesgegenwärtig genug, die lose Zaunlatte, die ihr Vater noch nicht hatte festnageln können, provisorisch wieder an ihren alten Platz zu lehnen. Sie stürzte ins Haus, in die Küche, dort saß der Großvater, und neben ihm stand die sichtlich erregte Esther, die das Echo der Verfolgungsjagd bereits gehört hatte.

»Schnell, wir müssen weg!« rief sie ihr zu und flog hinaus.

Esther hinterher. Sie rannten bis zum Zaun, sprangen in den Nachbargarten; doch da sahen sie auf der Straßenseite vor dem Haus, zu dem sie wollten, zwei Gendarmen mit angelegtem Gewehr auftauchen. Zugleich hörte man kräftige Kolbenhiebe gegen das Tor von Andjas Haus und das Splittern von Holz. Ein weiterer Schuß fiel.

Etwa zwanzig Schritte von den Mädchen entfernt, befand sich ein weißgetünchtes, einzeln stehendes kleines Haus, die Sommerküche der Nachbarn, und sie schlugen instinktiv diese Richtung ein. Andja war zuerst da, öffnete die Tür, beide stürzten hinein und schlossen die Tür. In der Küche war niemand, sie war kalt, still. Andja versuchte die Tür zu sichern, sie fand den Riegel und schob ihn vor. Dann griff sie in die Manteltaschen, zog die Waffen heraus und breitete sie nach einem prüfenden Blick auf dem leeren, sauberen, kalten Herd aus.

»Nimm zwei Handgranaten, und sieh zu, daß du triffst.«

Sie selbst nahm eine Handgranate in die linke und die Pistole in die rechte Hand. Sie zogen sich so weit wie möglich zurück, lehnten sich an die Wand und warteten.

Die Schritte und Pfiffe kamen näher, dann konnte man die Stimmen und Rufe der Männer, die das Gebäude umzingelten, deutlich unterscheiden. Auf die Türgardine fiel ein Schatten, die Klinke wurde herabgedrückt.

Andja zog am Hahn der Pistole, einmal, zweimal, aber kein Schuß löste sich: es war keine Patrone im Lauf. Sie war fassungslos, und in dem Moment wurde die Glasscheibe der Tür eingeschlagen, durch die Öffnung und die zerfetzte Gardine schob sich ein Gewehrlauf und darüber ein wutverzerrtes schnurrbärtiges Gesicht. Ein Schuß fiel, Andja griff sich an die Brust und stürzte stöhnend zu Boden. Esther war in die entfernteste Ecke gesprungen, so daß die ihr zugedachte Kugel das Ziel verfehlte. Sie kniete sich hin, entsann sich, daß sie in jeder Hand eine Granate hatte; sie sah sie an, nahm beide in die linke Hand und riß bei der einen den Sicherungsring ab, wie sie es in diesem Sommer bei der militärischen Ausbildung gelernt hatte. Sie warf die Granate auf den Gendarmen, der sie im Visier hatte. Aber die Granate prallte von der Leiste zwischen den zerschlagenen Glasscheiben ab und fiel zurück in die Küche. Esther stand auf, entsicherte die zweite Granate und warf sie geschickt durch die Öffnung in der Tür. In dem Augenblick explodierte die erste Handgranate am Boden, Stahlsplitter bohrten sich in Esthers Brust und Kopf, die Wucht der Explosion schleuderte sie gegen die Wand, wo sie umsank. Gleich darauf explodierte auch die zweite Granate vor der Tür, verletzte einen Gendarmen im Gesicht und an der Schulter und den zweiten, der von der Tür aus geschossen hatte, am Bauch und an den Beinen. Dann wurde alles still. Erst als die Gendarmen aus der anderen Gruppe das Tor von Andjas Haus zertrümmert hatten und bei der Sommerküche eintrafen, wurden wieder Schreie und Flüche laut. Doch dauerte es noch ein paar Minuten, bis sie den Mut fanden, an ihren ächzenden Kameraden vorbei in die Küche einzudringen. Esther und Andja lagen tot am Boden, in Blutlachen, die allmählich größer wurden und sich zu einer dunklen Pfütze vereinigten.

In einer Festtagsausgabe von *Naše novine* (zu Weihnachten des ersten Okkupationsjahres 1941) veröffentlichte der jüngste Mitarbeiter Tihomir Savić seine Gelegenheitsreportage »Aus dem Leben unserer Redaktion«, welche die ganze zweite Seite einnahm. Die Reportage ist in leichtem, humorvollem Ton geschrieben, wie es Anlaß und Thema erfordern, und sie ist illustriert mit fünf Porträts – vier männlichen und einem weiblichen – aus der Feder eines anonymen Grafikers, die sich durch eine ähnliche, karikierende Flüchtigkeit des Strichs auszeichnen. Der Text beginnt mit einer Ortsbeschreibung: drei Redaktionsräume voller Schreibtische, gebündelter Zeitungsstapel, Korrekturfahnen und Klischees, wo ein Häuflein Journalisten eilig schreibt, in die Maschine diktiert, mit Korrespondenten telefoniert, Manuskripte und Anzeigen entgegennimmt oder in Auftrag gibt. Dann folgt eine Einzeldarstellung der vorher als Mannschaft aufgetretenen Persönlichkeiten, wobei jeweils Zeichnung auf Text, Zeichnung auf Text bis zum Ende aufeinanderfolgen. An erster Stelle heißt es hier von Predrag Popadić, er sei stets gepflegt und ausgeglichen (so zeigt ihn auch die Skizze: mit ironischem Lächeln unter dem geraden Schnurrbärtchen, mit welligem, glänzendem Haar und korrektem Schlipsknoten); er verliert auch dann nicht die Nerven, wenn ihm noch das Material für die morgige Nummer fehlt, sondern schickt den Reporter – und das ist Tihomir Savić – irgendwohin »vor Ort«, denn er weiß, daß dieser ohne einen sensationellen Bericht nicht wiederzukommen wagt. Von dem auf der zweiten Skizze Dargestellten (ein schmales, großnasiges Profil, dem sich hinter dem Ohr das Haar sträubt) heißt es, daß er die politische Redaktion leitet, daß er wortkarg und melancholisch, immer irgendwelchen irrealen Phantasien hingegeben ist. Der nächste, ein runder Glatzkopf mit breitem Doppelkinn und zwei Pünktchen anstelle der Nase, wird als Leiter des Ressorts Innenpolitik vorgestellt, der übrigens das anstrengende Redaktionsleben am besten durch Scherze und Gelächter aufzulockern weiß;

und ein gutmütiger Kalbsgesichtiger mit schräg geschnittenen Augen und einer Schleife unter dem sehnigen Hals präsentiert sich als Redakteur der Unterhaltungs- und Kinderseite von *Naše novine*, obwohl er im Grunde ein unverbesserlicher Junggeselle ist, ohne Heim und Herd, dafür in den Cafés und nächtlichen Straßen zu Hause; von der einzigen Dame, mit Herzmündchen, langen Wimpern und Stupsnase, heißt es, daß sie die schnellste Maschinenschreiberin in Novi Sad ist, die es noch dazu versteht, einen wunderbaren Kaffee zu kochen und selbst den grimmigsten Besucher mit Liebenswürdigkeit und Charme um den Finger zu wickeln. Das kindliche Gesicht mit Brille und langem Haar schließlich gehört Tihomir Savić selbst, der so jung ist, daß er noch an die Schönheit des Lebens glaubt und darum – neben den Reportagen, mit denen er sein Brot verdient, danach, in stillen Nachtstunden – lyrische Gedichte schreibt.

Bei aller Banalität der Texte und ihnen beigegebenen Zeichnungen kann man dennoch die Menschen in ihnen erkennen, wenn sie auch so einseitig gesehen sind, wie *Naše novine* alles sah. Die andere Seite dieser Menschen besteht aus Lügen, Verheimlichungen, Bereitschaft, für ein von der Wirklichkeit abgeschirmtes Plätzchen die Wirklichkeit in ein nicht vorhandenes Gewand aus Harmonie und Sinn zu hüllen. Für diese andere Seite mußten sie später bezahlen: der Chefredakteur, die Leiter des politischen Ressorts und der Innenpolitik wurden als Kollaborateure der Besatzungsmacht erschossen, der Redakteur der Unterhaltungs- und Kinderseite wurde zu Freiheitsentzug verurteilt und starb im Gefängnis, während die reizende Maschinenschreiberin und der dichtende Reporter, die schon ein Jahr später geheiratet hatten, mit den abziehenden Deutschen flohen und jetzt in Australien eine Gastwirtschaft betreiben.

Von dem gesamten Material, das die Grundlage für Savić' Reportage bildete, gibt es in Novi Sad nur noch die eingangs geschilderte Lokalität: drei Räume in der ersten Etage über dem Kino *Avala*, aus deren Fenstern man in den Hof blickt, wo sich die Zuschauer heute wie damals vor dem Beginn der Nachmittags- und Abendvorstellungen drängen. Gleich nach dem Ende der Okkupation und dem Untergang von *Naše novine* bezog die Räume ein junger Partisanenoffizier, Kommissar im Haus der Armee, der hier gerne durchreisende Kameraden und Mädchen aus der Stadt als seine Gäste empfing; aber bald darauf löste ihn ein höherrangiger Offizier mit Familie ab. Danach wurde die Etage, wie das ganze Gebäude, der Verwaltung des Kinos zugesprochen, die, um sich zu vergrößern, den Offizier mit Einverständnis der Stadtkommandantur in eine andere Wohnung verlegte. Seitdem klingeln in den einstigen Büros von *Naše novine* wieder die Telefone und klappern die Schreibmaschinen, nur daß andere Menschen sie bedienen, zwei junge Beamtinnen, von denen die eine schon verheiratet ist, eine Kassiererin, geschieden und mit schwarzem Damenbart, und ein Buchhalter, Familienvater in mittleren Jahren, als ehemaliger Turner von steifer, würdiger Haltung. Aber wenn ein heutiger, dem Hause nahestehender Reporter diese Menschen porträtieren wollte, würde sich vielleicht ein weitgehend ähnliches Bild ergeben; selbst die unberücksichtigte andere Seite der heutigen Persönlichkeiten, ihr Dienst an der wenn auch unschuldigeren Lüge des Films könnte ähnlich beurteilt werden. Was ebenso auf die Beharrlichkeit menschlicher Wesensart hinweist wie auf die Hilflosigkeit oder das Trügerische der Worte, die zu ihrer Enthüllung bestimmt sind.

*

Zu der Zeit, als Tihomir Savić an seiner Weihnachtsreportage arbeitete, begab sich Blam des öfteren unter die Fenster, hinter denen sie entstand, in den Hof des Kinos *Avala*. Es waren die Wochen nach seiner Heirat und zugleich nach Esthers Tod, Wochen, in denen an die Stelle seiner aufrührerischen Erwartung, seines sommerlichen Angst- und Hoffnungsfiebers die Kälte des Entsetzens trat und die Herrschaft über-

nahm. Mit diesem Entsetzen stellte er sich täglich bei Vater
und Mutter ein, zu kurzen, wortkargen Besuchen und wiederholten Beileidsbekundungen, denn er wußte, daß er ihnen
nicht helfen konnte außer durch die Erinnerung an seine
Existenz als Sohn, indem er ihnen einen Ersatz für den Gegenstand ihrer Aufmerksamkeit bot, wie ein Narkotikum.
Überhaupt erfaßte ihn in diesen Wochen neben dem Entsetzen, gegen das er sich wehrte, das Gefühl einer betäubenden
Trunkenheit und seines Bedürfnisses danach. Ihm schien,
daß Esthers Untergang, so plötzlich, so dramatisch, so un-
vereinbar mit der Natur seiner Schwester, aber dennoch
so tatsächlich, so unumstößlich, der Abschluß einer Zeit
der Täuschungen, der Irrwege, der leeren psychologischen
Kombinationen war, die sich in ihr Gegenteil, den allumfas-
senden Tod, verkehrt hatten. Den Tod sah Blam jetzt überall,
in jedem Wort, jeder Bewegung, jeder Zeitungsmeldung, im
Gang der Patrouillen durch die Straßen, im Hissen der Fahnen, im Transport von Wachen und Kriegsgerät innerhalb
der Stadt, während er in den Erscheinungen jenseits dieser
deutlichen Vorzeichen des Untergangs – zu welchen Erscheinungen auch seine Besuche bei den Eltern gehörten, ja all
sein Tun, sein Dahinleben – nur ein Opiat erblickte, ein Mittel, jenes Ziel vorübergehend zu ignorieren und es dadurch
um so schneller, leichter, schmerzloser zu erreichen. Für sich
selbst fand er das geeignetste Rauschmittel in der Arbeit bei
der Agentur »Uti«, die so stumpfsinnig und hoffnungslos
war, daß sie während ihrer achtstündigen Dauer fast jeden
Gedanken an die andere, totale Hoffnungslosigkeit aus-
schloß; aber sobald er sich auf den Heimweg machte, wurde
dieses eitle Gefühl wirkungslos wie eine schlechte Arznei. Zu
Hause erwartete ihn Janja, aber nicht die erhitzte und zer-
zauste Janja aus der Vision am Brunnen, mit der er sich, hingerissen von den ersten Umarmungen, in den ersehnten
Rausch hätte versetzen können, sondern die starke, in sich
ruhende, aus der Straßenbahn heimlich beobachtete Janja,
die den Rauschzustand allein, ohne ihn, an ihm vorbei er-

langt hatte: durch ihren neuen Elan, die eigene Wohnung, die eigene Tätigkeit, den eigenen Liebhaber, die Pflichten, die ihr all dieser Besitz auferlegte und die sie glücklich machten. Eine Janja, die – ohne sich ihm geöffnet zu haben, ohne weich geworden zu sein, ohne das Bild wahrgemacht zu haben, das er von ihr in sich trug – sich ebenso unaufhaltsam von ihm verabschiedete und entfernte, wie er selbst sich vom Leben verabschiedete und entfernte; und dieser für ihn unerträgliche Gedanke an Trennung und Ende trieb ihn aus dem Haus, in die Flucht, auf die Straße. Und das nicht mehr, um Spuren zu suchen, Ahnungen nachzugehen wie noch während des Sommers, denn Ahnungen bedeuteten jetzt Krankheit und Vorzeichen des Todes, sondern um blind, ohne nach rechts und links zu blicken, ohne zu denken oder in dem Bemühen, nicht zu denken, die Kraft seiner Füße und die Wärme seiner Eingeweide beim Ausschreiten und Frösteln in Winterwind und Schneegestöber zu verausgaben. Er suchte keine Begegnungen, wich Bekannten aus, denn jeder Blick in ein vertrautes Gesicht wäre eine weitere Voraussage der Vernichtung gewesen, und dennoch oder gerade deshalb wählte er bei seinen Rundgängen die belebtesten Orte, wo die Menschen nicht mehr Individuen waren, sondern eine Masse, etwas Unpersönliches, rein Körperliches, das sich bewegte, wogte, sich drängte und ihn wohltuend ermüdete wie der feuchte Schnee und der scharfe Wind. So zwängte er sich fast täglich auch in den Hof des Kinos *Avala*, und so geschah es, daß er noch einmal Čutura traf.

Es war Abend, er hatte gerade den Besuch in dem Haus am Vojvoda-Šupljikac-Platz hinter sich gebracht, der eisig gewesen war und trostlos wie eine Totenwache, er hatte in seinem Verlangen nach der Menge einen Bogen um den Hauptplatz gemacht und den Vorraum des Kinos *Avala* betreten, als er hinter den Säulen, auf denen die Etage mit der Redaktion von *Naše novine* ruhte, eine Berührung am Ellenbogen spürte. Es war nicht jenes unbewußte, träge Streifen, das bis jetzt seinen voranstrebenden Körper im Gleichgewicht gehalten hatte, sondern eine vorsichtige, aber gezielte Berührung wie ein leichter Stich, und er wandte sich erschrocken um. Im Schatten der Säulen gewahrte er eine Gestalt in einem schweren Wintermantel mit hochgeschlagenem Kragen und breitkrempigem Hut, und lediglich an der kantigen Linie des Kinns, auf die ein Lichtfleck aus dem Vorraum fiel, erkannte er Čutura.

Čuturas Verkleidung als Landstreicher oder Gelegenheitsarbeiter verriet Blam sofort, daß er sich versteckt hielt und daß es gefährlich war, mit ihm gesehen zu werden, aber die stumme, am Ellenbogen noch spürbare Aufforderung des Freundes veranlaßte ihn, der vom einsamenUmherirren und seinen düsteren Gedanken benommen war, stehenzubleiben. Noch hatte er sich nicht gefaßt, als Čutura schon tiefer ins Dunkel trat, das sein Gesicht bedeckte und unkenntlich machte, und aus dem nun sein angespanntes Flüstern drang:

»Ich muß bei dir unterschlüpfen. Geh langsam durch den Hof, ich komme nach.«

Blam gehorchte. Statt wie sonst der quadratischen Erweiterung des Kinohofs zu folgen, die Standfotos der angekündigten Filme zu betrachten und sich in der Umgebung dieser Bilder und der ihrem Vergnügen hingegebenen Menschen dem Rausch vorübergehender Sicherheit zu überlassen, bahnte er sich einen Weg durch die Gruppen und setzte ihn auf dem Pfad zwischen den vorspringenden Mauern des Kinosaals und den Hofwohnungen fort. Hier war es leer und dunkel: im Kino lief der Film, dessen schrille Musik durch die verriegelten Türen drang, und in den Wohnungen hatten sich die Mieter bereits zum Abendessen oder zum Schlafengehen hinter geschlossenen Vorhängen zurückgezogen. Seit er unter seiner Todesbesessenheit litt, hätte sich Blam niemals in einen solchen Raum der Einsamkeit und der fremden Echos vorgewagt, und auch jetzt ergriff ihn ein Unbehagen in dieser engen Passage. Dennoch ging er weiter, im Dunkeln stolpernd, widerwillig, mit dem immer deutlicheren Gefühl, daß ihn Čutura in einem Augenblick der Unaufmerksamkeit überfallen hatte und jetzt in etwas hineinzog, wogegen sich seine Natur sträubte.

In diesem Gefühl war weniger Angst vor der Gefahr, der er sich aussetzte – die hatte er durch sein stummes Einverständnis überwunden –, als Abwehr gegen den Inhalt des Einverständnisses: Čutura bei sich übernachten zu lassen. Jetzt, wo er überlegte, wie er dieses Einverständnis realisieren sollte, sah er ein, wie unmöglich das war, und auf dem Grunde dieser Unmöglichkeit sah er noch düsterer als bisher die Unmöglichkeit seiner eigenen Situation, des eigenen Lebens überhaupt. In abgerissenen Bildern führte er sich vor Augen, wie er mit Čutura den Merkur-Palast betrat, zur Mansarde hinaufstieg, ihn einließ, Janja erklärte, wer er war, wie ihn Janja mit mehr oder weniger Mißtrauen, mehr oder weniger gutem Willen aufnahm, ihm etwas zu essen vorsetzte. Aber bei all diesen Überlegungen sah er im Hintergrund und als letzte Projektion nicht diese Bilder, sondern Čuturas Blick, mit dem er die von Janja angehäuften neuen Gegenstände und Janja unter ihnen abschätzte, ihre Beziehung erriet, ihr Mißverhältnis, er sah, wie Čutura aus einem unbedachten Wort auf Janjas neue Beschäftigung schließen würde, vielleicht auch auf den Vermittler, den Chefredakteur des besatzungsfreundlichen Blattes *Naše novine*, den einstigen Untermieter der Blams, den einstigen Wohltäter Blams – und aufgrund alles dessen sein unerbittliches Urteil fällen würde. Und er wollte nicht, daß Čutura ein Urteil über sein Leben fällte, er wollte, daß dieses ohnehin zum Untergang verurteilte Leben ohne Richter und Zeugen verschwand, er wollte, daß die Schmach dieses Lebens mit diesem zusammen zugrunde ging.

Unter diesem Gefühl des Widerstrebens gelangte er ans Ende des Kinosaals, der die Passage verengt hatte; jetzt weitete sie sich zu einer Art Straße, die auf der einen Seite von Hofwohnungen begrenzt wurde und an der anderen hin und wieder von Schuppen und baufälligen Werkstätten. Die Begleitmusik des unbekannten Films verebbte hier, aber dafür hörte man die bisher stummen, unbedeutenden, aber nahen Geräusche, das Schlagen einer schlecht verschlossenen Tür im Wind, den Ruf einer Kinderstimme. Blam hielt inne. Was sollte er tun, wie sich der übernommenen Pflicht entledigen? Er wandte sich zur Passage um, die jetzt schwarz dalag mit der schwachen Beleuchtung aus dem Kinohof im Hintergrund. Nirgends eine Menschenseele; auch Čutura tauchte nicht auf. War er entgegen dessen Anweisung zu schnell gegangen? Ja, natürlich war er zu schnell gegangen, der drückende Gedanke hatte ihn gejagt wie einen Flüchtenden, er hatte die Passage mit ihrem Holperpflaster fast im Laufschritt hinter sich gebracht. Aber dann konnte er ja tatsächlich flüchten, den Hof überqueren, in eine Seitengasse abbiegen und spurlos verschwinden? Während er angesichts dieser verlockenden Möglichkeit noch zögerte, den Blick durch das Dunkel auf das ferne Licht gerichtet und nach Čuturas Gestalt suchend, nach einem Entschluß suchend, wurde ihm klar, daß dieses ferne Licht nicht aus dem Kinosaal kam, sondern aus den bis hierher sichtbaren Fenstern darüber. Den Fenstern der Redaktion von *Naše novine* also, deren Räume man offenbar auch hier entlang auf Schleichwegen durchs Dunkel erreichen konnte, wenn man um den Häuserblock auf dem Platz herumging. Nahm auch Janja manchmal diesen Schleichweg? Würde er jetzt plötzlich sie erblicken, anstelle von Čutura, wie sie die Passage entlanghastete, die er eben hinter sich gebracht hatte, das Gesicht noch verträumt von der Abschiedsumarmung? Dann legte sich über diesen Gedanken, dessen Bild in seinem Bewußtsein aufblitzte, sogleich ein anderer Gedanke, der den ersten ja hervorgerufen hatte: der Gedanke an das reale Bild der Abschiedsumarmung zwischen Janja und Popadić, aber nicht hier, sondern kurz vor dem Zollamt, wo sie sicherlich einen Treffpunkt hatten, einen viel bequemeren und weniger auffälligen als die Redaktionsräume von *Naše novine*. Und schon stellte er sich diesen Winkel vor, dieses Zimmer in der Wohnung eines Freundes von Popadić, oder ein speziell für die Aufrechterhaltung dieser Liaison gemietetes Zimmer und darin ihre nackten, umschlungenen Körper… Und auf einmal stand ihm bei seiner unwillkürlichen Suche nach einem Vorbild, einem Halt, jenes Zimmer mit dem riesigen Bauernbett und den zerschlissenen dunkelgrünen Vorhängen vor Augen, sein eigenes Liebesnest in der Dositej-Straße.

Im selben Moment bemerkte er, daß das Dunkel der Passage in Bewegung geriet: es näherte sich der Pilz von Čuturas Hut, der den Ausschnitt des fernen Lichtscheins rhythmisch zerteilte. Er überlegte, ob er hier auf ihn warten sollte, aber da er bereits ahnte, daß er ihn hintergehen, die gegebene Zusage abändern würde, beschloß er, alles andere genau zu befolgen. Er drehte sich also um, ging weiter durch den Hof, jetzt wirklich ganz langsam, sogar bemüht, Čutura durch auffälliges Wiegen des Körpers diese Langsamkeit zu veranschaulichen. Er hörte, daß die Schritte des Freundes näher kamen, immer deutlicher wurden, doch er wandte sich nicht um, wartete, bis er auf seiner Höhe war.

Ein Stück Weges gingen sie wortlos nebeneinander her wie zwei an einträchtiges Schweigen gewöhnte Spaziergänger, so daß Blam den für diese Gemächlichkeit unnatürlich lauten Atem Čuturas hörte.

»Bei den ersten Lampen gehst du voraus«, flüsterte Čutura. »Niemand darf uns zusammen sehen. Ich folge dir in ein paar Schritten Entfernung.«

Das war der Anlaß für die Ausflucht, nach dem Blam gerade suchte. Er verlangsamte seine Schritte, tat es mechanisch, aber als Zeichen der Überraschung mochte es überzeugend wirken.

»Das werden wir kaum schaffen«, sagte er und zögerte bei der Wahl der Worte, als fielen sie ihm gerade erst ein. »Ich weiß nicht, ob du es gehört hast, aber ich wohne mitten im Zentrum.« Doch er fügte gleich ermutigend hinzu: »Ich habe eine viel bessere Lösung. Eine Wohnung, die man wirklich unbemerkt erreichen kann.«

»Was für eine Wohnung? Bei wem?«

»Bei niemandem«, entgegnete Blam und lachte fast unhörbar über den ungewollten Scherz. »Es ist ein Untermietzimmer. Für Junggesellen, wenn du so willst. Ein Liebesnest. Und gerade deshalb unauffällig.« Er spitzte die Ohren in gespannter Erwartung, ob Čutura etwas einwenden würde.

»Weit weg?« hörte er die von zischendem Atem begleitete Antwort.

»Überhaupt nicht. Vielleicht fünf, sechs Minuten.«

»Dann bring mich hin. Aber geh voraus, wie ich gesagt habe.«

Die Mahnung war berechtigt, denn aus dem Dunkel tauchten bereits die Lichter der Seitenstraße auf, in die der Hof mündete. Blam beeilte sich, und Čutura ging weiterhin langsamen Schritts, blieb hin und wieder stehen, für jedermanns Augen ein Passant, der zufällig dieselbe Richtung einschlug wie ein anderer Passant. Nur sie beide wußten, daß ein unsichtbarer Faden sie verband, und diese Erkenntnis, die Blam im Hof des Kinos eine Last gewesen war, brachte ihm jetzt Erleichterung. Anstelle der alptraumhaften Bilder von der Offenbarung seiner Schmach standen ihm jetzt Worte und Bewegungen vor Augen, die für Čuturas Sicherheit erforderlich waren, und als er das vertraute Haus in der Dositej-Straße erreichte, brauchte er sie nur noch zu verwirklichen. Er hämmerte ans Tor, und nachdem seine ehemalige Vermieterin erschienen war – ebenso geduckt und träge wie einst, aber auch ebenso beflissen –, brachte er sich bei ihr in Erinnerung und bat, in sein früheres Zimmer eingelassen zu werden. Die Frau zögerte, wandte ein, daß das Bett nicht bezogen und der Ofen nicht geheizt sei, aber während sie noch redete, ließ sie Blam in den Hof und in die Küche eintreten, wo sie aus einer Schublade der Kredenz seine damaligen Schlüssel nahm und ihm reichte und mit derselben Hand ohne Widerrede eine gefaltete Banknote empfing. Er verabschiedete sich von ihr, schloß die Tür und trat auf die Straße, wo ihn Čutura bereits im Schatten des nächsten Baums erwartete. Er holte ihn herein, verschloß das Tor und schloß auf der anderen Seite des Hofs das Zimmer auf.

Als er dort Licht machte, erschrak er zugleich über den Anblick des Zimmers und über Čuturas Aussehen. Das Zimmer allerdings war sichtlich unverändert – dasselbe unförmige Bett mit den hochgetürmten Kissen, derselbe nackte Tisch mit den Rändern auf der verblichenen Politur, der Stuhl mit der verschlungenen Lehne, der an den Rändern zerschrammte weiße Waschtisch mit der Emailleschüssel und dem Krug, die geschlossene grüne Gardine am Fenster –, nur daß seine Schäbigkeit einst vom leichtsinnigen Glanz des Liebesglücks verschönt worden war. Čutura dagegen zeigte im Lampenlicht ein vor Magerkeit entstelltes Gesicht mit schmaler Nase und spitz vortretenden Jochbeinen, mit trockener Haut und Falten um die Mundwinkel. Seine Augen im Schatten der breiten Hutkrempe drückten so viel Erschöpfung aus, daß Blam automatisch nach dem Stuhl griff und ihn zu ihm heranzog.

»Setz dich.«

Čutura schien ihn nicht zu hören.

»Geht das hier einigermaßen?«

Čutura blickte sich zum erstenmal um, und Blam, der seiner Bewegung folgte, merkte jetzt erst, daß es im Zimmer eiskalt war und der muffige Geruch einem den Atem benahm.

»Ganz gut.«

»Kann ich noch etwas für dich tun? Hast du Hunger? Soll ich schnell etwas zu essen holen?«

»Ich brauche nichts«, lehnte Čutura kopfschüttelnd ab. »Ich möchte nur schlafen.«

Und mit einer langsamen, schwunglosen Bewegung nahm er den Hut ab und legte ihn auf den Tisch, zog den schweren Mantel aus und hängte ihn über die Stuhllehne, dann knöpfte er die Jacke auf, entnahm seiner Hosentasche eine dicke Uhr ohne Deckel und legte sie auf den Tisch. All das tat er gemessen, im Dienst einer ordentlichen Gewohnheit, aber mit äußerster Erschöpfung, die seine Bewegungen zerstreut erscheinen ließ.

»Du mußt mich noch hinausbringen«, mahnte Blam, »und hinter mir das Tor abschließen. Morgen früh, wenn du gehst, leg die Schlüssel auf den Tisch. Kannst du dir das merken?«

»Ja.«

»Also dann.«

Er wandte sich zum Gehen, aber als er bemerkte, daß Čutura ihm nicht folgte, sondern ihn mit einem glasigen, scheinbar zerstreuten Blick ansah, kehrte er um.

»Du mußt das Tor abschließen.«

»Ach, ja.« Čutura trat von einem Bein aufs andere, streckte zögernd die Hand nach der Uhr auf dem Tisch aus, ergriff sie mit den Fingerspitzen, rieb sie ein wenig, ließ sie erst, als er die Überflüssigkeit dieser Geste begriffen hatte, auf dem Tisch liegen und wandte sich zur Tür.

»Nimm den Mantel um.«

Folgsam nahm er den Mantel von der Stuhllehne, hängte ihn sich mit einer mühsamen Bewegung, als wäre er ein voller Getreidesack, um die Schultern, und hielt inne.

»Brauchst du wirklich nichts?«

»Nein. Ich will nur schlafen. Hattest du Auslagen für das Zimmer?«

»Dummes Zeug. Eigentlich übernachtest du ja bei mir.«

»Ja, natürlich.«

Sie tauchten ins Dunkel des Hofs, tasteten nach dem Tor, dem Schloß, in das Blam den Schlüssel steckte.

»Schließ ab, und mach's gut.«

»Mach's gut.«

Auf einen Händedruck verzichteten sie – ihre Hände hätten sich auch nicht gefunden. Blam vertauschte das Dunkel des Hofs mit dem Dunkel der Straße und hörte nur, wie das Tor zugeschlagen und der Schlüssel im Schloß herumgedreht wurde, sehen konnte er nichts. Während er sich blindlings durch die Dositej-Straße entfernte, war die letzte helle Spur am Grund seiner Augen der gläserne Kreis von Čuturas Taschenuhr auf dem Tisch, zwischen den ebenfalls runden, großen blassen Flecken auf der Politur. Niemals zuvor hatte er diese seltsame altmodische Uhr bei Čutura gesehen, und obwohl er in dem Moment, da er sie erblickte, gern erfahren hätte, woher Čutura sie haben mochte, hatte er es versäumt, ihn danach zu fragen.

＊

Annähernd an derselben Stelle, wo er Čutura zum letzten Mal begegnet war – vor dem *Avala*, den Schaufenstern des Restaurants *Borac* gegenüber, das auf der anderen Seite des Hauptplatzes liegt – und annähernd zur selben vorabendlichen Stunde, nur bei schönerem Septemberwetter und in einer besseren, friedlichen Zeit wartet Miroslav Blam auf Janja Blam. Er gibt sich dabei keine Rechenschaft über die Kongruenzen, weder mit dieser Begegnung noch mit den vielen anderen, die er hier schon seit seiner Kindheit hatte, sei es als Kinobesucher, sei es als Spaziergänger, dem die Vielfalt der ausgestellten Bilder und das Gewimmel des Publikums Zerstreuung boten – obwohl sein ungeduldiger Blick auch die Vitrine mit den Szenenfotos des aktuellen Films streift, den Gehweg überfliegt, auf dem sich die noch unentschlossenen Kinoliebhaber drängen, sich in die Passage verirrt, in und hinter der er jeden Fußbreit genau kennt. Blams Blick ist um eineinhalb Jahrzehnte älter als zu Čuturas Zeit, seine Aufmerksamkeit ist etwas abgestumpft, zwar nur an der Oberfläche, aber so, daß sie wesentliche Daten aus der Vergangenheit in tiefere Bewußtseinsschichten verdrängt. Sie leben dort und sind bereit, bei gegebenem Anlaß – etwa der Ähnlichkeit eines Passanten mit Čutura, Popadić oder Vilim Blam – hochzukommen und Teil des Augenblicks zu werden; aber da das diesmal nicht geschieht, wallen sie nur lautlos in ihm wie ein innerer Nebel, wie ein unerklärliches Gefühl der Ungewißheit, einer möglichen Überraschung, einer Aufkündigung des Bestehenden.

Von diesem Gefühl oder ihm verwandten Zweifeln ist Blam ohnehin beherrscht, wann immer er auf Janja wartet, sei es zu Hause nach der Arbeit, sei es wie jetzt aufgrund einer Verabredung, also in Situationen, da sie einen Termin einhalten soll, wobei seine Zuversicht – wie eben jetzt, während sein Blick vom Eingang des *Avala* zu den Schaufenstern des Restaurants *Borac* wandert – von demselben unsichtbaren Wasser der Vergangenheit unterspült wird. Janja auf den Tanzabenden bei den Matickis, ihr Lächeln, das sich mit gleicher Direktheit ihm wie jedem anderen Tanzpartner zuwendet. Janja im Tor ihres Elternhauses, gewaschen, zurechtgemacht, frisiert, mit dem noch nicht geäußerten Entschluß, ob sie seiner Einladung zum Spaziergang oder Kinobesuch folgen oder mit einem anderen weggehen wird. Janjas unsichtbare Gegenwart in der Küche ihres Elternhauses, im Kreis ihrer Familie, die Janja ist und doch nicht sie selbst ist, die aufregend an sie erinnert, sie aber durch ihr reserviertes Schweigen in die Ferne rückt. Janja am Brunnen, erhitzt und mit geröteten Wangen; Janja aus der Straßenbahn beobachtet, in Popadić' Umarmung, wobei sie nicht von ihrem Liebhaber Abschied nimmt, sondern von ihm, Blam, der sie stumm bewundert. All diese einstigen Szenen sind schon durch die Jahre des gemeinsamen Lebens überholt, teils durch sie, teils durch andere, krassere Zusammenstöße, Enttäuschungen verdeckt, ausgelöscht durch Tausende spätere Janjas, die ihm entgegenkamen oder ihn warten ließen wie jetzt, unter völlig veränderten Umständen, da Aussehen und Stellung sich geändert haben; aber etwas von der Substanz, von der Ungewißheit der versprochenen Begegnung ist noch da und strömt weiter im Untergrund der Wirklichkeit, wühlt ihre träge, zerschlissene Oberfläche auf.

Blam hat den Eindruck, daß die Ursache seiner heutigen Beunruhigung darin liegt, daß er zugestimmt hat, Janja in der Nähe des Restaurants zu erwarten, von wo aus nicht nur sie ihn beobachten kann, sondern jeder beliebige ihrer Kollegen, die ihn kennen – seine bettlerhafte Geduld, seine suchenden

Blicke lassen alle möglichen Schlußfolgerungen zu. Er ist beinahe überzeugt, daß das nicht geschieht, denn Janja ist selbstbewußt und eitel genug, um nicht zuzulassen, daß ihre Umgebung einen negativen Eindruck von ihm gewinnt, aber es ist trotzdem nur eine Überzeugung, keine Gewißheit, da er nicht dort drüben ist, sondern hier auf der Straße, da ihn von dort die Fenster mit den Gardinen trennen, die zwar dünn und leicht sind, jedoch durchsichtig nur für jemand, der sein Gesicht ganz dicht daranhält. Tut das jemand, kann man es tun in einem Lokal voller Gäste? An Blam zieht das Bild vorüber, das er nach einigen wenigen Besuchen im *Borac* zurückbehalten hat: ein geräumiger, aber niedriger, rechteckiger Saal mit einem Dutzend Tischen und einer Tür im Hintergrund, durch die weiße Blusen und Schürzen ein- und ausgehen – Janja, eine kleine Schwarzhaarige und ein pausbäckiger Kellner mittleren Alters, seltener der Koch mit weißer Mütze und Hängebacken oder der milchbärtige Küchenjunge –, beladen mit Tellern, in denen das Essen dampft oder die Reste erstarren, mit Tabletts voller funkelnder Gläser, Aschenbechern mit weißem oder schwarzem Inhalt. »Herr Ober!« – »Was darf es sein?« – »Sofort!« Aber er ahnt, daß hinter diesen fast militärisch abgezirkelten Bewegungen ein inneres, viel schwerer greifbares, rebellisches, beinahe tückisches Leben wie eine Schlange lauert, ein Leben der zugerufenen Worte, der Verabredungen, der Überredungen, der unausgesprochenen, jedoch unmißverständlichen Gedanken; daß man hinter dieser Schwingtür, die sich vor den Augen der Gäste schnell schließt, in einem ihm unbekannten, engen Gang, wo die Körper mit den dampfenden Speisen aneinander vorbeilaufen, witzeln, kichern, Hände, Schultern, Hüften aneinanderdrängen, daß man dort einander keuchend an sich ziehen und sich den Geruch von Knoblauch und Gespritztem ins Gesicht atmen kann.

Dieses Leben ist ihm fremd, unergründlich, rein instinktiv, ohne Gedanken, ein Leben, das seine Nahrung nur aus den Körpern, ihren Bewegungen, ihren Ausdünstungen bezieht.

Ein plebejisches Leben, das durch den Mutterleib und die Muttermilch weitergegeben wird, durch die erste Neugier, die erste Unkeuschheit, den ersten Fluch, die erste Ohrfeige, durch eine Redeweise, die ihren Einklang auch jenseits der Wortbedeutung findet. Es ist unabhängig von Konventionen, Verträgen, von der Vernunft, ein Leben, das sich gegen die Vernunft sogar wehrt und sie kichernd besiegt. Das Leben der Restaurants, Schenken, Straßen, Wartesäle, Züge, Autobusse, Straßenbahnen, das auch jenseits dieser Begegnungsstätten andauert, das nicht ihnen dient, sondern dem Mutwillen der Körper, der Trunkenheit, der Zügellosigkeit, dem Streit, dem Geschrei, den Schlägereien, der Entladung überschüssiger Kräfte und dem Ausbruch von Verzweiflung. Blam geht diesem Leben aus dem Weg. Er spürt in ihm eine Kraft, die nicht lenkbar, nicht voraussehbar, nicht meßbar ist. Es ist dieselbe Kraft, die einst in der Tanzschule Maticki die Körper in Schwung setzte, die Jugend auf die Straßen trieb und sie mit Flugblättern und Pistolen in den Händen herumfuchteln ließ, die Janja zur Eile anspornte, als sie barfuß Wasser vom Brunnen holte, und zur Sorgfalt, als sie ihr schönstes Kleid für das Treffen am Sonntag anzog, die Kraft, die auch ihn mitgerissen hat, aber nur damals, nur einmal, als er sich stark fühlte, wohl deshalb, weil er glaubte, ohne Angst im Rudel mit den anderen untergehen zu können.

Heute indes fühlt er sich von dieser Kraft getrennt und verlassen. Sie hat ihn berauscht, im Stich gelassen, betrogen, denn auch er hat sie betrogen, indem er nur so tat, als gehörte er zu ihr in seinem falschen Gefühl des Verwachsenseins mit der Stadt, der Straße, der Luft, dem Boden. Auch heute wiederholt er die Bewegungen der anderen, er kopiert Stimmen, Akzente, Mienen, Gesten; aber der Strom, den er in sich aufgenommen hatte, ist längst versiegt, er steht allein. Er steht allein auf der Straße, umkreist von unverständlichen Bewegungen, Rufen, Zeichen, geblendet von Farben, Buchstaben, geblendet vom Weiß der Gardinen an den Fenstern des Restaurants *Borac*, die nur für ihn undurchsichtig sind und das

Geheimnis vor ihm verbergen. Janjas Geheimnis. Das Geheimnis ihrer Hast, wenn sie morgens ohne Frühstück zu »ihrem« Restaurant aufbricht, weil sie dort zusammen mit dem Kellner und der Kellnerin, dem Koch und dem Küchenjungen, der Schankhilfe und dem Lieferanten gratis einen Imbiß zu sich nimmt. Das ist ihre Entschädigung für den noch ungestillten Wunsch nach Wärme, nach Zufriedenheit, nach Zerstreuung, nach leichtem Geplauder, leichtem Verdienst, nach leichtem Zeitvertreib. Er durchschaut mit Trauer die ganze Banalität, all die niedrigen Beweggründe für diesen Drang nach dem Gaststättenleben und überlegt häufig, ob er nicht versuchen soll, Janja für eine andere Beschäftigung zu gewinnen. Aber für welche? Wohin er auch blickt, er trifft nur auf die Vorspiegelung von Arbeit, Ordnung, Vernunft, hiner der dieselbe Zügellosigkeit sichtbar wird, dieselbe Nutzlosigkeit, derselbe platte Eifer, dieselbe unsinnige Leidenschaft und lautstarke Hingabe. Sie widerstehen jeder Vorschrift und Disziplin, sie sprießen aus den Körpern, aus der Erde, aus dem Trieb, der alles erfaßt und durchdringt. Dieser Trieb ist übermächtig, er ist imstande, alles zu verdrehen und zu verderben, er kann Janja dazu verleiten, daß sie hinter der Gardine zusieht, wie er dasteht und auf sie wartet, während sie mit leisem Kichern die feisten Hände eines anderen auf ihren Brüsten, zwischen ihren Schenkeln duldet. Ja, es ist gut möglich, daß sie genau das jetzt tut, während er gequält das Gesicht zum Himmel hebt, um nicht die weiße, unbewegte, undurchsichtige Gardine anzustarren. Und danach wird sie auftauchen, adrett zurechtgemacht, flink, kühl, wird ihn mit klaren Augen mustern wie einen nützlichen Gebrauchsgegenstand, dessen sie sich gleich bei dem gemeinsamen Einkaufsbummel bedienen wird. Oder wird sie unordentlich, zerzaust, mit geröteten Wangen, halbgeöffnetem keuchendem Mund, schrägen Augen aus der Restauranttür stürzen, nicht ihm entgegen, sondern nach einer anderen Seite, wird sie einer Einladung oder beliebigen Ausrede nachhasten, einer Botschaft, Verabredung, Verheißung, Sinnlosigkeit, Dummheit, mit ihrem heißen Blut und ihrer kalten Liebe, zu einem anderen? Blam erhofft es fast in diesem Augenblick. Dann wüßte er endlich, woran er ist. Die beiden Visionen würden sich vereinigen: Janja würde nicht vom Brunnen zurückkommen, um sich fürs Kino umzuziehen, sondern sich einem anderen in die Arme werfen und am Kreuzweg all der erhitzten, entfesselten, vom Instinkt getriebenen Körper für immer von ihm, Blam, Abschied nehmen und damit seinem Leid, seiner Begriffsstutzigkeit, seinem Zweifel ein Ende setzen. Er würde allen den Rücken kehren und in entgegengesetzter Richtung ebenfalls fortgehen. Wohin? In den Tod wohl, in den Frieden jenseits von Begreifen und Nichtbegreifen, Zustimmung und Ablehnung, wo alle gleich sind, wo es keine Entfremdung und keine Einsamkeit gibt, kein Wissen und kein Nichtwissen, keine Freude und keine Qual.

Die Tür des Restaurants öffnet sich tatsächlich, und Janja tritt heraus, in tailliertem grauem Mantel und grauer Kappe, mit festen Schuhen an den festen geraden Beinen – sie verharrt auf der Schwelle, ihr Blick überfliegt den Platz, bis er ihm begegnet. Sie überquert den Platz, und ihre frisch geschminkten Lippen öffnen sich unter einem raschen, sicheren Lächeln.

»Hast du lange gewartet?«

Blam sieht sie voller Zweifel an, Zweifel nicht mehr an ihr, sondern bereits an sich selbst, an seiner Befreiung, seiner Entrückung, an der Bitterkeit des Sinns, den er gefunden hat und von dem er weiß, daß er nur ein zeitweiliger, augenblicklicher ist, daß er wie ein warmer Strahl an diesem kalten Tag in Tröpfchen von Zwist und Groll zerstieben wird.

»Macht nichts. Wohin gehen wir?«

»Hast du das vergessen?« fragt sie zurück und blickt ihn fast besorgt an wie einen Mechanismus, der versagt, eine Sache, die ihrem Zweck nicht gerecht wird – was er genau so vorausgesehen hat. »Zuerst zum Bettengeschäft.«

XI

Wer sich über den Stadtplan von Novi Sad beugt, wird eine Art Spinnennetz erblicken, das an einer Seite von einem breiten halbrunden Band durchschnitten wird, während es sich in den anderen Richtungen gleichmäßig verzweigt. Das halbrunde, gewöhnlich blau kolorierte Band ist die Donau, die unveränderliche östliche Grenze der Stadt, aber auch ihr Nährboden: denn an ihrem einst morastigen Ufer, in ihrem inneren Halbkreis aus Schlamm und Ausdünstungen, haben sich die ersten Keime der Siedlungen festgesetzt, die Hütten und Katen der Handwerker, der Wein- und Viktualienhändler, die aus dieser feuchten und schmutzigen Niederung über das Wasser hinweg die trockene und herrschaftliche, militärische Festung Peterwardein auf dem gegenüberliegenden felsigen Ufer versorgten, zu der sie laut Gesetz keinen Zutritt hatten. Die Lebensmittel für den Verkauf und die Rohstoffe für ihre Erzeugnisse schleppten diese ersten Siedler aus dem fruchtbaren, ebenen Hinterland herbei, sie durchzogen es mit geraden und langen Straßen, an denen Gärtner und Fuhrleute ihre Häuser errichteten – das Netz breitete sich überall dorthin aus, wo ihm keine Grenze im Weg war. Jene ältesten, auf Deichen zwischen Flußarmen und Tümpeln entstandenen Siedlungen sind auf der Karte noch immer durch krumme Linien zu erkennen, die plötzlich in die runden Erweiterungen der Märkte münden; das ist auch heute noch das Geschäftszentrum voller Läden, Wirtshäuser, Kirchen, Ämter; in diesem Gewirr steht auch das Gebäude des Kinos *Avala* und schräg gegenüber der Merkur-Palast. Die neueren, entlang der Straßen zum Hinterland erbauten Viertel strecken ihre Arme weit hinaus, spannen zwischen sich ein Flechtwerk aus Querstraßen aus, verlieren es wieder, werden immer dünner, folgen jedes für sich einem langen, vereinzelten Weg zu den Feldern, wie die straffen Endfäden eines Spinnengewebes, die unsichtbar dort haften, wo es befestigt ist.

*

Dieses Bild – diese Karte – hatten auch zwei höhere ungarische Offiziere, ein Major der Gendarmerie und ein Polizeioberst, am Abend des 20. Januar 1942 vor sich, als sie auf Befehl der Gebietskommandantur den Plan für die Razzia ausarbeiteten, die am nächsten Morgen beginnen sollte. Als geschulte Strategen unterteilten sie das Spinnennetz der Novi Sader Straßen in mehrere Hundert kleine Netze und legten dann anhand der Mannschaftslisten für jedes dieser kleinen Netze die Patrouillen fest: je eine Ermittlungspatrouille zur Durchsuchung der Wohnungen; eine Sammelpatrouille, welche die Verdächtigen zum Transport abführen, und eine Begleitpatrouille, die sie zur Ausweiskontrolle oder Erschießung eskortieren sollte. Die Aufgabe der beiden Strategen war also sozusagen abstrakt: einerseits auf den Listen die Abstraktion fremder Namen und ihrer Ränge, andererseits die Abstraktion eines aufgeteilten Stadtplans. Hinter beiden Abstraktionen standen indes auch zu diesem Zeitpunkt bereits Menschen, die einen mit ihren ausgeprägten Qualitäten, die anderen mit unabwendbaren Fehlern, so daß die Bleistiftstriche der beiden Stabsoffiziere eben zu der Stunde, da die Stadt zur Ruhe ging, über das Schicksal jedes einzelnen jener tausendvierhundert Menschen entschieden, die an den folgenden drei Tagen sterben sollten, wie auch über das jedes einzelnen jener Zehntausende, denen es vergönnt sein würde zu überleben. Denn obwohl es nur ein einziges und genau festgelegtes Ziel der Razzia gab: die slawische und jüdische Bevölkerung zu dezimieren, und obwohl jedem Patrouillenführer äußerste Rücksichtslosigkeit empfohlen wurde, blieb es doch auch im Rahmen dieser Voraussetzungen jedem einzelnen überlassen, auf der einen Seite den Grad seiner Zugehörigkeit zu denen zu bezeugen, die dezimiert werden sollten, und auf der anderen Seite zu denen, die dezimierten. Eigentlich nicht zu bezeugen, sondern unter Beweis zu stellen, denn der Grad der Zugehörigkeit eines jeden von ihnen stand bereits fest: durch ihre Geburt, ihr Aussehen, ihre Sprache, ihr Fühlen und Denken, und die Bleistiftstriche der beiden hohen Offiziere fügten die Tausende von Charakteren nur zu jenem Geflecht zusammen, zu jener gegenseitigen Abhängigkeit, die an den folgenden Tagen für jeden einzelnen Tod oder Leben, Hinrichtung oder Begnadigung bedeuten sollte.

❊

Für das Haus der Blams war eine Ermittlungspatrouille zuständig, der zwei junge, aus Ungarn gebürtige Soldaten angehörten, sowie zwei aus dem Dorf Čurug nach der dortigen Razzia abgezogene Gendarmen und deren Anführer der Gendarmerieunteroffizier Geci war, ein Achtundzwanzigjähriger mit schmalen Hängeschultern und düsteren Augen unter geschwollenen Lidern. Geci weilte schon seit dem Beginn der Okkupation in Novi Sad, aber er hatte seine junge Frau erst zehn Tage zuvor hierherholen können und war am Morgen der Razzia gerade von seinem warmen ehelichen Lager aufgestanden. Noch im Dunkeln und unsicher in seinen neuen Marschstiefeln auf den vereisten Straßen, erreichte er seinen Bestimmungsort, die Artilleriekaserne, übernahm die ihm zugeteilten Männer und Befehle und begab sich zu seinem Sektor, der rot markiert war auf dem Plan. Er war entschlossen, streng, aber gerecht vorzugehen, nur korrekte Dokumente anzuerkennen und jede Wohnung gründlich zu durchsuchen. Getreu diesen Grundsätzen, zu deren Befolgung er auch seine Untergebenen zwang, suchte er am ersten Tag der Razzia, nur unterbrochen durch eine Pause zur gemeinsamen Einnahme der warmen Mahlzeit, welche der Train von geschlossenen Lastkraftwagen in der Stadt austeilte, insgesamt einundzwanzig Häuser in der Aleksa-Nenadović-Straße in der Nachbarschaft des Vojvoda-Šupljikac-Platzes auf; dort machte er zwei junge verdächtige Serben ausfindig, die mit ungültigen Ausweisen aus dem Nachbardorf zur Hauspatronsfeier ihres Kameraden angereist waren, und übergab sie der Sammelpatrouille. »Schwach!« rügte ihn der General nach seinem Rapport kopfschüttelnd spätabends im kalten Flur der Artilleriekaserne, wo die Patrouillenführer eine ganze Stunde lang strammstanden, verfroren, müde, hungrig, ungeduldig darauf wartend, wegtreten und ein warmes Plätzchen aufsuchen zu können – der Leutnant in Gedanken zu Hause, bei seiner Frau, deren Schutzlosigkeit ihm in diesen Stunden der bewaffneten Abrechnung ebenfalls Sorge machte. »Äußerst schwach!« Und als der Leutnant zu erklären versuchte, daß die Häuser in dem ihm zugeteilten Sektor wegen ihrer großen Höfe voller kleiner Wohnungen sehr unübrsichtlich waren, lief der General rot an und brüllte, daß es durch den langen Flur widerhallte: »Sie Idiot! Hier geht es nicht um Häuser, sondern um Menschen. Um Verbrecher! Morgen haben Sie hundert Verbrecher auf Ihrer Liste, verstanden? Alles andere interessiert mich nicht. Der nächste!« Statt nach Hause wurde Geci zum Schlafen in die Kaserne geschickt und bekam ein Bett zusammen mit einem robusten, behaarten Oberleutnant, der nur die Stiefel ablegte, bevor er sich ausstreckte, fast die ganze Decke beanspruchte und sofort zu schnarchen begann. Geci neben ihm fand lange keinen Schlaf. Er fror an Schultern und Beinen, der korpulente, schnarchende Oberleutnant störte ihn, am liebsten hätte er ihn geweckt und gefragt, wie denn der General von ihm verlangen könne, daß er in einer zivilen Stadt hundert Verbrecher herbeischaffen solle, aber im selben Augenblick fiel ihm ein, wie sich der General das vorstellte und daß er ihm gehorchen mußte. Bei dieser Überlegung befiel ihn Angst, die noch verstärkt wurde durch die Furcht vor dem draußen heulenden Wind, der den Schnee gegen die Kasernenfenster schleuderte, und durch die völlig hilflosen Gedanken an seine Frau, die allein war in der fremden Stadt, allen unbekannt, und der inmitten der allgemeinen Raserei und Nervosität das Schlimmste geschehen konnte. Im Morgengrauen erwachte er benommen, verfroren und wütend; der Leutnant und die anderen zogen sich bereits im Schein der Lampe an. Er stand auf, kleidete sich an, ging zum Frühstück in die Kantine und sammelte dann seine Leute unter den Soldaten und Gendarmen auf dem Hof. Diese ließen eine Feldflasche kreisen. »Was ist das?« fragte der Leutnant den älteren Gendarmen. »Rum, Herr Leutnant. Der wird in der Küche ausgeteilt. Nehmen Sie einen Schluck.« Der Leutnant wollte schon ablehnen – das Angebot kam ihm dreist vor –, aber die Nachtkälte, die Finsternis, die schwer und drohend vor ihm stehende Aufgabe machten ihn schwach, und er hob die Flasche an die Lippen. »Heute müssen wir anders vorgehen«, sagte er zu dem Gendarmen, während er die angenehm benebelnde Wirkung des Alkohols spürte. »Wie Sie befehlen«, antwortete der Gendarm, offenbar bereits angetrunken, und schlug die Hacken zusammen. Sie begaben sich zu ihrem Sektor und machten bei dem Haus weiter, wo sie abends zuvor aufgehört hatten; die Schwaden der Dunkelheit zerflossen eben über dem gefrorenen Schnee, und an der Ecke hielt mit laufendem Motor ein Lastwagen, neben dem sich die Leute von der Sammelpatrouille die Füße vertraten. »Los jetzt, ohne viele Worte«, sagte der Leutnant zu seinen Männern. »Achtet nur auf meinen Wink, und raus mit allen, auf die ich zeige.« Aber wie zum Trotz traf er in den folgenden Häusern der Aleksa-Nenadović-Straße wieder nur auf Bewohner mit einwandfreien Dokumenten, darunter auf relativ viele Ungarn und Deutsche; und wenn er versuchte, sie zur Verleumdung ihrer Nachbarn anzustiften, erhielt er die ängstliche Antwort: »Wir können nichts Schlechtes über sie sagen.« Gegen neun Uhr waren in der Nähe einzelne Schüsse zu hören und bald darauf ganze Gewehrsalven. Als er wieder auf die Straße trat, stellte Geci fest, daß Lastwagen und Sammelpatrouille verschwunden waren; er befahl dem jüngeren Gendarmen – der ältere hatte schon völlig blutunterlaufene Augen –, auszukundschaften, wohin das Auto gefahren war, wo und weshalb geschossen wurde, und setzte die Durchsuchung der Häuser mit drei Mann fort, wobei er seine Aufmerksamkeit mehr auf die pausenlose Schießerei konzentrierte als auf die Dokumente und Menschen. Der jüngere Gendarm kehrte im Laufschritt zurück. »Der Lastwagen steht etwa zweihundert Meter von hier, auf dem Platz um die Ecke, und die Soldaten nehmen Erschießungen vor!« – »Auf der Straße?« – »Ja.« Der Unterleutnant ging mit seinen Leuten weiter ins nächste Haus, aber am liebsten hätte er selbst den Ort der Erschießungen aufgesucht, nicht aus Neugier auf den mörderischen Anblick, sondern weil ihm schien, daß dieser Anblick ihn von seinen Zweifeln befreien würde. Nachdem sie das letzte Haus in der Aleksa-Nenadović-Straße durchsucht hatten und sich zum Vojvoda-Šupljikac-Platz begaben, erblickte er zwischen den kahlen Bäumen auf der anderen Seite des verschneiten Parks tatsächlich den düsteren Koloß des Lastwagens und um ihn herum ungeordnete Grüppchen von Männern in olivgrünen Uniformen und dunklem Zivil. Die Schüsse knallten jetzt ganz deutlich, scharf, durch keine Barriere gedämpft, und wurden von einem vielstimmigen Schrei beantwortet; er sah, daß einige Zivilpersonen taumelten und stürzten, und sah, wie sich über diese Uniformierte mit angelegten Gewehren beugten, die Feuer auf den Boden spien. Durch das erregte Bewußtsein des Leutnants schossen zwei widersprüchliche Gedanken: »Alles ist entschieden« und »Alles ist verloren«, jedoch verschmolzen sie und gaben ihm, wie er erwartet hatte, Entschlossenheit und Sicherheit. »Mir nach«, befahl er. Aus dem nächstliegenden Haus – der Nr. 11 am Vojvoda-Šupljikac-Platz – holte er eine junge Serbin, die im Hinterhof wohnte und nicht nachweisen konnte, wovon sie lebte, aus dem folgenden eine siebenköpfige Familie, deren Oberhaupt, ein slowakischer Uhrmacher, mit schlecht artikulierten, halbvergessenen Kasernenausdrücken um sich warf, die er, wie er sagte, beim Militärdienst in Österreich-Ungarn gelernt hatte. »Alle abführen, dort drüben«, befahl Geci seinen beiden Soldaten und zeigte ungeduldig zur anderen Seite des Platzes. Bei den Blams erfuhr seine Sicherheit den ersehnten Aufwind, als er ihren Dokumenten entnahm, daß sie Juden waren, und er richtete einen strengen Blick auf ihre erschrockenen, wie ihm schien: feige verzerrten Gesichter. »Anziehen!« Vilim Blam versuchte zu verhandeln.: »Aber unsere

166

Papiere sind doch in Ordnung, nicht wahr, Herr Leutnant?«
– »Ruhe!« brüllte Geci wie am Abend zuvor der General.
»Ich brauche keine Belehrung, verstanden?« Er ließ die beiden Soldaten in der Wohnung zurück, damit sie die Blams
beim Ankleiden beaufsichtigten, und ging mit den Gendarmen zur Witwe Csokonay; hier stellte er fest, daß ihr Untermieter zwar eine Arbeitserlaubnis, aber keine Meldebescheinigung besaß; er verwarnte ihn, weil er als Ungar die
Vorschriften nicht beachtete, doch dann zog er ihn beiseite
und befragte ihn über die Bewohner des Vorderhauses. Kocsis wand sich, blinzelte, aber schließlich gab er dem finsteren Blick des Leutnants nach. »Das können Sie sich selbst
denken. Wohlhabende Leute, die uns Ungarn nicht mögen.
Ihre Tochter ist vor kurzem umgekommen, sie hat auf Gendarmen geschossen.« Der Leutnant nickte schroff und ging
mit seinen Leuten hinaus. Im Hof vor der Glasveranda standen bereits die Blams in dicken Wintermänteln, Hüten und
Gummistiefeln, bewacht von den Soldaten, die fröstelnd von
einem Fuß auf den anderen traten. »Hier sind wir fertig«, rief
ihnen der Leutnant zu. »Schließt die Wohnung ab, und dann
können wir gehen.« Er wartete, bis sein Befehl befolgt war,
verließ das Haus mit den beiden Gendarmen und sah von der
Straße aus zu, wie die vier Gestalten, zwei in feierlichem
Schwarz, zwei in Uniformen, über den Platz eilten. Er war
ungeduldig, sie kamen ihm unerträglich langsam vor. Endlich
erreichten sie den von Bäumen halbverdeckten Lastwagen
und mischten sich unter die dort stehenden olivgrünen Uniformen. Zwei Schüsse fielen. Geci wartete darauf, daß sich
seine beiden Soldaten aus der Gruppe lösten, und als sie, weil
sie ihn warten sahen, in Laufschritt verfielen, machte er den
Gendarmen ein Zeichen und hämmerte an das Tor des nächsten zu durchsuchenden Hauses.

Janjas Familie in der Edouard-Herriot-Straße war am ersten Tag der Razzia mit der Ausweiskontrolle und Haus-
durchsuchung an der Reihe. In diesem Sektor operierte die
Ermittlungspatrouille des Polizeileutnants Aladár Szalma

mit zwei geschulten Polizisten und zwei Soldaten der Reserve: einem Handelsgehilfen aus Pest und einem jungen, stämmigen Bauern aus Nordungarn. Szalma war Jurist mit einer an Erfahrungen reichen Vergangenheit; da er wegen der Wirtschaftskrise der dreißiger Jahre keine Beschäftigung in seinem Fach finden konnte, hatte er fast zehn Jahre als Erzieher von Bürger- und Aristokratenkindern in kleinen Städten Ungarns verlebt, und sich dabei angewöhnt, heimlich zu trinken und die attraktiveren Schülerinnen zu verführen. Die Expansion Ungarns zur Slowakei hatte ihm einen Posten bei der Polizei, die teilweise Okkupation Rumäniens den Leutnantsrang eingebracht, aber obwohl dem Anschein nach kühl und besonnen, war er in Wirklichkeit ein von Lastern zerfressener, unsicherer Mensch. Er hatte den zweideutigen Anweisungen – »keine gewöhnliche Kontrolle, sondern Säuberung« – sogleich entnommen, daß die Razzia zum Gemetzel ausarten würde, und mit seinem alkoholgeschädigten, aber klugen Kopf vorausgesehen, daß er sich eines Tages vielleicht dafür verantworten müßte, weshalb er beschloß, bei der Erfüllung der schmutzigen Aufgabe möglichst großen Abstand zu wahren und auch seine beiden Polizisten an Ausschreitungen zu hindern. Sie hatten dafür zu sorgen, daß seine beiden Feldflaschen stets gefüllt waren, und an seiner Statt, da sein Blick vernebelt war, die Dokumente der Bürger zu kontrollieren, von denen er voraussetzte, daß sie in der Regel in Ordnung waren; die Durchsuchung der Wohnungen wiederum überließ er dem älteren Soldaten, dem Pester Handelsgehilfen, in dessen keuchender, hündischer Aufregung und fast wahnsinniger Ungeduld vor dem Beginn der Razzia er einen gefährlich unausgeglichenen Menschen erkannt hatte. So entwickelte sich ein doppeltes Spiel: auf der einen Seite die von Szalma geleitete Ausweiskontrolle, die fast ergebnislos verlief, auf der anderen des Handelsgehilfen hysterisches Schweifen kreuz und quer durch die Häuser, das entweder ergebnislos endete oder mit der Behauptung, daß unter einem Bett, einem Schrank, auf einem Dachboden hinter alten Mö-

beln eine Pistole, ein Gewehr oder ein ganzes kleines Waffen-
lager versteckt sei. Denn kaum hatte der Gehilfe aufgrund
von Szalmas betonter Nachlässigkeit begriffen, daß er bei
der Einschätzung der Vergehen selbständig und unkontrol-
liert vorgehen konnte, erwachte in ihm eine Art Gerechtig-
keitsfanatismus; da er seit seiner Kindheit irgendwelchen
Herren gedient hatte, ergriff er die lange ersehnte Gelegenheit, sich an den Besitzenden und Mächtigen zu rächen, wobei auch die Heimtücke des stets verschmähten Mannes seine
Entscheidungen beeinflußte: junge Paare, um die noch der
Duft der gemeinsamen warmen Lagerstatt wehte, zu trennen
oder zu liquidieren, oder sich im Gegenteil ihre Zuneigung
zu eigen zu machen und sie darum zu verschonen; erwach-
sene, kräftige Männer in Ruhe zu lassen oder abzuführen, je
nachdem, ob er meinte, daß sie genug gelebt hätten oder daß
sie noch begierig nach Vergnügen und Eigentum wären. So
geschah es, daß er aus dem Haus von Janjas Familie den
Hausherrn, einen wohlhabenden schnurrbärtigen Bauern,
und seine rotwangige, vollbusige Frau abführen ließ, ebenso
wie den hinkenden Tischler mit Frau und Kind aus dem Hoftrakt des Gebäudes, während er Janjas Mutter, ihrer jüngeren
Schwester und ihrem Bruder leichten Herzens das Leben
schenkte. Am Abend des folgenden Tages, als er zusammen
mit den anderen Mitgliedern von Szalmas Patrouille in die
benachbarte Margetić-Straße kam, verhaftete er Janjas ältere
Schwester und deren zwanzigjährigen Mann, einen Elektri-
ker, und schickte sie der Sammelpatrouille unter der Beschul-
digung, sie hätten Waffen versteckt; die Sammelpatrouille
führte sie mit Hunderten anderer zum Friedhof ab, wo sie
erschossen wurden.

Die Karadjordje-Straße, die sich vom Zentrum bis zum
äußersten Stadtrand erstreckte, war von den Strategen der
Razzia ihrer Länge wegen in zwei Sektoren aufgeteilt worden; der äußere Sektor, in dem sich auch das Haus von Čuturas Familie befand, wurde dem Oberleutnant der Gendarmerie Désberényi zugewiesen. Désberényi, ein hochgewachse-

ner, schwarzhaariger Mann, Offizier aus Berufung und Überzeugung, ein Sechsundzwanzigjähriger, der als erster in seiner Klasse zum Oberleutnant befördert worden war, hatte bereits zweimal Erfahrungen beim Durchkämmen renitenter Siedlungen gesammelt: in der Slowakei und in Rumänien; außerdem hatte er das Glück, als Mitarbeiter drei Gendarmen, darunter einen Feldwebel, zu bekommen, die bereits seit Jahren in den neu besetzten Regionen dienten. Nur das fünfte Mitglied der Ermittlungspatrouille, ein Korporal der Reserve, war ein Neuling, erst vor kurzem zum Abdienen seiner restlichen Militärzeit in die Bačka versetzt: ihn betraute der Oberleutnant sofort mit der Aufgabe, vor den Häusern, welche die Patrouille aufsuchte, Wache zu stehen. Da er wußte, daß er ohne Kenntnis der Verhältnisse nicht erfolgreich vorgehen konnte, ließ er sich zuerst in der Hofküche eines Hauses nieder, das einem Ungarn gehörte, und schickte den Feldwebel nach einem Denunzianten aus; bald kam der aus der Nachbarschaft mit einem blonden, ungepflegten Neunzehnjährigen zurück, einem Halbdeutschen, der schon vor der Okkupation mehrmals verurteilt worden war. Allein mit ihm in der Küche, gab Désberényi ihm zu verstehen, daß er über seine Vergangenheit Bescheid wußte und ihn in dieser Stunde der Abrechnung mit den Feinden des Gesetzes ganz unbemerkt hätte beseitigen können; dann führte er ihm, der blaß geworden war, eine Möglichkeit, sich loszukaufen vor Augen: indem er sich der Patrouille anschloß und vor jedem Haus über die Bewohner Bericht erstattete. Der Junge stimmte achselzuckend zu. Als sie in die morgendliche Kälte hinaustraten, erfuhr Désberényi von dem Feldwebel die unangenehme Tatsache, daß er keinen Kontakt mit der Sammelpatrouille aufnehmen konnte, da offenbar durch einen Irrtum nur eine einzige Sammelpatrouille in die Karadjordje-Straße entsandt und näher zum Zentrum postiert worden war; nachdem er überlegt hatte, ob er die Intervention der Kommandantur fordern sollte, beschloß er, es nicht zu tun, weil das eine Verzögerung bedeutet hätte, sondern die Liquidierung der Verdächtigen selbst mit seinen Leuten zu übernehmen, die Liste der Getöteten nachträglich bei der Sammelpatrouille abzugeben und so einen neuen Beweis dafür zu liefern, daß er seiner Führungsaufgabe gewachsen war. Sie gingen die Häuser der Reihe nach ab. Désberényi entschied schon auf der Straße aufgrund der erhaltenen Angaben über das Schicksal der einzelnen Hausbewohner; während der Zuträger mit dem Reservisten draußen blieb, der neben der Rolle seines Bewachers nun auch die Verpflichtung übernahm, die Listen der Ermordeten aufzustellen, ging der Oberleutnant mit seinen Gendarmen in die Häuser und las die Dokumente, aber nicht um sie zu kontrollieren, sondern um die Identität der im voraus Verurteilten festzustellen und sie seinen Leuten zur Erschießung zu übergeben. Über die Familie Krstić, deren Haus die Patrouille am zweiten Nachmittag erreichte, erhielt der Oberleutnant von dem jungen Nachbarn sehr dezidierte Informationen: zwei Brüder in Gefangenschaft, einer, Abiturient, vor kurzem bei einem Scharmützel mit Gendarmen gefallen. Als sie in den Hof kamen, ließ er die ganze Familie in der Reihenfolge ihres Alters auf der Veranda antreten: die Mutter, zwei Töchter und der jüngste, vierzehnjährige Sohn. Dann nahm er von Čuturas älterer Schwester die bereitgehaltenen Papiere entgegen, tat Taufurkunde und Meldebescheinigung der Mutter beiseite und las von den anderen Dokumenten die Namen vor, wobei er wartete, daß jeder bei Nennung des seinigen laut antwortete. Als dies beendet war, schickten die Gendarmen die alte Frau in die Wohnung zurück und führten die drei Jugendlichen auf die andere Hofseite. Aber nach den Schüssen, die seit zwei Tagen in den Nachbarhäusern fielen, hatte die Mutter begriffen, was geschah, sie befolgte die Aufforderung nicht und stürzte ihren Kindern nach. Es kam zum Getümmel, ein Gendarm hieb ihr den Gewehrkolben in die Seite, die anderen beiden warfen sich den Kindern entgegen, die ihrer Mutter zu Hilfe kommen wollten. »Genug!« brüllte der Oberleutnant und gab mit einer Handbewegung das Zeichen, daß die alte Frau den anderen beigesellt werden sollte. Ein Gendarm half ihr aufstehen und stützte sie, sie gingen über den Hof bis zum Gartenzaun, dort mußten sie wieder antreten wie eben auf der Veranda. Die Gendarmen traten ein paar Schritte zurück und zielten. Drei Schüsse knallten: der Junge und das jüngere Mädchen stürzten zu Boden; dann noch einmal drei, und die Mutter fiel zusammen mit der älteren Tochter, die sie an sich gedrückt hatte. Der Oberleutnant trat näher, drehte mit dem Fuß jeden einzeln auf den Rücken, stellte fest, daß sie tot waren; er befahl, ihre Leichen zum Haustor zu schlepen, damit die Sammelpatrouille sie später leichter fand, und dann tat er die Dokumente der alten Frau zu den anderen und übergab vor dem Haus alles dem Reservisten zwecks Eintragung in die Liste.

Bei der Familie Krkljuš traf die Ermittlungspatrouille am dritten Tag der Razzia ein, und dieser Aufschub war für alle die Rettung, bis auf Slobodan. Der Gendarmeriehauptmann, der die Patrouille anführte, ein gedrungener, blauäugiger magyarisierter Deutscher mit rötlichem, herabhängendem Schnurrbart, betrachtete die Razzia im übrigen als Abrechnung mit der gesamten nichtdeutschen und nichtungarischen Bevölkerung, deren Existenz auf dem Territorium des erweiterten Staates für ihn persönlich etwas Widernatürliches war. Nach der Ausweiskontrolle bei der Familie Krkljuš und flüchtiger Durchsuchung ihrer Wohnung forderte er also alle Familienmitglieder auf, sich anzuziehen – »wegen einer Überprüfung«, wie er sagte – und schickte sie unter Bewachung zu der Kolonne, die an der Straßenecke wartete, weil der für diesen Sektor zuständige Lastwagen ständig unterwegs war, um weitere Verdächtige abzutransportieren: so schnell arbeitete der Hauptmann mit seinen rein nationalen Auswahlkriterien. Wenn etwa zwanzig zusammengekommen waren, befahlen zwei Soldaten mit Gewehren den Abmarsch zu Fuß. Unterwegs begegneten sie anderen Patrouillen, haltenden Lastwagen, auf die verängstigte Menschen geladen wurden, sie gingen an einigen Straßenkreuzungen um Leichenhaufen herum, gelangten, nachdem sie das Stadtzentrum verlassen hatten, in ein Neubauviertel und zu der vor kurzem angelegten breiten Chaussee, die zur Badeanstalt an der Donau führte. Die Chaussee war schon schwarz vor Menschen, die hier, entlang der beiden Gehwege von Soldaten bewacht, in dichten Viererreihen und mit dem Gesicht zum Fluß standen, den in der Ferne weiße Kabinenreihen – weiß wie der Schnee um sie herum – verdeckten. Die kleine Kolonne schloß zu der großen auf, und die beiden Soldaten der Sammelpatrouille kehrten, nachdem sie dem Befehlshaber der Begleitpatrouille Meldung gemacht hatten, in die Stadt zurück. Nach den entmutigenden Szenen, die sie auf dem Weg hatten ansehen müssen, waren die Krkljuš' fast froh, irgendwo angelangt zu sein, und zwar alle vier und unversehrt; trotz der scharfen Anweisungen der Wächter, daß Sprechen verboten sei, gaben sie ihrer Erleichterung Ausdruck, indem sie sich gegenseitig fragten, ob sie es kalt hätten, und bedauerten, sich nicht noch dicker angezogen zu haben. Da hörten sie Schüsse und das Knattern von Maschinengewehren, und als sie die Fassung wiedergewonnen und gemerkt hatten, daß es wieder still war, setzte sich die Kolonne in Bewegung und kam erst nach etwa zehn Schritten zum Stehen. Sie reckten die Hälse und versuchten flüsternd von ihren Nachbarn zu erfahren, was dort unten geschah. Die Antworten waren konfus, aber in dem Gemurmel, das sich von der Spitze der Kolonne her ausbreitete, dominierte die Behauptung, daß in der Badeanstalt nicht etwa Überprüfungen stattfanden, wie man ihnen gesagt hatte, sondern Erschießungen. Sie wurden nervös; Krkljuš senior nahm allen Mut und all seine Kenntnisse des Ungarischen zusammen, wandte sich höflich an den nächststehenden Soldaten und erklärte ihm, daß er einst in Budapest seine Lehre abgeschlossen und im ungarischen Militär gedient hatte, sich also irrtümlich hier befand; nachdem nun ein Dutzend Stimmen aus der Umgebung ähnliche Beschwerden äußerten, wich der Soldat in seiner Verwirrung etwas zurück, richtete sein Gewehr auf die Kolonne und drohte, zu schießen, wenn sie nicht sofort alle den Mund hielten. Frau Krkljuš und der Sohn Slobodan zogen den Vater zurück in die Reihe und beschworen ihn, sich ruhig zu verhalten und nicht noch größeres Unheil über sie zu bringen. Wieder hörte man Schüsse und Maschinengewehrknattern, die Kolonne rückte noch ein Stück voran. Die Kälte drang ihnen in Mark und Bein. Die Soldaten stampften im festgetretenen Schnee, schlugen sich mit den Händen unter die Achseln, gingen hin und her, aber die Menschen in der Kolonne durften nur stehen und gelegentlich ein paar Schritte aufrücken, wenn die Abstände vor ihnen größer wurden. Von Zeit zu Zeit spie das Maschinengewehr dort vorn – aber immer näher, immer deutlicher, immer schärfer – seine hastigen Garben aus, oder es fiel ein vereinzelter Flintenschuß, und danach vergingen Minuten, in denen man nur das Raunen der Menge hörte, hier und da vom Weinen eines Kindes unterbrochen, das die erschöpfte Mutter einer anderen in die Arme legte. Die Menschen in der Kolonne blickten sich mit angstvollen Augen an, fragten sich, ob das denn möglich sei, was sie dort erwartete. Sie wollten es nicht glauben, redeten sich ein, daß da vorn dennoch eine Art Überprüfung stattfand, durch die man sie mit ihren korrekten Dokumenten passieren lassen würde, obwohl es sie irritierte, daß niemand von dieser Überprüfung zurückkehrte, es sei denn, so hofften sie, in einer anderen, unbekannten Richtung. Jetzt hörte man wieder Schüsse und zum erstenmal, weil die Nähe es jetzt erst zuließ, einen einzigen einsamen Schrei, der aus derselben Richtung kam und ihren Blicken, mit denen sie einander suchten, unzweideutiges Entsetzen einjagte. Sie faßten sich unter den Armen, preßten sich aneinander, um das Zittern vor Kälte und Angst zu unterdrücken. Aber sie näherten sich Schritt für Schritt dem Eingang zur Badeanstalt, der Abschnitt der Kolonne vor ihnen war bereits überschaubar, und hinter ihnen schwoll die Kolonne im selben Rhyhtmus an, erinnerte an ein lebendes Fließband oder an Mahlgut auf Beinen, das sich allmählich dem Mühlstein nähert. Einem

kleinen Mädchen wurde schlecht, und die Mutter wollte die
Kleine zum Straßengraben bringen, damit sie erbrechen
konnte, aber ein Wächter lief sofort herbei und jagte sie zurück, so daß sich der Schwall aus dem Mund des Kindes über
die Schuhe der Nächststehenden ergoß. Darauf wurde einem
alten Mann schwindlig, er fiel mit dem Gesicht in den
Schnee, und der schwarze Hut rollte von seinem grauhaari-
gen Kopf auf den Gehweg. Wieder kam derselbe Wächter angelaufen, befahl dem Alten brüllend, aufzustehen; er stieß
mit dem Fuß nach ihm, worauf sich Slobodan Krkljuš hinab-
beugte, den Greis unter den Armen faßte und aufzurichten
versuchte. Der Wächter forderte Slobodan auf, sich zu entfernen, aber dieser verstand ihn entweder nicht, oder sein
Impuls zu helfen, war stärker, jedenfalls blieb er bei dem Alten und zog ihn mühsam aus dem Schnee hoch. Der Soldat
riß sein Gewehr von der Schulter, zielte, feuerte zweimal,
Slobodan fiel über den Alten, und beide blieben reglos liegen. Frau Krkljuš wollte zu ihrem Sohn stürzen, aber nach
der Schießerei war eine ganze Gruppe Soldaten gekommen,
die die beiden Leichen umringte und die Umstehenden mit
weiteren Schüssen bedrohte, so daß der alte Krkljuš und Aca
Krkljuš die Frau festhielten, damit sie nicht in ihr sicheres
Verderben rannte. Die Kolonne rückte voran, schloß ihre
Reihen um die Gefallenen, machte sie unsichtbar. Die beiden
Männer nahmen die halb ohnmächtige, von Schluchzen er-
stickte Frau in die Mitte und schleppten sie Schritt für Schritt
den anderen hinterher, jetzt schon abgestumpft, ohne den
zitternden Zweifel, dem Abgrund des Entsetzens preisgege-
ben. Sie bemerkten nicht mehr, was um sie herum geschah.
Ein Motor brummte, ein Auto voller Offiziere jagte unter
stiebendem Schnee an der Kolonne vorüber und stoppte vor
dem Eingang zur Badeanstalt. Einige aus der Kolonne hoben
sich auf die Zehenspitzen, um besser zu sehen, dann folgten
ihnen auch die anderen und erblickten die Offiziere, die aus
dem Auto sprangen und auf den zackig salutierenden Befehlshaber der Patrouille zugingen; sie redeten miteinander,

und dann ging der Befehlshaber im Laufschritt in die Badeanstalt und verschwand hinter den weißen Kabinen. Sie begriffen nicht, sie wagten ihrer Hoffnung auf den Sinn dieses
Hastens nicht nachzugeben, bis das Kommando ertönte, daß
sie linksum kehrt machen und in die Stadt zurückkehren
sollten. Sie begannen zu rennen. Sie rannten, drängten sich,
stießen einander, ächzten, es rannten Greisinnen und Greise,
Frauen mit Kindern auf den Armen. Sie ließen die verstummte Badeanstalt, die Leichen am Weg hinter sich. Frau
Krkljuš verließ die Reihe, um sich auf Slobodan zu stürzen,
der rücklings am Rand des Straßengrabens neben dem Alten
lag, dem man den Hut auf die Brust gelegt hatte, aber die Kolonne riß sie mit sich, die Soldaten drohten, und Krkljuš Vater und Aca packten sie wieder unter den Armen und zwangen sie zum Weiterlaufen. Erst im Zentrum kamen sie zum
Stehen, vor dem Volkshaus, in das die Menge von den Soldaten gedrängt wurde. Sie stiegen die Treppen hinauf, belager-
ten die Tür, zwängten sich hinein ins Warme, Menschliche,
Verständliche, und fielen auf den Marmorboden, der ihnen
jetzt weich und lau erschien. Über ihren Köpfen schnarrten
Lautsprecher, jemand erklärte energisch, pathetisch, die Razzia sei beendet, sie habe der Entlarvung gefährlicher Ele-
mente gedient, die ihrer verdienten Strafe zugeführt worden
seien, sie jedoch, die hier anwesenden, als loyal ausgewiese-
nen Bürger, genössen ihre unverletzlichen verfassungsmäßi-
gen Rechte und könnten in ihre Häuser zurückkehren. In
der Menge erhob sich ungläubiges Raunen, einige riefen
»Hurra! Hoch!«, klopften einander auf die Schulter, umarmten sich, küßten sich und weinten. Langsam, dann immer ungeduldiger, stürmischer ging man auseinander. Von der
Menge mitgerissen, versuchten die Krkljuš' zu einer Amts-
person zu gelangen, bei der sie wegen ihres schrecklichen,
unnötigen Verlustes Klage führen konnten, aber sie kamen
erst am Ausgang zum Stehen, vor einem Soldaten, der hier
für Ordnung sorgte. Er wollte sie nicht anhören, drohte, von
der Schußwaffe Gebrauch zu machen, falls sie nicht weiter-

gingen. Und ringsum hörte man tatsächlich noch einzelne Schüsse. Der alte Krkljuš und Aca wechselten einen Blick, nahmen die Mutter in die Mitte und führten sie die Treppe hinab, wobei sie ihr versprachen, sobald die Schießerei vorüber sei, alles zu tun, um Slobodans Leiche zu bergen – was sie indes nicht erfüllen konnten, weil die Armee noch in derselben Nacht alle Toten in der Stadt und auf dem Weg zur Badeanstalt einsammelte und sie teils auf den Friedhöfen verscharrte, teils zu den anderen in die Donau warf; nur im Schnee blieben ihre blutigen Spuren zurück, bis es von neuem zu schneien begann.

Der Merkur-Palast sowie die anderen Gebäude mit ungeraden Hausnummern am Alten Boulevard fielen in die Zuständigkeit einer Ermittlungspatrouille unter dem Kommando des Polizeileutnants Nándor Varga, eines jungen, hochgewachsenen, blauäugigen Gutsbesitzersohnes, Spielers und Säufers von beschränktem Verstand, aber konservativer ritterlicher Gesinnung, der das plebejische Erwachen seiner Nation unter der deutschen Schirmherrschaft verachtete und sich ihm mit aristokratischer Strenge und Arroganz widersetzte. Während der ganzen Razzia schenkte er den Behauptungen von einem angeblichen Aufstand keinen Moment lang Glauben, sondern hielt sich strikt an die Vorschriften, auf die er seinen Eid abgelegt hatte, und schickte zur Überprüfung nur solche Zivilpersonen, deren Dokumente und mündliche Erklärungen mit diesen Vorschriften nicht in Einklang standen; die Vorhaltungen der Generalität, der er allabendlich seine kargen Berichte vortrug, hörte er sich schweigend und in strammer Haltung an, zog jedoch keine Lehren daraus, denn er war tief überzeugt, daß sie nichts zur Aufrechterhaltung der inneren Ordnung beitrugen. Aus dem Merkur-Palast mit seinen etwa hundert sehr verschiedenartigen Mietern ließ er niemanden abführen, aber das war zum Teil das Verdienst von Predrag Popadić. Als nämlich der Morgen des 21. Januar heraufdämmerte und sich die Nachricht von der Ausgangssperre im Haus herumsprach, beschlossen zwei Frühaufsteher unter den Bewohnern, der Apotheker Doselić und der Pelzhändler Kreuzhaber, nachdem sie sich im Treppenflur getroffen und Worte der Besorgnis gewechselt hatten, Predrag Popadić im zweiten Stock, der zwar ein Mann des Regimes, aber dennoch Serbe und ein Gentleman war, um Erklärung und Hilfe zu bitten. Sie mußten lange an der Tür des Nachbarn läuten, denn Popadić war erst in der Frühe von einem Hauspatronsfest (zu Ehren des heiligen Johannes) nach Hause gekommen, und das nicht allein, sondern in Begleitung einer jungen Frau, der Strohwitwe eines zur Zwangsarbeit verpflichteten Gastwirts, die auch dort eingeladen gewesen war. Die Nachricht von der Razzia traf Popadić ebenfalls unvorbereitet, aber nachdem Doselić und Kreuzhaber ihn in seinem Vorzimmer davon unterrichtet hatten, begriff er sofort ihre Tragweite und Bedeutung im Zusammenhang mit den Gerüchten von einer Vergeltungsaktion, die neuerdings bei den Instanzen der Stadt kursierten; er faßte überdies die sehr unangenehmen Konsequenzen ins Auge, die sich für ihn ergeben konnten, wenn die Anwesenheit einer fremden Frau in seiner Wohnung falsch interpretiert wurde. Er beruhigte Doselić und Kreuzhaber mit dem Versprechen, sich für sie einzusetzen, verabschiedete sie, weckte die junge Frau und befahl ihr, sich anzukleiden; er rasierte sich hastig, zog sich selbst an und ging hinunter zum Hausmeister, der mit seiner ganzen großen Familie (Frau, zwei Söhne, Schwiegertochter und Enkelkind) ebenfalls schon auf den Beinen war. Hier trank er den schwarzen Kaffee, der ihm angeboten wurde (die Hausmeistersleute mochten ihn wegen seiner großzügigen Trinkgelder), rauchte eine Zigarette und sagte den Mietern, die anklopften, um zu erfahren, was los war, ein paar beruhigende Worte; da eilte auch schon der als Späher ausgesandte jüngere Hausmeistersohn mit der Meldung herbei, die Polizei stünde vor der Tür. Popadić zog seinen Mantel an, setzte den Hut auf und trat in diesem ordnungsgemäßen bürgerlichen Aufzug genau in dem Moment vor Nándor Varga hin,

178

als der Hausmeister die Eingangstür öffnete. Er verneigte sich, lüftete den Hut und stellte sich in etwas sprödem, aber fließendem Ungarisch vor – das die Ungarn aus dem Mutterland, zumindest bei ihm, wohlwollend als das Bemühen eines wilden Schößlings um bessere Sitten betrachteten –, dann bat er darum, einige ziemlich vertrauliche Dokumente, über die er verfüge, vorlegen und dazu Erklärungen abgeben zu dürfen, die den Vollstreckern der bevorstehenden delikaten Angelegenheit die Arbeit vielleicht erleichtern könnten. Der Leutnant nickte gemessen und erklärte sich bereit, unter Zurücklassung der Patrouille mit in das Wohnzimmer des Hausmeisters zu kommen; hier zog Popadić die Dokumente aus der Tasche und reichte sie eines nach dem anderen dem Leutnant: Die Genehmigung des Gendarmeriekommandos zur Herausgabe von *Naše novine* unter seiner, Popadić', Leitung, die Erlaubnis zur ungehinderten Bewegung in den besetzten Südlichen Landesteilen, und schließlich – was Varga am meisten für ihn einnahm – die Mitgliedskarten zweier exklusiver bürgerlicher Vereine, des Katholischen Kreises und des Klubs der christlichen Unternehmer. Er nutzte den solcherart erzielten günstigen Eindruck und bat um die Erlaubnis, auch etwas über seine Nachbarn sagen zu dürfen: sie alle seien, wie er mit Sicherheit wisse, loyale Bürger und dem Staat treu ergeben, und er, Popadić, bürge für jeden einzelnen von ihnen. Der Leutnant lächelte, hob leicht erstaunt die schmalen Brauen, gab ihm die Dokumente zurück, und forderte ihn dann lässig auf, falls er wolle, seine Patrouille zu begleiten und sich von der Korrektheit ihres Vorgehens zu überzeugen. So wurde Popadić (was ihm später von manchen als Verrat angekreidet wurde) zum Mitbeteiligten an der Razzia, jedoch in der ungewöhnlichen Rolle eines Beschützers. Er war imstande, vor dem Betreten jeder Wohnung dem Leutnant etwas Schmeichelhaftes über den Benutzer zuzuflüstern, und zwar im Jargon der Zeitungsartikelchen, die er zwar längst nicht mehr selbst schrieb, aber mit seinem leichtblütigen Optimismus anregte; danach zog er sich in den Hin-

tergrund des Flurs oder Treppenabsatzes zurück, um bei der
Pflichterfüllung nicht zu stören und die Grenzen der Dis-
kretion nicht zu überschreiten, und er griff in die Gespräche
nur ein, wenn es zu einem Mißverständnis kam, wenn das
eine oder andere Papier fehlte, wenn diese oder jene Forde-
rung aus Unkenntnis der Sprache falsch ausgelegt wurde.
Blam, der auf das Klingelzeichen hin blaß geworden war und
in Begleitung der neugierig blickenden Janja erschien, stellte
er dem Leutnant als Nachkommen einer ehrbaren Familie
vor, der er selbst übrigens schon seit der Zeit vor dem Krieg
nahestehe, als »einen jener jungen Juden, die sich dem Klima
ihrer Umgebung elastisch anpassen, wovon auch die Wahl
seiner Ehepartnerin aus christlichen Kreisen zeugt«. In der
zweiten Etage blieb er vor seiner eigenen Tür stehen, schloß
auf und forderte den Leutnant auf, selbst hier, wo er sich auf
der Schwelle eines Bekannten und, hoffentlich, Freundes be-
finde, ohne Zögern seine Pflicht zu tun; der Leutnant be-
dankte sich, trat symbolisch in die Diele, sah sich darin um
und sagte, als er sie wieder verließ, mit angenehmem Lächeln,
er habe diesmal leider nicht die Zeit, sich länger aufzuhalten,
werde aber nach dem Ende der augenblicklichen schweren
Verpflichtungen und nach telefonischer Anmeldung gern
darauf zurückkommen. (Was auch kein leeres Versprechen
blieb.) Popadić verneigte sich und setzte mit ihm den Rund-
gang fort. Als er am Ende den Leutnant und die Patrouille bis
zum Haustor begleitet hatte, das der Hausmeister, sich be-
kreuzigend, hinter ihnen abschloß, kehrte er in seine Wohnung zurück und fand seine Liebste im Bad vor, wo sie, in
Mantel und Kopftuch, auf dem Wannenrand saß und ihr
schwarzes Lacktäschchen an die Brust drückte.

XII

Lili Ehrlich richtete nach dem Krieg mehrere Briefe an Blam, da sie jedoch als Adresse den Vojvoda-Šupljikac-Platz angab, wo inzwischen fremde Menschen wohnten, und da der Name des Empfängers deutsch geschrieben war – wie auch die Briefe –, also *Blahm*, wurde keiner von ihnen zugestellt, sondern sie gingen mit dem Aufkleber »Unbekannt« an den Absender zurück:

Lilis Briefe lauten:

Tivoli bei Rom, den 1. November 1944

Liebster, ich schreibe Dir diesen Brief in der Hoffnung, daß er Dich erreicht, was zugleich bedeutet, daß Du diese schrecklichen Jahre überlebt hast. Du mußt sie überlebt haben! Du wirst mir doch sofort mitteilen, daß mein Gefühl mich nicht trügt?

Ich kann noch nicht glauben, daß alles vorbei ist, daß ich frei atmen und mich bewegen kann, daß wir nicht mehr von Tod und Verfolgung bedroht sind. Wir haben hier einen ungewöhnlich schönen Herbst, es ist gar nicht kalt, Papa und ich gehen stundenlang auf den Hügeln rings um dieses Städtchen spazieren, wo sich in den Parks das Laub erst allmählich bunt färbt. Ja, ich sehne mich nach Freiheit und Bewegung, die letzten vier Monate haben wir im Lager verbracht. Es ging uns nicht besonders schlecht, aber nie werde ich die Stacheldrähte vergessen, die ich ständig vor Augen hatte. Jetzt sind wir zwar bei Privatleuten untergebracht, aber das Essen bringt Papa noch immer aus dem Lager mit, wo er Englischunterricht gibt – Du weißt ja, was er alles kann. Er bekommt soviel zu essen, daß wir auch unseren Vermietern davon abgeben, einem alten Ehepaar, das sonst wohl verhungern würde. Stell Dir vor, unser Vermieter ist ein pensionierter Literaturlehrer, seit acht Jahren blind, aber seine Frau liest ihm jeden Abend beim Schein der Petroleumlampe (Strom haben wir nicht) seine Lieblingsdichter Dante oder Tasso vor. Ich

181

sitze oft dabei und höre zu, und obwohl ich keinen einzigen Vers verstehe, genieße ich die Melodie dieser wunderbaren Sprache.

Liebster, sobald Du diesen Brief erhältst, melde Dich, und mach Dich auf die Reise! Ich weiß nicht, ob es ein Fehler war, daß Du nicht schon vor vier Jahren mit uns weggegangen bist, vielleicht ist Dir das viele Leid erspart geblieben, durch das wir gegangen sind, aber jetzt zögere nicht mehr, hier ist die Freiheit, und ich warte auf Dich. Ich warte auf Dich wie niemals vorher, obwohl ich diese ganzen vier Jahre ständig auf Dich gewartet habe. Die Tage, die wir gemeinsam verbracht haben, kann ich nie vergessen, denn obwohl Papa und ich auf der Flucht und bedroht waren, so waren es doch die schönsten Tage meines Lebens, denn da warst Du, Liebster, Deine warmen Augen, Dein stilles Lächeln, Deine unruhigen Hände. Ich möchte Dich wieder bei mir haben, ich möchte Dich berühren, Dich umarmen. Komm!

Ich frage gar nicht, ob Ihr gesund und munter seid. Onkel Vilim? Tante Blanka? Esther (die sicher kein kleines Mädchen mehr ist)? Ich weiß, ich bin egoistisch, weil ich nur an Dich denke, aber ich liebe Dich grenzenlos.

Komm bald zu mir, und melde Dich sofort! Schick mir ein Telegramm, wenn es geht!

In ungeduldiger Erwartung umarmt und küßt Dich

Deine Lili

Tivoli bei Rom, den 26. Dezember 1944

Liebster: Ich bin unendlich traurig: der Brief, den ich vor zwei Monaten an Dich abgeschickt habe, ist vorgestern zurückgekommen! Was soll das heißen? Bist Du derzeit abwesend? Haben sie Dich verschleppt, und Du bist noch nicht zurückgekommen? Hast Du die Wohnung gewechselt? Ich wage gar nicht an all die grausigen Möglichkeiten zu denken, die mich daran hindern könnten, Dich zu finden, sondern schreibe Dir sofort wieder und werde Dir weiter schreiben und unermüdlich und unverzagt nach Dir suchen, bis ich Dich gefunden habe. Ich höre, daß ich diesen Brief über das Rote Kreuz schicken kann und daß auch die amerikanische Kommandantur bei der Suche nach verschwundenen Angehörigen hilft. Sei überzeugt, daß ich alles versuchen werde. Und wenn Du inzwischen meinen Brief erhältst (es kann sich ja etwas geändert haben), melde Dich sofort.

Deine Lili

Biel, den 23. März 1946

Lieber Mirko,

es regnet schon seit Tagen, und ich sitze verzweifelt in meinem Zimmer. Vielleicht habe ich kein Recht dazu, vielleicht finde ich plötzlich Deine Spur, aber ich frage mich, wann das sein wird. Ich erinnere mich an alles, was vergangen, was untergegangen ist, an meine liebe Mama, die umkam, als sie noch so jung und lebenslustig war, an Dich, der mein Leben für kurze Zeit mit Liebe erfüllt hat und den ich verlassen habe. Warum habe ich Dich verlassen? Warum muß ich alle verlassen, die ich liebe, warum treibt mich meine Gier zu leben, gerettet zu werden, ständig weg von dem Glück, das, wenn es auch kurz ist, vielleicht wertvoller ist als das ganze Leben, das ich noch vor mir habe?

Ich fürchte mich vor diesem zukünftigen Leben, es geht immer mehr Kälte davon aus. Vielleicht ist diese Schweiz so kalt mit ihren Bergen, die den Himmel verdecken, mit diesem ständig rieselnden Winterregen, mit ihren nüchternen, langweiligen Menschen, die nichts von Wärme, Sehnsucht, Liebe zu wissen scheinen. Alle zwei Wochen besucht uns der für Einwanderer zuständige Beamte und übergibt uns die immer gleichen Formulare zum Ausfüllen. Wann und wo sind Sie geboren? Warum sind Sie eingereist? Wovon leben Sie? Beabsichtigen Sie zu bleiben oder wegzuziehen, und wann? – Ob ich beabsichtige? Was ich beabsichtige? Das einzige, was sie nicht fragen, ist, ob ich beabsichtige, mich umzubringen, und wann und auf welche Weise.

Verzeih, Liebster, daß ich so düster und verworren schreibe, eigentlich ist alles gar nicht so schlecht, Papa hat Arbeit in der hiesigen Nähmaschinenfabrik, er verdient gut und wird geschätzt, wir haben alles, wir haben eine schöne Wohnung und werden uns bald ein Auto kaufen (vorerst ein gebrauchtes), so daß wir nach Herzenslust herumfahren können, das Frühjahr kommt auch bald, man spürt es in allen Knochen, vielleicht macht mich das so unruhig. Ich sehne mich so nach der Sonne, nach Bewegung! Ich sehne mich nach Dir, mein Liebster! Du hast keine Ahnung, wie sehr ich an Dich denke, wie oft ich träume, daß Du zu mir kommst, ein bißchen spöttisch wegen meiner Ungeduld, und mich umarmst wie früher. Aber dann wache ich auf und sehe, daß ich allein bin, daß Du nicht bei mir bist, mir wird klar, daß ich nicht einmal weiß, wo Du bist, und mich überfallen die schlimmsten Befürchtungen. Verzeih! Aber was soll ich tun? Meine Briefe aus Italien (wo wir das Ende des Krieges erlebt haben, das weißt Du noch nicht) sind zurückgekommen, und all meine bisherigen Erkundigungen beim Roten Kreuz und bei der Botschaft waren erfolglos. Trotzdem kann ich nicht glauben, daß dies das Ende ist, zu sehr empfinde ich Dich als einen Teil von mir, als wären wir zwei Hälften eines Körpers, deren eine nicht von der anderen getrennt sein kann, ohne daß es diese andere weiß und fühlt. Nicht wahr, Du bist gesund und munter und wirst Dich melden?

Ich habe nicht den Mut, diesen Brief zu beenden und abzuschicken, obwohl er schon seit drei Tagen fertig auf meinem Tisch liegt. Begreifst Du, wovor ich Angst habe?

Jetzt ist das Wetter bereits schön; wenn ich Papa morgens in die Fabrik begleite, funkelt an den Straßenrändern der Tau im Gras. Auf dem Nachhauseweg stelle ich mir vor, daß Du in meinem Zimmer sitzt und lächelst. (Diese letzten Zeilen schreibe ich Dir aus einer Konditorei, und sobald ich den

Brief eingeworfen habe, werde ich nach Hause rennen.) Und
wenn ich dich dort nicht antreffe und wenn dieser Brief auch
zurückkommt, schreibe ich den nächsten und übernächsten,
ich höre nicht auf, bis ich Dich gefunden habe. Das sollst Du
wissen, Liebster, falls Du irgendwann, irgendwo diese Zeilen erhältst. Ich werde immer auf Dich warten. Schreib mir
sofort.

Deine Li

Hamburg, den 7. Juni 1949

Mein lieber Mirko!

Ich habe beschlossen, Dir sofort zu schreiben, denn ich bin
glücklich und hoffe abergläubisch, daß mir das Glück treu
bleibt. Heute morgen bin ich aus Biel hier eingetroffen und
gleich nach dem Frühstück – denn ich hatte einen Termin für
9 Uhr – zur Grammophongesellschaft gegangen, wo mich
der Direktor persönlich empfangen hat. Ja, weißt Du, Papa
hat einen speziellen Schallplattenschrank erfunden, das ist
jetzt groß in Mode, ich weiß nicht, ob auch in Jugoslawien,
die Leute eröffnen Diskotheken wie früher Bibliotheken,
und Papa ist auf die Idee gekommen, einen Schrank mit
Fächern zu konstruieren, aus denen jede Platte, die man ab-
spielen will, auf Knopfdruck herausfällt. Es hat ihn viel Mühe
(und Geld) gekostet, bis er die Erfindung vervollkommnet
und in einer Berner Fabrik den Prototyp gebaut hatte. Aber
jetzt sind wir über den Berg! Der Direktor ist einverstanden, daß seine Firma die Produktion und den Vertrieb des
»Modell Ehrlich« übernimmt, und will einen Vertrag unter-
schreiben, der uns 1,5 Prozent der Einnahmen sichert. (Papa
ist krank, deshalb bin ich hergefahren, aber ich hoffe, daß das
nur von der Überanstrengung kommt, er wird sich bestimmt
schnell erholen, wenn ich ihm die gute Nachricht bringe.)

Als ich noch ganz benommen vor Aufregung und Freude
aus der Direktion der Grammophongesellschaft kam, war

mir auf einmal, als würde ich Dich jetzt bestimmt finden, und ich bin in das erstbeste Café gerannt, um Dir zu schreiben. Mir kommt es einfach unmöglich vor, daß dieser Brief Dich nicht erreicht, jetzt, wo wir nach so vielen Jahren der Entbehrung endlich festen Boden unter den Füßen haben. Es war ein großer Fehler, daß wir nicht gleich nach dem Krieg nach Deutschland gegangen sind, im Grunde haben wir es beide gewußt und sogar darüber gesprochen, aber immer, wenn wir vor der Entscheidung standen, fand einer von uns ein »aber«. Du weißt, warum, denn wir haben von Deutschland und den Deutschen so viel Leid erfahren. Aber jetzt, wo ich hier bin, sehe ich, daß wir nur hier leben können. Nichts erinnert mehr an den alten Haß; die Menschen, die ich im Zug, auf der Straße, in der Direktion getroffen habe, sind offen und optimistisch, alle sind geschäftig, und wenn man auch auf Schritt und Tritt noch Ruinen sieht, so wird doch überall gebaut, es herrscht ein reger Verkehr, die Auslagen sind voller Waren, der Service ist ausgezeichnet, sei es im Taxi, beim Telefonieren oder im Café. Und dann die Sprache. Nach dem seltsamen Schweizerdeutsch höre ich jetzt endlich wieder die reine, fließende deutsche Sprache, die ich von meiner lieben verstorbenen Mutter gelernt habe. Ich fühle mich wie neu geboren und voller neuer Kraft.

Das wird Dir lächerlich vorkommen, denn Du weißt genausogut wie ich, daß ich schon eine alte Frau bin, ich gehe auf die Dreißig zu wie Du, Liebster, wir sind ja gleich alt. Aber die Liebe, die mich mit Dir verbindet, ist stark wie früher, vielleicht weil sie sich in all den Jahren nicht abgenutzt hat, weil sie nur einen Anfang kannte, der warm und jung war wie wir selbst. Jetzt erst könnte ich Dich aus aller Kraft lieben: jetzt, wo wir an schweren Prüfungen gereift sind.

Und schon bin ich wieder traurig und möchte weinen. Mir kommt vor, Du bist mein Kind, das ich an die Brust drücken, wärmen und nähren muß, aber mein Kleiner ist nicht bei mir, er ist in der Welt verlorengegangen, man hat ihn mir weggenommen, dieselben Leute, vielleicht gerade dieser alte Kellner mit der Narbe auf der Stirn, der mich verstohlen beobachtet. Wo bist Du, Liebster? Werde ich Dich jetzt finden? Wenn wir hierher übersiedeln – und das müssen wir, es ist die Chance unseres Lebens –, werden wieder viele Jahre vergehen, bis wir die deutsche Staatsbürgerschaft erhalten und reisen dürfen, so daß ich nach Dir suchen kann. Oder wird sich Gott erbarmen, und Du antwortest mir auf meinen Brief? Bei diesem Gedanken schlägt mein Herz wie ein Hammer. Ich sehe, wie Du nach Hause kommst und diesen Brief erhältst, ihn öffnest, lächelst, nickst, und wie ich zehn Tage später Deine Antwort habe. Mach Dir keine Sorgen, wenn wir aus Biel wegziehen, hinterlasse ich unsere neue Adresse beim Hauswirt, er ist zuverlässig und wird mir Deinen Brief sicher nachsenden. Ich sage allen Bescheid, auch auf der Post. Aber melde Dich. Dann können wir über alles reden, es muß eine Möglichkeit geben, daß Du hierher kommst, um alles andere werde ich mich kümmern, denn ich habe den einzigen Wunsch, daß Du bei mir bist, immer bei mir, bis zum Ende, bis zum Tod, meine einzige Liebe, mein Mann, Bruder, Sohn. Das alles bist Du für

Deine Lili

Schreib sofort. Auch wenn es in Deinem Leben Veränderungen gibt, die meine Ergüsse seltsam erscheinen lassen. Wenn ich nur weiß, daß Du lebst. In anderthalb Stunden fahre ich schon zurück nach Biel, um Papa die Nachricht zu überbringen und unsere Angelegenheiten dort möglichst schnell zu regeln, damit wir hierher umziehen können.

Westberlin, den 25. Juni 1951

Liebster!
Heute ist hier ein Jugoslawe aufgetaucht, ein sympathischer und energischer Kaufmann, der eine jugoslawische

Vertretung gründen soll. Natürlich habe ich mich sehr gefreut, als ich erfuhr, daß er Dein Landsmann ist, und ihm gleich von Dir und meinen vergeblichen Bemühungen erzählt, Dich ausfindig zu machen. Er hat *versprochen*, bei Euren Diplomaten, zu denen er *gute Kontakte* hat, zu intervenieren, damit die Nachforschungen gründlich betrieben werden. Gleich nach seiner Rückkehr (in sieben Wochen) will er seine Bekannten in Novi Sad mobilisieren und mir Bescheid geben, sobald er etwas über Dich herausbekommt. Du kannst Dir vorstellen, wie aufgeregt ich bin, denn ich habe schon so oft versucht, etwas über Dich in Erfahrung zu bringen, über alle diplomatischen, geschäftlichen, militärischen Kanäle, aber immer nur Versprechungen gehört; jetzt habe ich das Gefühl, daß der persönliche Kontakt endlich die Mauer des Schweigens brechen wird. Aber kaum ist dieser Hoffnungsschimmer aufgetaucht, da merke ich schon, daß ich nicht warten kann, darum setze ich mich sofort hin, um Dir zu schreiben, wie schon so viele Male. Und ich hätte es noch viel öfter getan, wäre da nicht die Angst vor dem möglichen Mißerfolg gewesen, wie er bisher immer eingetreten ist. Hier also meine Adresse, und sobald Du diesen Brief erhältst (falls Du ihn erhältst), melde Dich. Natürlich auch, wenn Herr Momir Stoikovitsch – das ist der nette Kaufmann – Dich nach diesen unendlich langen sieben Wochen findet. Ich liebe Dich und warte auf Dich, die ganze Zeit! Ich habe niemanden außer Dir. Papa ist im letzten Herbst am Herzinfarkt gestorben. Ich bin allein auf der Welt. Jetzt lebe ich in Berlin und führe einen kleinen Bijouterieladen, er gehört nicht mir, aber ich verdiene genug. Genug für *uns*, wenigstens für den Anfang. Eigentlich ist das alles jetzt nebensächlich. Melde Dich, damit ich weiß, daß Du lebst. In Liebe

Lili

XIII

Hätte ich doch wenigstens Galoschen angezogen, jammert Blam in Gedanken unter dem Regenschirm, während er die runden Rücken seiner schwarzen Schuhe betrachtet, auf denen kleine Regentropfen glänzen. Er bewegt die Zehen und glaubt zu spüren, daß die Feuchtigkeit bereits das blankgeputzte Leder durchdringt und sich in das lockere Gewebe der Strümpfe saugt. Er denkt daran, wie fragil alle Hüllen sind, mit denen sich der Mensch umgibt, wie wenig und wie kurzfristig sie vor Wasser, Kälte, Wärme und Wind schützen; es braucht nur ein Körnchen des Unvorhergesehenen bei ihrer Benutzung – wie dieses lange Stehen bei einem Begräbnis –, damit sie versagen und den Menschen feindlichen Kräften preisgeben. Er neigt den Kopf und hält unter den geschwungenen Rändern der Regenschirme, die sich aneinanderdrängen wie Fledermäuse, Ausschau nach dem vor der Kapelle aufgebahrten, schon zugenagelten und von einem Bahrtuch mit großem aufgesticktem Silberkeuz bedeckten Sarg; der Körper von Aca Krkljuš, der starr und vollkommen sauber darin liegt (eben noch hat Blam in der Kapelle sein nunmehr fleckenloses Gesicht betrachtet), wird bald, kaum daß er in die nasse Erde gebettet ist, beginnen, sich aufzulösen und sich durch die unsichtbaren Poren im Holz des Sarges, im Leim, durch die Löcher für die Nägel, durch Krkljuš' Kleidung und sein ganzes Körpergewebe mit den kalten, schwarzen, schmutzigen Säften der Natur zu vereinen, sich in ihnen und sie durch sich zu zersetzen.

Blam schaudert, aber ob der eigenen Ohnmacht, nicht der von Krkljuš. Die von Krkljuš kann er noch nicht fassen: sein Tod ereignet sich noch jenseits von ihm wie eine unerwartete äußere Wendung, wie der halsbrecherische Sprung eines Akrobaten oder Gauklers, der eher Erstaunen oder Bewunderung als Schrecken hervorruft. Er hat das Bedürfnis, sich noch dichter in den Trauerzug einzureihen, jemanden am Ärmel zu ziehen und mit einer Angabe zu prahlen, die das Abenteuerliche jener Akrobatik erst verständlich macht:

»Vor einem Monat war ich noch bei ihm. Er war ganz gesund, voller Pläne ...« Aber er fühlt, daß das nicht nur ein Gemeinplatz wäre, sondern auch ein Fehlgriff, denn an Krkljuš' Geschick erstaunt nicht die Kürze des Übergangs zwischen Gesundheit und Tod, sondern dieser Übergang selbst, seine unfaßbare Realität. Also rückt er, als aus der Reihe vor ihm das Flüstern zweier ehemaliger gemeinsamer Schulkameraden das Wort »Krankenhaus« an sein Ohr trägt, näher an ihre durchnäßten Mäntel heran. »Ein Leberleiden«, murmelt mit Baßstimme der magere, dünnhalsige Tima Spasojević und beugt sich vom Griff seines Regenschirms weg zu dem kleineren Dragan Jović hinab. Aber dieser widerspricht hastig und schroff: »Gelbsucht, kein Leberleiden. Ich weiß es aus erster Hand, von meinem Schwager, der Arzt ist. Eine Epidemie, sagt er, so daß es keine Rettung gab. Binnen zwei Wochen war es aus mit ihm!«

Statt einer Antwort geht von vorn, wo die Reihen am dichtesten sind, ein Raunen durch die Menge: dort ist, Blam sieht es zwischen den wogenden Regenschirmen, in der Tür der Kapelle der rothaarige, blasse Geistliche erschienen, begleitet von dem unrasierten Sakristan, der den Regenschirm über ihn hält. Der Trauerzug gerät in Bewegung. Der Geistliche wirft den Kopf so weit zurück, daß sein schütterer, rosafarbener Bart in die Waagerechte gerät, er rundet die Lippen, und aus seiner Brust erhebt sich ein getragenes Kirchenlied, in das der zahnlückige Sakristan meckernd und wie obenhin einstimmt. Das Raunen verstummt plötzlich und gibt ein paar dünnen, klagenden Frauenstimmen Raum. Aus den altertümlichen, aber deutlich artikulierten Worten des Liedes und mehr noch aus dem Weinen, das ihm folgt, schließt Blam, daß sich der Geistliche im Namen der Versammelten von dem Toten verabschiedet; ihn selbst ergreift der schreckliche Gedanke an die Trennung, der aber in Verwirrung untergeht, weil alle ringsum sich bekreuzigen. Blam sieht sie verstohlen an und weiß nicht, was er tun soll: wenn er sich vor aller Augen bekreuzigt, könnte jemand meinen, er wolle heuchlerisch seinen nachträglich angenommenen Glauben bekennen; wenn er nichts tut, könnte es so aussehen, als hinge er halsstarrig dem anderen, ursprünglichen, an. Aber jenen anderen Glauben gibt es in ihm genausowenig wie diesen neuen; bis auf eine allgemeine, abergläubische Angst vor dem Tod erinnert er sich bei beiden an kein einziges Detail in bezug auf das Ritual oder ein Begräbnis, denn zum letzten Mal hat er als ganz kleiner Junge der Beerdigung seiner Großmutter beigewohnt, und alle übrigen Angehörigen sind plötzlich und ohne Beisetzung aus seiner Nähe verschwunden.

Diese seit langem vertraute Tatsache kommt ihm auf einmal ungewöhnlich vor: er hat sie niemals an einem offensichtlichen Beispiel überprüft. Er fragt sich, ob sie wirklich Bedeutung hat, das heißt, ob ihr Inhalt Bedeutung hat, der Unterschied zwischen Begrabensein und Nichtbegrabensein, zwischen dem anonymen und einsamen Geworfensein in den sprachlosen Schlund der Natur und diesem kollektiven Abschied mit Liedern und Tränen, der feierlich ist und programmatisch wie das Lied, der Vergeben einschließt, Erinnerung an die Gestalt des Verstorbenen, vielleicht auch die Sehnsucht nach Vereinigung mit ihm. Natürlich beruhigt das Symbol sowohl den Sterbenden als auch den Hinterbliebenen; aber für Blam ist nicht die Beruhigung oder sonst ein Eindruck interessant, sondern das Vorhandensein oder Nichtvorhandensein eines wesentlichen Unterschieds. Hätte er heute eine andere Beziehung zu seinen Eltern, zu Esther, zu Verwandten und Freunden wie dem anderen Krkljuš, Slobodan, wenn sie hier auf dem Friedhof beigesetzt und nicht sonstwo verscharrt wären? Und dabei begnügt er sich nicht mit dem Trost eines bekannten Ortes, den man ein- oder zweimal jährlich oder jeden Monat aufsuchen und wo man beten kann oder auch nicht, wenn man gottlos ist wie er; sondern er sucht nach dem Wesentlichen. Würden sie ihm, wenn er wüßte, wo sie liegen, wirklicher vorkommen? Oder eigentlich nicht vorkommen, weil das wieder eine Täuschung

wäre, sondern wirklicher sein? Würde er eine Art Kraft und
Sicherheit aus ihnen schöpfen oder sich mit dem Gefühl von
Kraft und Sicherheit nur einlullen? Schein, Schein, sogar in
dieser quälenden nackten Frage! Er versucht sich ihre Gräber
vorzustellen: Stein an Stein in geordneter Reihe und von
Gras umwachsen, und sich selbst an ihrem Fußende; aber
auch auf diese Weise kann er nichts tiefer begreifen. Er weiß,
daß sie verstummt sind wie Aca Krkljuš, nur wesentlich
früher, lange vor ihrer natürlichen Zeit; aber was ist die
natürliche Zeit, wenn auch Aca ihr zuvorgekommen ist, vielleicht durch eine angeborene Krankheit, vielleicht durch Un-
mäßigkeit im Trinken, wenn er ihr hätte um einen noch
größeren Schritt vorausssein können, falls er sich anstelle des
schwerhörigen Slobodan über den ohnmächtigen Alten gebeugt oder am letzten Tag der Razzia das Donauufer erreicht
hätte, bevor die Erschießungen eingestellt wurden? Er wäre
genauso tot wie jetzt, nur ein älterer Toter, schon längst zer-
fressen vom Schlamm, vom Wasser, von den Fischen, den
Würmern, während sein Fleisch und seine Kleidung jetzt
den Nachfahren der Würmer anheimfallen, die damals auf
ihn verzichten mußten. Beziehungsweise der Fische. Fische
oder Würmer – ist das die einzige Alternative?

Vorn schwanken wieder die Regenschirme und bremsen
die Regentropfen in ihrem monotonen schrägen Fall; der
Sarg mit dem schwarzen Bahrtuch hüpft in den Händen,
dann auf den Schultern der vier Träger und schwebt unter
den Kronen der Bäume einem Wald aus weißen und rosa
Steinen entgegen, der sich mit dem Grün vermischt. Vor der
nächsten Kehre geraten die Reihen des Trauerzugs ins
Schwanken, aber ihr vorübergehender Zweifel wird durch
den Geistlichen zerstreut, der würdevoll langsam mit dem
Sakristan dem Sarg voranschreitet und die Richtung angibt.
Ihm folgen zwei geduckte, schwarzgekleidete Frauen, sicher
die Mutter Krkljuš und eine Verwandte oder Nachbarin, und
zwei Männer in dunklen Mänteln, die sie stützen, sowie zwei
weitere Männer und zwei weitere Frauen. Der alte Krkljuš

ist natürlich nicht dabei; er ist, wie Blam vermutet, zu Hause geblieben, weil er nicht gehen kann; er stellt sich vor, wie Krkljuš mit gesenktem Kopf im Sessel hockt, den Blick zu Boden gesenkt, ein Blick, der nicht sieht, sondern lediglich ahnt, was mit seinem Sohn jetzt geschieht. Aber er hat sich vielleicht schon abgefunden mit dem Nichtsehen, dem nicht in Wirklichkeit Sehen, da er ihn auch im Krankenhaus nicht gesehen hat, während er im Sterben lag; er ist einfach eines Tages seinen Augen entrissen worden und nun nicht mehr da. Fast ebenso plötzlich wie Slobodan vor so vielen Jahren. Er wird beider Grab niemals sehen, denn er wird wohl für immer zur Unbeweglichkeit verurteilt sein. Die Ermordeten und die Verstorbenen können also auch auf diese Weise einander gleich werden.

Er folgt dem Trauerzug langsam, ganz am Ende, denn der Pfad zwischen den Gräbern ist schmal, und aus allen Richtungen drängen Menschen herbei. Er gerät an die Seite von Spasojević, der von Jović getrennt worden ist, er wird fast gegen ihn gestoßen, und dieser reicht ihm, obwohl sie einander schon vorher erkannt und begrüßt haben, teilnahmsvoll die Hand. »Das hättest du auch nicht erwartet, was?« sagt er und hebt die schwarzen, wie angeklebt wirkenden Brauen. »Unsere Reihen lichten sich allmählich.« Blam nickt, obwohl seine Gedanken noch immer fast sehnsüchtig bei dem Vergleich zwischen den unterschiedlichen und dennoch gleichen Toten verweilen. Das hat schon viel früher begonnen, möchte er sagen, mit Slobodan, mit Čutura. Aber er fürchtet, daß das wie ein eitler Hinweis auf die Opfer in der eigenen Familie klingen würde, falls Spasojević über sie informiert ist; auf einmal entschließt er sich zu einer dem Augenblick angepaßten Prahlerei.

»Ich war vor einem Monat noch bei ihm. Er hatte mich eingeladen.«

Und Spasojević erstaunt tatsächlich, seine Brauen heben sich bis zur Decke des schwarzen Haars, er verhält den Schritt.

»Wer? Aca?«

Blam nickt.

»Ja. Du weißt, daß wir in der Schule Banknachbarn waren.«

»Ich weiß, ich weiß«, entgegnet Spasojević obenhin und kehrt zu dem zurück, was ihn wirklich bewegt: »Das würde ja heißen, daß er völlig gesund war!«

»Ja«, bestätigt Blam, »und voller Zukunftspläne«, aber plötzlich wird er dieses nur auf sie, die Lebenden, gerichteten Geschwätzes überdrüssig.

»Wer weiß, was in jedem von uns steckt«, hört er Spasojević noch sagen und ist glücklich, daß er durch den Trauerzug von ihm abgedrängt wird, der anhält und sich über die Wege zwischen den Gräbern verteilt.

Der Sarg mit Krkljuš' Leichnam hebt sich in den Händen der Träger und senkt sich dann auf die frisch ausgehobene gelbe Erde, unter der die Wände der Grube mit den zwei dicken, über die Ränder gelegten Seilen dunkel heraufscheinen. Schnell und geschickt setzen sie den Sarg auf die Seile, lassen gleichmäßig nach und senken ihn in die Erde. Der Geistliche und der Sakristan singen aus vollem Hals, die Frauen klagen; die Kleinere, unter deren schwarzem Schleier für einen Augenblick das zarte Profil von Acas Mutter sichtbar wird, folgt gebückt dem Sarg, als wollte sie sich hinterher stürzen, aber die zwei dunkelgekleideten Männer scheinen das erwartet zu haben und halten sie zurück. Der Gesang des Geistlichen schwillt fast drohend an, der Sakristan, der mit der Spitze des Regenschirms gen Himmel sticht, übernimmt mit unerwarteter Kühnheit und blechernem Ton die zweite Stimme eine Terz höher, die Menschen beugen sich über die Grube und werfen Erde hinab, die mit dumpfem Aufprall wie ferne Kanonenschüsse auf das Holz des Sarges trifft. Jetzt haben es alle eilig; die Träger, von deren Haar das Wasser trieft, greifen nach den hinter Grabsteinen oder Bäumen versteckten Spaten und schütten mit raschem Eifer die Grube zu. Das ist das Ende. Aca Krkljuš ist jetzt genau das,

was er wäre, hätte man ihn nicht von der Donau zurückge-
schickt. Was auch Blam wäre, hätte er bei den Seinen in dem
Haus am Vojvoda-Šupljikac-Platz ausgehalten, hätte er sich
nicht an Janja geklammert oder an die Rettung, die er in ihr
erspürte. Hat es sich gelohnt? Während er die feuchte, vom
frischen Erdgeruch gesättigte Luft tief einatmet, fühlt er, daß
es sich gelohnt hat, daß das Leben köstlich, heiter, duftend,
greifbar, interessant ist; er spürt dieses Leben als unwiderstehlichen Anreiz in der kalten Berührung der Regentropfen
an seinem Hals; er spürt es im klebrigen Boden, der ihm die
Füße durch die starren Schuhsohlen kühlt, an den frierenden
Händen, die in den Manteltaschen nach der eigenen Wärme
suchen. Der Tod ist schrecklich, ganz gleich, wann und wie er
eintritt, aber das Leben ist wunderbar, obwohl es ihm in jedem Augenblick ein Stück näherrückt.

✢

Čutura wurde noch am selben Tag getötet, an dem er Blams
Liebesnest in der Dositej-Straße verließ, nachdem er es ordentlich abgeschlossen und den Schlüssel zusammen mit
dem vom Tor an der verabredeten Stelle hinterlegt hatte. Er
brach im frühen winterlichen Morgengrauen auf und befand
sich schon gegen halb sieben auf der Chaussee nach Bačka
Palanka, wo er sich bei einem Müller verstecken sollte, den er
nicht kannte, aber dessen Namen und Adresse man ihm mitgeteilt hatte. Er ging eilig an der rechten Straßenseite im festgetretenen Schnee entlang und blieb nur stehen, wenn sich
ein Fuhrwerk näherte: dann hob er die Hand in der Hoffnung, mitgenommen zu werden. Aber wegen der unsicheren
Verhältnisse in der Umgebung der Stadt und wegen seines
nicht gerade ermutigenden Aussehens mit dem Schlapphut
und dem schäbigen langen Mantel drehten die Bauern bei
seinem Anblick den Kopf weg und trieben die Pferde an, um
ihn möglichst rasch hinter sich zu lassen. So fiel er auch
durch diese stummen, wiederholten Handzeichen und sein

energisches Voranschreiten zwei Gendarmen auf, die abseits von der Chaussee zwischen der Eisenbahnrampe und der Hanfspinnerei auf den Feldern patrouillierten. Sie erwarteten ihn hinter einem Stapel längst verlassener, zur Ausbesserung der Strecke bestimmter Schwellen und forderten ihn streng zum Stehenbleiben auf.

Čutura hielt an, wandte sich um und wartete, daß sie herankamen. Sie verlangten seine Papiere, und er gab ihnen die Arbeitsbescheinigung, die auf einen Schlächtergesellen in Palanka lautete. Sie fragten ihn, wohin er ginge; er antwortete, er sei in der Stadt ausgewesen und wolle jetzt nach Hause zur Arbeit. Er mußte die Arme heben, sie knöpften ihm den Mantel auf und tasteten Taschen und Hosenbeine nach Waffen ab; sie fanden jedoch nichts, da er tags zuvor, als er die gefälschte Arbeitsbescheinigung empfing, seinem Verbindungsmann die Pistole abgeliefert hatte, wie ihm befohlen war. Er konnte annehmen, daß ihn die Gendarmen jetzt laufen ließen.

Aber obwohl die Durchsuchung ergebnislos verlaufen war, schenkten sie ihm kein Vertrauen, denn sie hatten gerade zwei Tage zuvor wegen der geplanten Razzia strengere Anweisungen erhalten, von denen weder Čutura noch sein Verbindungsmann wußten. Einer betätigte seine Trillerpfeife, worauf vor der Hanfspinnerei ein Unteroffizier erschien, dem der Gendarm mit der Trillerpfeife durch ein Zeichen zu verstehen gab, daß er und sein Kamerad, der inzwischen Čutura im Auge behielt, ihren Posten verlassen würden. Sie nahmen Čutura in die Mitte, schulterten die Gewehre mit den aufgesetzten Bajonetten und machten sich auf den Weg nach Bačka Palanka.

Čutura wußte natürlich, daß man in Palanka sein Dokument als Fälschung erkennen, daß man ihn in Gewahrsam nehmen und aufgrund des Steckbriefs bald identifizieren würde. Jedenfalls bereute er bereits, daß er seine Pistole abgeliefert und sich den Gendarmen gestellt hatte; aber jetzt war es für eine Flucht bereits zu spät: so schnell er auch liefe,

196

die Gewehrkugeln hätten ihn nach zwanzig Schritten ein-
geholt.

Eine Chance, dennoch zu entkommen, zeigte sich nach
einer Viertelstunde Fußmarsch in einer sanften Biegung der
Chaussee vor zwei kahlen Pappeln, von wo man im Schnee-
dunst schon die ersten Häuser von Bačka Palanka ausmachen
konnte. Der kleinere, breitere, etwas asthmatische Gendarm
bat seinen Kameraden, den mit der Trillerpfeife, für einen
Augenblick haltzumachen, damit er sich eine Zigarette an-
zünden konnte. Sie blieben stehen, der kleinere Gendarm
nahm, um die Hände freizubekommen, das Gewehr von der
rechten Schulter und hängte es sich über den Unterarm. Allerdings trat sein Kamerad inzwischen einen Schritt beiseite
und legte das Gewehr an, um sofort schießen zu können.

Der kleinere Gendarm hatte Mühe, sein Zigarettenetui
hervorzukramen; da er es in der Uniformjacke unter dem
Tornisterriemen trug, mußte er sich verrenken, wobei das
Gewehr seinen Bewegungen folgte, mal mit dem Bajonett
zur Seite ragte und dann wieder senkrecht stand. In einem
Augenblick, als die Spitze des Bajonetts das fleischige, rote
Doppelkinn des Gendarmen fast berührte, trat Čutura gegen
den Gewehrkolben wie gegen einen Fußball, und die Schnei-
de drang bis tief in den Kiefer des Gendarmen ein. Er schrie
auf, warf die Arme zur Seite, taumelte nach rückwärts und
stürzte, und Čutura fing sein Gewehr noch im Flug auf, zielte
auf den anderen Gendarmen, der seinen Kameraden entsetzt
anblickte, und jagte ihm eine Kugel in die Brust. Auch der
andere Gendarm stürzte mit ausgebreiteten Armen zu Boden; ohne eine Sekunde des Überlegens, ohne das noch rau-
chende Gewehr loszulassen, sprang Čutura über die beiden
blutenden Körper hinweg und flüchtete in Richtung Novi
Sad.

Aber der kleine, dicke Gendarm war nur leicht verwundet,
eigentlich mehr verblüfft, weil ihn das eigene Bajonett fast
erstochen hätte. Kaum hatte sein Gesicht den Schnee berührt, verschwand seine Benommenheit, und er tastete um

sich nach dem Gewehr. Er fand es nicht und begriff im selben Moment, als er Čutura nachblickte, daß seine Waffe in der Hand des Flüchtenden war. Er drehte sich nach seinem Kameraden um, dessen Tod ihm in seiner kurzen Ohnmacht entgangen war, und sah ihn daliegen, das Gewehr neben sich. Er hob sich mühsam auf die Ellenbogen und kroch ohne Rücksicht auf das Blut, das ihm über den Hals in den Schnee floß, bis zum Gewehr. Er wußte, daß eine Kugel im Lauf war, und nahm sofort Schußposition ein, die Beine gespreizt, auf die Ellenbogen gestützt und den Gewehrkolben an der rechten Schulter. Er war ein guter Schütze und verfehlte nur beim ersten, hastigen Versuch sein Ziel. Beim zweiten Mal zielte er ganz ruhig und traf Čutura unter dem rechten Schulterblatt. Čutura zuckte zusammen, schüttelte den Kopf, auf dem der schwarze Hut nicht mehr saß, glitt aus, und es schien, als würde er stürzen. Doch er hielt sich auf den Beinen und vollführte sogar eine kleine halbe Drehung, als wollte er das Feuer erwidern. Aber da ihm dafür wohl die Kraft fehlte, duckte er sich und setzte seinen Weg fort, nicht mehr im Laufschritt, sondern indem er sein Körpergewicht langsam von einem Bein auf das andere verlagerte, wobei seine steifen Knie immer tiefer einknickten. Der Gendarm repetierte und zielte wieder genau; diesmal traf er Čutura ins Kreuz dicht neben der Wirbelsäule. Čutura zuckte erneut zusammen, aber schwächer, er tat noch zwei kurze, schleifende Schritte und fiel kopfüber in den Schnee.

Da tauchten, durch den Schußwechsel alarmiert, von der Hanfspinnerei her zwei Gendarmen auf Fahrrädern auf, die im lockeren, feinen Schnee mühsam die Pedale traten. Kurz vor Čutura stiegen sie ab, legten die Gewehre an und traten vorsichtig näher. Er lag auf der Seite, eine Wange im Schnee, die Augen geschlossen, als schliefe er. Als sie ihn auf den Rücken drehten, floß ihm Blut aus dem Mund, in dem der schwache Atem noch undurchsichtige Bläschen bildete. Ein Gendarm blieb bei ihm stehen, der andere lief zu dem verwundeten Kameraden, der sich mühsam auf die Knie erhob und das Taschentuch auf seine Verletzung preßte. Mit Hilfe des herbeigeeilten Gendarmen kam er auf die Füße, und sie gingen zusammen zu dem Gendarmen, auf den Čutura geschossen hatte. Er lag dort auf dem Rücken, tot, weiß, die Handflächen bittend nach oben gedreht, mit offenen, glasigen Augen. Der herbeigeeilte Gendarm fragte seinen verwundeten Kameraden, ob er es aushalten könne, bis die Erste Hilfe käme, und als dieser bejahte, kehrte er zu Čutura zurück, bestieg sein Fahrrad und brach nach Palanka auf, um das Auto zu holen. Noch ehe es eintraf, starb Čutura, ohne das Bewußtsein wiedererlangt zu haben. Sie luden ihn und den toten Gendarmen in den Wagen, und zu ihren Füßen setzte sich der verwundete Gendarm, der nach wie vor das blutgetränkte Taschentuch an sein fettes Doppelkinn preßte.

✳

– Sie sind Leon Funkenstein?

– Ja. Was wünschen sie?

– Ich möchte mit Ihnen sprechen. Aber nicht hier im Treppenflur.

– Dann kommen Sie herein. Setzen Sie sich hierher. Was kann ich für Sie tun?

– Ist das Ihre Wohnung? Sie leben allein?

– Ja, ich lebe allein.

– Entschuldigen Sie meine Neugier, aber die Frage drängt sich von selbst auf. Waren Sie immer alleinstehend, oder haben Sie vielleicht Ihre Familie verloren?

– Wir sehen uns zwar zum ersten Mal, aber ich habe keinen Grund, ein Geheimnis daraus zu machen. Ja, ich habe meine Familie verloren. Mein Name wird Ihnen sagen, warum und auf welche Weise.

– Ihre Angehörigen sind im Lager umgekommen?

– Zum Teil. Von den vier engsten Familienmitgliedern sind drei im Lager ums Leben gekommen: meine Mutter, meine Frau und meine Tochter. Mein Sohn ist bei der Zwangsarbeit in der Ukraine erfroren. Von den neunzehn entfernteren Verwandten sind dreizehn in den Lagern gestorben, zwei wurden bei der Razzia getötet, einer wurde gleich zu Beginn der Okkupation gehenkt, weil er angeblich auf ungarische Soldaten geschossen hatte, eine Tante ist zu Hause an den Folgen der Folter gestorben, und ein Neffe hat sich vor dem Abtransport ins Lager vergiftet.

– Ich sehe, Sie führen eine genaue Statistik.

– Sie wissen doch, wie das ist. Man trägt diese Fälle im Gedächtnis mit sich herum, jahrelang, und am Ende kommt man auf die Idee, sie zu zählen und zu sortieren.

– Warum das? Wegen einer eventuellen Vergeltung?

– Ach, Vergeltung. Das ist Sache der Behörden.

– Und wenn die nichts tun?

– Dann kann man als einzelner schon gar nichts tun.

– Das stimmt nicht ganz. Sie haben sicher von dem Dokumentationszentrum in Wien gehört, das von einem Juden geleitet wird und nach Kriegsverbrechern forscht. Er hat Eichmann ausfindig gemacht.

– Sie meinen Wiesenthal? Wiesenthal ist ein großer Mann. Ein Spezialist, er hat Mitarbeiter in aller Welt und riesige Mittel zur Verfügung. Aber wir kleinen Leute können nichts ausrichten.

– Nicht in so großem Rahmen wie Wiesenthal. Aber im engeren, persönlichen Umkreis müßte es doch möglich sein.

– Ich wüßte nicht, wie. Soll ich den Gendarmen ausfindig machen, der mich in den Zug zum Lager gesteckt hat? Den Offizier, der meinem Sohn die Einberufung zur Zwangsarbeit geschickt hat, oder den, der ihn in die Kälte hinausjagte? Die sind doch alle geflüchtet, halten sich versteckt, oder die Strafe hat sie schon ereilt.

– Ja, wenn Sie das so isoliert sehen, nur vom Standpunkt der eigenen Familie. Aber wenn ich Ihnen jemanden nenne, der am Tod anderer Juden schuldig ist, würden Sie an seiner Bestrafung teilnehmen?

– Ich ... ich glaube nicht.

– Warum?

– Weil das nicht meine Angelegenheit ist. Nicht mein Beruf. Ich bin Immobilienmakler. Es gibt Leute, die dafür bezahlt werden, daß sie Kriegsverbrecher und Kriminelle dingfest machen und bestrafen. Die sollen sich damit befassen.

– Aber wenn sie es nicht tun? Wenn sie sich zum Beispiel mit einem bestimmten Fall nicht befassen können?

– Warum sollten sie es denn nicht können?

– Nehmen Sie folgenden Fall. In einem hochangesehenen jüdischen Haus wohnt eine Witwe, und zu der zieht ihr Liebhaber, ein Strolch und Mitglied bei den Pfeilkreuzlern. Die Razzia kommt. Die Tochter der jüdischen Familie, eine Kommunistin, ist bereits bei einem Scharmützel mit Gendarmen getötet worden. Die Patrouille zieht natürlich bei den Mietern Erkundigungen ein, und nachdem sie die Informationen erhalten hat, führt sie die Familie zur Richtstatt ab. Zeugen für den Inhalt der Informationen gibt es selbstverständlich nicht, und so kann keine Anzeige erstattet werden: der Schuldige leugnet einfach. Aber seine physische Anwesenheit im Haus an dem Tag, als die jüdische Familie ermordet wurde, ist ein sicherer Beweis dafür, daß er sie denunziert hat. Man muß diesen Mann nur mit seiner Schuld konfrontieren, ihn in die Enge treiben, und er wird gestehen. Würden Sie in so einem Fall helfen?

– Vielleicht, aber womit? Ich sagte doch, ich bin ein einfacher, kleiner Mann. Schwach, und jetzt auch alt. Ich kann niemanden verhören und schon gar nicht zu einem Geständnis zwingen.

– Das würde ich übernehmen. Sie hätten diesen Mann nur unauffällig an einen unbewachten Platz außerhalb der Stadt zu bringen, wo er verhört und bestraft werden könnte.

– Ich? Wieso würde er mit mir gehen und mit Ihnen nicht?

– Weil Sie Immobilienmakler sind, weil Sie den Verkauf des Hauses von Vilim Blam vermittelt haben, in dem dieser Mann wohnte und wo er sein Verbrechen begangen hat. Sie können ihm vor Augen halten, daß er der einzige Zeuge dieses Hausverkaufs ist, Sie können ihm eine Entschädigung versprechen, wenn er Sie in ein benachbartes Dorf begleitet, um seine Aussage zu machen, und er wird zustimmen, denn er ist Trinker und braucht Geld. Er wird nicht einmal seiner Frau etwas davon erzählen, damit er ihr nicht Rechenschaft über das Geld ablegen muß.

– Sie verlangen zuviel von mir! Warum sollte er mir glauben? Warum sollte er mitkommen? Und wie soll ich ihn unbemerkt in ein benachbartes Dorf bringen?

– Ich zeige Ihnen das Wirtshaus, wo Sie ihn treffen können, ohne daß es auffällt. Sie können mit Menschen umgehen, und er wird sofort einverstanden sein. Die versprochene Entschädigung wird ihn locken, und er wird schon aus Schuldbewußtsein nicht ablehnen können. Sie laden ihn zu einer kurzen Fahrt ein, sagen wir, nach Kać, und Sie werden auch ein Auto und einen Fahrer haben, nämlich mich. Mehr haben Sie nicht zu tun. Ich werde dafür sorgen, daß derjenige, der mit diesem Mann eine persönliche Rechnung zu begleichen hat, und das ist der Sohn von Vilim Blam, zur Stelle ist, wenn wir mit dem Schuldigen eintreffen. Schlimmstenfalls werden Sie Zeuge der Gerechtigkeit, nachdem Sie Zeuge so vieler Ungerechtigkeiten waren. Meinen Sie nicht, daß es höchste Zeit dafür ist?

XIV

Es regnet den ganzen Tag. Die lauen oder kalten Wassertropfen fallen aus den Wolken, gerade oder schräg, manchmal dichtgebündelt in Strahlen, manchmal vereinzelt und groß wie Geschosse; sie prallen spritzend auf Dächer, Mauern, Fensterscheiben, Haustore, sie singen in den blechernen Rinnen, trommeln auf Fahrbahnen und Gehwege der Straßen, tränken die Erde, deren unsichtbare Risse sie füllen, finden schadhafte Fugen zwischen Mauersteinen und Ziegeln, tränken Wände und rinnen in Keller, in Souterrainwohnungen, peitschen Gesichter und Nacken unter Regenschirmen, netzen, unterspülen, zersetzen Formen und Sinn von Menschen und Dingen.

Oder der Wind weht scharf und trocken, angriffslustig wie ein Luchs, fegt die toten Reste von der schrundigen Erde und dem ausgeblichenen Asphalt – zerkrümelte Abfälle, Staub – in die Fenster, unter die Schwellen, unter die Fußabtreter, in die Nasen und Kehlen der Menschen, so daß sie husten und fast ersticken; er reißt Plakate von den Säulen, biegt die Bäume in den Parks, rüttelt an den blechernen Zunftzeichen der Handwerker, so daß sie quietschen und kreischen wie aufgescheuchtes Federvieh.

Oder es herrscht ein majestätischer Sommer, alles verharrt in Reglosigkeit, die Luft, die Erde, das Himmelsblau, die glühende Sonne darin, die Schatten auf den Straßen, nichts rührt sich, und die Schritte eines Menschen, die Schritte einer Katze auf dem Fahrdamm, die Schritte der Ameisen unter dem geduckten Gras scheinen unwirklich und überflüssig in dieser allgemeinen Sättigung durch Wärme und Reifung, die Schritte von Toten in einem Leben, das sie nicht beachten, die Schritte außerplanetarischer Wesen auf einem schon entvölkerten Planeten Erde.

Oder es fällt Schnee, ein dichtes Gestöber, das die Augen blendet, in den Zimmern wird wie besessen geheizt, die Menschen eilen zähneklappernd und mit eingezogenem Hals durch die Straßen, gleiten aus, fallen, brechen sich die

Knochen, und wenn sich die Wolken verziehen, bleibt eine zuckerweiße Decke zurück, glatt wie Seide, rein wie Milch, weich wie Wolle, bis der Frost sie packt, schmiedet, zur grauen, faltigen Greisenhaut macht, die ausgestreckte Finger hindert, zur warmen Erde vorzudringen, zu den Wurzeln der Bäume, zu dem abfließenden lauen Wasser, bis sich wiederum der Südwind und das Tauwetter erbarmen, da der Dampf aus der Erde wie ein heidnisches Gebet in die Höhe steigt, die kalte Last von Straßen, Plätzen, Häusern, Menschen nimmt und ihnen frische Kräfte und Farben einpflanzt.

All das geschieht in der Stadt, und es scheint, als wäre die Stadt eben dazu da, daß sich in ihr die Jahreszeiten abwechseln, als wäre sie eine Retorte zur Prüfung der Festigkeit und Veränderlichkeit von Material und Menschen unter verschiedenen Druck- und Temperaturverhältnissen, und nicht nur ein Element eines allgemeineren, großen Territoriums der Veränderungen, ein Körnchen – wenn auch ein vielgestaltiges Körnchen, aber welches wäre nicht vielgestaltig, sei es das Meer, der Wald oder das Gebirge? Die Stadt scheint nicht zu bemerken, daß sie nur ein Teil jener weiteren, jener weitesten Existenz ist, und wenn jemand in ihr sagt: »Es ist heiß« oder »Es ist windig«, dann meint er wie auch sein Gesprächspartner, daß es hier in der Stadt heiß oder windig ist; er malt unter dem Eindruck dieser Feststellung das Bild der Stadt, ihrer Straßen, ihrer Menschen, mit und unter denen er lebt.

*

Als die Eroberer nach ihrer Niederlage im Oktober 1944 Novi Sad verließen, nicht nur unter Mitnahme der erbeuteten Juwelen, Pelzmäntel und Teppiche, sondern auch gefolgt von Hunderten ihrer Helfershelfer, die sich mit einem Köfferchen in der Hand durch die Küchentüren der von ihnen benutzten fremden Häuser und Wohnungen davonstahlen, schloß sich ihnen Predrag Popadić nicht an. Hatte er es versäumt, sich einen Platz auf einem der Militärfahrzeuge zu sichern, wie später vermutet wurde, oder glaubte er einfach weiter an sein Glück trotz der Veränderungen, vielleicht auch an eine Gegenleistung für die Verdienste, die er sich um die Verfolgten von gestern erworben hatte? Oder konnte er sich nicht mehr von der Stadt trennen, in der er es zu einer gewissen Bequemlichkeit gebracht hatte, zu einer schönen Wohnung, einem reservierten Tisch am Fenster des besten Restaurants, der Bekanntschaft von Frauen, mit denen er geschlafen hatte und noch zu schlafen gedachte, zu teuren Anzügen, Seidenkrawatten und weichen Frottébademänteln, wovon nicht einmal ein Zehntel in einen Flüchtlingskoffer gepaßt hätte? Fest steht, daß er *Naše novine* herausgab, so lange seine Papiervorräte reichten, und daß er die letzten Tage vor dem Einmarsch der sowjetischen Truppen und Partisaneneinheiten jenem anderen, müßigen Teil seines Lebens widmete, der ihm seit jeher wichtiger und lieber gewesen war: Besuche abstatten, Ratschläge austeilen und empfangen, neue Bekanntschaften knüpfen und alte vertiefen, Abendgesellschaften geben und zu Rendezvous gehen.

Am Tag der Befreiung – der Befreiung von seinen Machtgebern, also auch von ihm selbst – hielt er sich dennoch wohlweislich zu Hause auf, schickte den jüngeren Hausmeisterssohn zweimal zum Einkauf von Lebensmitteln und blieb ansonsten allein hinter den großen Fenstern seiner Wohnung mit Blick auf den Hauptplatz voller Menschen, die sich umarmten und küßten, Fahnen schwenkten, die Soldaten mit Blumen bewarfen, sangen, Böllerschüsse abfeuerten, tanzten, jubelten. Sie jubelten in Popadić' Muttersprache, die dreieinhalb Jahre lang zum Flüstern oder Klagen oder verlogenen Lispeln verdammt gewesen war. Vielleicht verleitete ihn dieser unschuldige und hemmungslose Jubel, der seiner eigenen genußfreudigen Natur so sehr entgegenkam, sich schon am Tag darauf ohne Rücksicht auf die Stimme der Angst den Menschen zu zeigen. Oder hatte ihn die einsame Nacht nach dem einsamen Tag kühn gemacht, eine Nacht ohne Berührung, ohne Wärme, ohne Gespräche, ohne Nachrichten und doch in Reichweite all dieser im Überfluß vorhandenen und für ihn unentbehrlichen Bestandteile der Zeit – oder war es Bitterkeit und Trotz? Am Morgen badete er, rasierte sich, zog einen eleganten Anzug und den leichten grauen Mantel an, setzte den Hut auf und ging auf die Straße hinunter. Er mischte sich unter die Menge, arbeitete sich bis zum Bordstein vor und sah nun schon aus unmittelbarer Nähe, den Atem der jubelnden Männer und Frauen im Nacken, dem Vorbeimarsch der Volksarmee zu, heiterer Jungen und Mädchen auf leichten, von mageren Pferden gezogenen, mit Fahnen und Laub geschmückten Bauernwagen. Auch die ersten Bekannten tauchten in der anfangs gesichtslosen Menge auf, unter ihnen der Händler Topalović, von dem Popadić Käse und Wein bezogen hatte. Topalović mit seinem Ziegenbärtchen und den mißtrauischen kleinen Augen war schon bis zum Bordstein vorgedrungen. Popadić ermutigte ihn mit einem breiten Lächeln und fand lobende Worte für die schönen, gesunden jungen Leute, die sie umgaben, wofür der Händler ihm als Antwort die ersten Klatschgeschichten in die Ohren meckerte – wer Vorsitzender der Stadtverwaltung werden sollte, bei welchen Frauen sich die höheren Offiziere einquartiert hatten, und unter anderem auch, daß unter den Chefs in der Stadtkommantur auch Popadić' ehemaliger Angestellter Većkalov gesehen worden sei. Diese Information veranlaßte Popadić, einen entscheidenden Schritt zu unternehmen, denn obwohl Većkalov, der gleich zu Beginn der Okkupation seine Stelle als Lehrer verloren hatte, nur eineinhalb Monate als Korrektor bei ihm beschäftigt gewesen war, konnte man annehmen, daß er sich seines Arbeitgebers aus Zeiten der größten Not dankbar erinnern würde. Er verabschiedete sich von Topalović und ging geradewegs zum Rathaus.

Dort wimmelte es von geschäftigen Leuten in Uniformen, mit Patronengurten und fünfzackigen Sternen, aber auch vor Popadić' so ganz andersgearteter Erscheinung öffneten sich die Bürotüren erstaunlich leicht, die Militärbediensteten beantworteten seine Fragen bereitwillig, wenn auch etwas konfus, und schickten ihn zwecks weiterer Auskünfte von einem Raum zum anderen. In einem Zimmerchen auf der zweiten Etage traf er Većkalov an, uniformiert, die Partisanenmütze auf dem Kopf, mit einem dunklen, hängenden Schnurrbart, den er früher nicht getragen hatte, umgeben von drei Zivilisten, die devot und unter Verneigungen mit ihm sprachen; bei Popadić' Anblick zuckte er zusammen, unterbrach mit sichtlicher Ungeduld das Gespräch und verabschiedete die Bürger, die im Hinausgehen den Neuankömmling wißbegierig musterten.

»Was fällt Ihnen ein, hierher zu kommen?« rief er, kaum daß sie allein waren, und wies mit einer Bewegung beider Hände, wie man Getier oder Spukgestalten verscheucht, zur Tür. Doch Popadić blieb lächelnd stehen.

»Ich wollte sehen, ob ich Ihnen behilflich sein könnte.«

»Sie sind verrückt!« rief Većkalov empört und griff nach der Klinke. »Gehen Sie, auf der Stelle!«

Popadić zögerte noch, das Lächeln gefror auf seinen Lippen, doch Većkalov riß die Tür auf und brüllte, als wollte er im Flur gehört werden:

»Raus, habe ich gesagt, oder ich rufe die Wache.« Popadić wurde blaß, setzte seinen Hut auf und ging.

Er kehrte zum Platz zurück, stand ein paar Minuten nachdenklich in der wogenden Menge auf dem Trottoir, dann machte er sich los und trat langsam den Heimweg an. Er stand schon vor dem Tor des Merkur-Palastes, als sich ein junger Soldat mit Maschinenpistole vor der Brust näherte.

»Sind Sie Predrag Popadić?«

»Ja.«

»Sie kommen sofort mit.«

Sie gingen den Alten Boulevard entlang – Popadić rauchte die eben angezündete Zigarette, der Soldat hielt ihm die Maschinenpistole an die linke Hüfte –, begleitet von den erstaunten Blicken der Passanten, unter denen auch Miroslav Blam war. »Nur einen Moment!« rief Popadić dem Soldaten zu und machte einen Schritt in Blams Richtung, als wollte er ihm seine Situation schildern, doch im selben Augenblick packte ihn der Soldat am Arm und zog ihn zurück zur Bordsteinkante.

»Hiergeblieben, oder ich schieße!« sagte er dicht vor seinem Gesicht und stieß ihm den Lauf der Waffe ins Kreuz.

Als Popadić das Gleichgewicht wiedererlangt hatte, sah er den Soldaten aufmerksam an, zuckte die Schultern und ging mit gesenktem Kopf weiter; Blam blieb mit einem Ausdruck der Verblüffung zurück, in dem sich Bedauern und Erleichterung mischten.

Gleich hinter dem Merkur-Palast bogen sie vom Boulevard in die leere Okrugić-Straße ein, gingen um einen Häuserblock herum, gelangten wieder auf den Boulevard, überquerten die Fahrbahn und erreichten durch die Toplicer Straße das ehemalige Jüdische Krankenhaus, das schon die ungarischen Truppen bei ihrem Einmarsch in Novi Sad evakuiert und als Kaserne benutzt hatten. Hier drängten sich jetzt viele Partisanen; einer mit geschultertem Gewehr, der vor dem Drahtzaun Wache hielt, ließ sie wortlos passieren, nickte Popadić' Begleiter nur zu. Sie betraten den Hof, auf dem zwei Planwagen parkten, und dann das Gebäude. Sie befanden sich in einer Art Vestibül, dem einstigen Wartesaal des Krankenhauses, an dessen Wänden noch die weißgestrichenen Bänke standen; darauf saßen jetzt junge Partisanen, reinigten ihre Waffen und schwatzten. Im Hintergrund des Vestibüls saß an einem kleinen dunklen Tisch, der sichtlich nicht hierher gehörte, ein älterer Partisan ohne Mütze; hinter seinem Rücken sah man eine halboffene Tür, durch die mit Schwaden von Tabakrauch ebenfalls Stimmengewirr drang, lebhaft und laut wie ein Streit. Der Begleiter führte Popadić zu dem dunklen Tischchen, wo der ältere Partisan streng und mürrisch seine Personalien in das vor ihm liegende aufgeschlagene Heft eintrug; dann befahl er ihm, die Taschen zu leeren, betastete lange seine Sachen und gab ihm bis auf Brieftasche und Messer alles zurück. Hinter der halbgeöffneten Tür klingelte ein Telefon, jemand nahm den Hörer ab und sprach, das Stimmengewirr verstummte plötzlich, dann erschien in der Tür ein junger, hagerer, kraushaariger Partisan in einer Offiziersuniform ohne Rangabzeichen und ging, nachdem er sich im Vestibül umgesehen hatte, direkt auf Popadić zu.

»Sie sind Predrag Popadić?«

»Ja.«

Der Offizier blickte ihn etwas erstaunt, fast belustigt an.

»Der Redakteur von *Naše novine*?«

»Ja.«

Der Offizier nickte, schaute sich wieder um und winkte von einer Bank den nächstsitzenden Partisanen zu sich. Dieser sprang auf, setzte eilig seine Maschinenpistole zusammen und kam im Laufschritt herbei. Der Offizier sagte: »Auf Nummer sechs«, warf Popadić noch einen belustigten Blick zu, drehte sich um und kehrte ins Zimmer zurück, dessen Tür er hinter sich schloß.

Der Soldat mit der Maschinenpistole faßte Popadić am Arm, sagte »Dort lang« und führte ihn in einen langen, hellen Flur, wo einige seiner Kameraden mit der Waffe über der Schulter oder vor der Brust auf und ab spazierten. »Auf Nummer sechs!« rief er ihnen mit demselben belustigten Unterton zu wie eben der Offizier, worauf einer der Soldaten sich umdrehte und die Tür aufsperrte, vor der er auf und ab gegangen war. Der Soldat mit dem Maschinengewehr zog Popadić dorthin und stieß ihn in die Seite. »Da rein!« Popadić schritt über die Schwelle.

Er befand sich in einem geräumigen und hellen Zimmer ohne Möbel, aber voller Menschen, die auf dem Boden saßen. Er blieb vor dieser kompakten Menge stehen, aber als hinter ihm der Schlüssel herumgedreht wurde, ging er weiter, bemüht, keinen zu treten und ihnen in die Gesichter zu sehen. Das war leicht, denn alle hatten sich ihm zugewandt. Er entdeckte gleich mehrere Bekannte auf einmal und winkte ihnen zu, aber seine Aufmerksamkeit wurde in der Nähe des geschlossenen Fensters mit dem gebogenen, schmiedeeisernen Gitter von einer geduckten Gestalt angezogen, in der er seinen politischen Redakteur Uzunović erkannte. Mit mühsam gehaltenem Gleichgewicht arbeitete er sich durch die schmalen Zwischenräume zu ihm vor und reichte ihm die Hand.

»Was geht hier vor?«

Uzunović wiegte seinen länglichen, traurigen Kopf.

»Sie erschießen uns!«

»Unmöglich!«

Popadić sah sich ungläubig um und bemerkte, daß ihm jemand winkte. Während er noch überlegte, ob er dorthin gehen sollte, stellte er fest, daß das der Anwalt Sommer war, ein Deutscher und Mitglied des Komitees für die Ausweiskontrollen bei der Razzia 1942, also winkte er nur zurück und setzte sich zu Uzunović.

»Hör mal, du irrst dich vielleicht doch«, sagte er leise, beschwörend. »Sie werden erst mal überprüfen, verhören.«

Uzunović schüttelte den Kopf.

»Niemand wird verhört. Nur abgeführt. Du wirst es sehen.«

Und er beugte sich, die Augen geschlossen, nieder auf seine angewinkelten Knie. Popadić zündete sich eine Zigarette an und stellte keine Fragen mehr.

Hin und wieder öffnete sich die Tür, und unter dem Druck einer unsichtbaren Hand trat mit vergeblichem Widerstreben wieder ein Mann ein, sah sich unter den Nächstsitzenden um, fand einen Bekannten oder nicht, trat ein Weilchen von einem Fuß auf den anderen und suchte sich dann gehorsam einen Platz am Boden. Der kurze Herbsttag erlosch bald, und da kein Licht gemacht wurde, drängten und stießen sich die Menschen in dem beengten Raum immer mehr, es kam zu Gezänk. Die Luft war stickig, jemand verlangte gereizt, das Fenster zu öffnen, aber nach einem erfolglosen Versuch der dort Sitzenden wurde ihm mitgeteilt, daß es vernagelt war. Andere standen auf, hämmerten gegen die Tür und verlangten, aufs Klosett gelassen zu werden; niemand schien sie zu hören, aber nach langem Warten öffnete ein Wächter die Tür und schob wortlos einen alten Eimer in den Raum. Nun begann eine Prozession zur Tür und zurück, die manche ihren alten Platz kostete, weshalb sie murrten, jedoch ohne Erfolg. Zu essen und zu trinken bekamen sie nichts; anscheinend kam auch niemand auf die Idee, danach zu verlangen. Popadić hielt es bis zum Abend aus, ehe er zum Eimer ging, dessen schwerer Gestank sich bis zu seinem Platz am Fenster ausbreitete; die Menschen hatten sich schon hingelegt, die einen schlummernd, die anderen erschöpft vor Angst und Müdigkeit, so daß er sich kaum zwischen ihnen hindurchdrängen konnte. Als er zu seinem Platz zurückkehrte, fand er Uzunović lang ausgestreckt, mit offenem Mund schlafend; er kroch neben ihm zur Wand, schob sich anstelle eines Kissens den Hut in den Nacken, lehnte sich an und schlief ebenfalls bald ein.

Geweckt wurde er durch ein lautes Geräusch von der Tür; sie war geöffnet worden, und durch das Dunkel schnitt die Lichtgarbe aus einer riesigen Batterielampe; dahinter war im Widerschein ein hochgewachsener, breitschultriger Partisan in guterhaltener deutscher Uniform zu erkennen, der »Ruhe! Ruhe!« brüllte, obwohl im Raum nur leises, schläfriges Gemurmel zu hören war.

»Wen ich aufrufe, der geht hinaus in den Flur«, sagte der Partisan noch immer sehr laut und unter deutlicher Trennung der Silben. »Habt ihr verstanden? Nur wer aufgerufen ist, sonst keiner.«

Er hob ein Blatt Papier, das er in der herabhängenden freien Hand hielt, vor die Lampe und las mit erhobener Stimme Vor- und Familiennamen davon ab, um sie gleich darauf leiser, wie für sich, zu wiederholen, bis sich jemand aus der Menge aufrappelte, um sich mühsam bis zu ihm und vorbei an ihm, der mit seinem kräftigen Körper fast die ganze Türöffnung füllte, in den Flur zu drängen, wo er verschwand. So rief er nacheinander fünfzehn Leute auf, dann ließ er Lampe und Papier sinken und ging wortlos weg. Die

211

Tür schloß sich hinter ihm, der Schlüssel wurde herumgedreht.

Bei den Verbliebenen jagten sich die Fragen: »Wer? Wie? Warum?«, denn alle versuchten aus der Liste der verlesenen Namen auf das zu schließen, was auch sie erwartete. Aber ihre Mutmaßungen wurden aus dem Dunkel von scharfen Aufforderungen zum Schweigen unterbrochen; als sie sich dem zögernd und allmählich fügten, hörten sie von draußen Motorgeräusche. »Sie werden weggebracht«, sprach eine heisere Stimme den Gedanken aller aus. Danach gab es keine erregten Einwürfe mehr, als habe ihnen das Brummen der Maschine klargemacht, daß über ihr Schicksal jenseits dieses Gemeinschaftsraums, in einem anderen, ihnen unbekannten, für sie unsichtbaren und sogar unbegreiflichen Bereich entschieden wurde. Sie flüsterten nur noch, jammerten gedämpft, gaben einander letzte Botschaften weiter; einige, die bisher unbequem gesessen hatten, suchten sich bessere Plätze, andere machten sich auf ihren Plätzen breit und legten sich hin, Popadić blieb an der Wand sitzen und rauchte.

In dieser Nacht gab es noch zwei, also insgesamt drei Aufrufe. Beim dritten traf es auch Popadić und Uzunović. Als sie an dem Partisanen in der deutschen Uniform vorüber den Flur betraten, wurden sie hastig und grob von jungen, schwitzenden Soldaten in Empfang genommen und mit dem Gesicht zur Wand gestellt. Nach der Verlesung der Namen zählte der Partisan in der deutschen Uniform sie durch und kommandierte: »Rechts um!« Eskortiert von Soldaten, die sie zur Eile antrieben, traten sie nacheinander auf den Hof und in die Dunkelheit, durch die nur hin und wieder ein Reflex der Batterielampe blitzte, und gelangten, weitergestoßen, zu einem Lastwagen mit heruntergeklappter Rückwand. Zwei Soldaten halfen ihnen beim Aufsteigen und sprangen danach selbst unter die Plane. Von außen klappte jemand die Rückwand hoch und befestigte sie mit Ketten, dann setzte sich das Fahrzeug langsam und keuchend in Bewegung und beschrieb einen weiten Kreis auf dem Hof.

Popadić hatte einen Platz in der Mitte der Ladefläche, so
daß er während der ganzen Fahrt über den Köpfen der anderen und unter dem Planenrand den wolkigen, sternlosen
Himmel sah; über den Kurs der Fahrt konnte er nur Vermutungen anstellen, denn der Lastwagen hatte die Scheinwerfer
nicht eingeschaltet und wechselte häufig die Richtung.
Schließlich verlangsamte er sein Tempo und holperte über
Löcher, so daß die menschliche Ladung auf dem Holzboden
hin und her geschleudert wurde; die Soldaten rasselten mit
den Maschinenpistolen und befahlen allen, an ihren Plätzen
zu bleiben. Dann hielt das Fahrzeug an, und der Motor
wurde abgeschaltet. Von draußen waren Stimmen, Rufe zu
hören; jemand löste die Ketten von der Rückwand, und sie
fiel polternd herab. Die Soldaten sprangen ab und gaben den
Befehl, auszusteigen. Draußen wurden sie von sechs anderen
Soldaten mit geschulterten Gewehren umringt; sie mußten in
Zweierreihen antreten und wurden am Wagen vorbei durch
ein junges Wäldchen weitergetrieben.

Es war vollkommen still, nur ihre Schritte raschelten im
herabgefallenen, feuchten Laub, und ihr Atem keuchte vom
Laufen. Die Luft ringsum war unbewegt, dunkelgrau; davor
zeichneten sich die Bäume deutlich ab. Plötzlich wuchsen sie
spärlicher, die Kolonne erreichte eine kleine Lichtung, im selben Augenblick wurde der Horizont weiß, ein erster mor-
gendlicher Strahl Helligkeit brach durch die Bäume in der
Ferne und fiel auf die glänzende, fein gekräuselte Fläche eines
breiten Gewässers. Sie begriffen, daß sie sich am Ufer der
Donau befanden, im selben Moment befahlen ihnen die Soldaten, stehenzubleiben. Um sie knackten Zweige, huschten
Schatten, die verborgenen Winkel des Wäldchens wimmelten
von kaum sichtbaren menschlichen Gestalten. Die Soldaten
der Eskorte entfernten sich von der Kolonne, ließen sie allein
mitten auf der Lichtung stehen, traten zu den nächststehenden Bäumen und nahmen die Gewehre von der Schulter. Aus
dem Schatten hinter ihnen löste sich ein Mann, er war dünn,
nicht groß, zog auffällig das rechte Bein nach und hielt seine

Doppelflinte am Kolbenhals wie ein Jäger. Er näherte sich der Kolonne, winkte den beiden ersten, vorzutreten, und als sie gehorchten, hob er blitzschnell das Gewehr an die Wange und feuerte zweimal hintereinander; sie fielen stöhnend zu Boden. Der Mann repetierte, die Hülsen sprangen heraus. »Na, wer ist der Nächste?« fragte er mit hoher, aber voller Stimme.

Das Licht nahm zu, streifte Gesichter und Kleidung, und so konnte man sehen, daß der Mann mit der Doppelflinte sehr jung war: mit einem bartlosen, stupsnasigen, runden Knabengesicht, das jedoch durch eine breite, rote, nicht ganz verheilte Narbe vom linken Ohr bis zur Kinnmitte entstellt wurde. Er hinkte an der Kolonne entlang und blieb bei Popadić stehen.

»Sieh mal einer an, so ein feines Herrchen!« rief er mit seiner hohen, singenden Stimme. »Wer bist du überhaupt?« kreischte er plötzlich.

Popadić nannte seinen Vor- und Zunamen.

»Und wie viele Kommunisten hast du abgeknallt?« fragte der Junge jetzt leise, wie im Vertrauen.

»Ich? Keinen einzigen«, erwiderte Popadić.

»So, keinen? Aber du hast vornehm gelebt, während unsere Leute gefallen sind. Du Hund!« Seine Stimme schnappte über, er holte aus und schlug Popadić den Hut vom Kopf. »Vortreten!«

Popadić verließ die Reihe.

»Für solche Lackaffen habe ich eine Spezialmunition«, sagte der Junge und griff in die Tasche der zu weiten Uniformjacke, die um seine eingefallene Brust schlotterte. Er wühlte in der Tasche und zog einen länglichen, spitzen Metallgegenstand heraus, den er Popadić vor die Nase hielt.

»Weißt du, was das ist?« Popadić schüttelte den Kopf.

»Das ist ein Dumdumgeschoß, und damit werde ich deinen schönfrisierten Kopf zerfetzen, daß dich die eigene Mutter nicht wiedererkennt. Verstanden?«

Mit steif abgestrecktem rechtem Bein trat er ein paar

Schritte zurück, steckte sorgsam das Geschoß in die Waffe und zielte.

»Mund auf!« Popadić begriff nicht.

»Den Mund sollst du aufmachen, verdammt noch mal, damit ich hineinschießen kann!«

Popadić öffnete den Mund.

»Weiter!«

Popadić riß den Mund auf, so weit er konnte. Der Junge zog am Hahn, ein Schuß knallte, und Popadić' Kopf zersprang in tausend Stücke. Für einen Augenblick stand sein verkürzter Körper noch gerade auf den Beinen wie eine Schneiderpuppe, dann sackte er weg.

✽

– So, meine Herren, wir sind am Ziel, Sie können aussteigen.

– Hier?

– Ja, hier. Aber seien Sie vorsichtig, der Boden ist uneben.

– Aber ich bitte Sie, Herr, wie sagten Sie noch, daß Sie heißen? Sie haben doch erklärt, daß wir nach Kać fahren, wo ich eine Zeugenaussage machen soll, aber das hier ist ein Sumpfgelände...

– Der Herr, an den Sie sich wenden, heißt Leon Funkenstein, aber er kann nichts dafür, daß Sie sich in diesem morastigen Wald und nicht im Dorf Kać befinden. Es war meine Idee, Sie hierherzubringen, ich trage die Verantwortung für alles, ich, Ljubomir Krstić, genannt Čutura.

– Aber warum?

– Das erfahren Sie gleich. Es fehlt nur noch eine Person, damit wir uns verständigen können. Lassen Sie mich nachsehen, ob es schon Zeit ist. Genau halb sieben. Jetzt werde ich pfeifen, erschrecken Sie nicht, das ist das vereinbarte Zeichen einer ehemaligen Schulklasse. So. Ich hoffe, daß Blam am verabredeten Ort ist und bald eintrifft.

– Wer?

– Blam, wie gesagt. Aber zittern Sie nicht jetzt schon. Sie

werden kein Gespenst sehen. Es handelt sich nicht um den verstorbenen Vilim Blam, in dessen Haus Sie unbefugt gewohnt haben, sondern nur um seinen Sohn, Miroslav Blam. Er ist gesund und munter, Angestellter, verheiratet, Vater eines Kindes.

– Was soll das, mein Herr? Ich werde nicht...

– Ich sagte bereits, daß Funkenstein nichts damit zu tun hat. Und versuchen Sie nicht wegzulaufen, Sie sehen ja, daß ich Sie sehr fest halte, Sie können sich kaum rühren, nicht wahr? Mit der Zeit hat Sie die Kraft verlassen, Kocsis. Denn Sie sind doch Kocsis, Lajos Kocsis?... Haben Sie meine Frage verstanden? Sind Sie Lajos Kocsis?

– Ja. Aber ich erlaube nicht...

– In dem Moment, wo Sie in jemandes Gewalt sind, haben Sie nichts zu erlauben oder zu verbieten. Diese Tatsache ist Ihnen doch seit langem bekannt. Sie als Mitglied der Pfeilkreuzler haben sie ja selbst gepredigt. Aber jetzt still! Es ist etwas zu hören.

– Hilfe!

– Idiot! Wenn Sie noch einmal schreien, drehe ich Ihnen nicht den Arm, sondern den Hals um. Haben Sie nicht begriffen, daß Sie in die Falle gegangen sind?

– Bitte keine Grausamkeiten, Herr Krstić!

– Sie, Funkenstein, sollten auch den Mund halten. Gehen Sie lieber hinter dieses Gebüsch und sehen Sie nach, ob das Blam ist, der da kommt, und wenn ja, zeigen Sie ihm den Weg.

– Er ist es.

– Aha, nur vorwärts. Hierher, Blam. Kommt beide her. Ihr werdet jetzt mit mir zusammen über diesen alten Strolch richten, der alles dafür hergeben würde, wenn er entkommen könnte.

– Herr Blam!

– Herr Kocsis! Ich habe keine Ahnung...

– Du wirst gleich eine Ahnung bekommen, wenn die Verhandlung beginnt. Lajos Kocsis, treten Sie vor. Im Namen dieses Bürgergerichts klage ich Sie an, die Eltern des hier anwesenden Miroslav Blam, Blanka Blam und Vilim Blam, am 22. Januar 1942 denunziert zu haben, woraufhin sie erschossen wurden. Sie sind also an ihrer Ermordung mitschuldig. Ich beantrage, daß Sie zum Tod durch Erschießen verurteilt werden. Hat noch jemand Fragen?

– Aber das ist . . .

– Nur Geduld, Blam! Ich denke, zuerst muß der Angeklagte das Wort erhalten. Also, Herr Kocsis?

– Aber das ist doch eine Posse, ich verstehe überhaupt nichts. Ich habe niemanden denunziert. Ich habe von nichts eine Ahnung.

– Wirklich? Dann muß ich Sie an die Tatsachen erinnern. Antworten Sie also auf folgende Frage: Bestreiten Sie, daß Sie am 22. Januar 1942, dem zweiten Tag der Razzia von Novi Sad, in der Wohnung Ihrer Geliebten Erzsébet Csokonay am Vojvoda-Šupljikac-Platz sieben waren?

– Nein.

– Und bestreiten Sie, daß an diesem Tag eine Patrouille das erwähnte Haus betrat und eine Durchsuchung und Ausweiskontrolle durchführte?

– Nein.

– Bestreiten Sie, daß die Patrouille zuerst zu den Blams ging?

– Nein.

– Bestreiten Sie, daß sie nach der Durchsuchung bei den Blams in die Wohnung von Erzsébet Csokonay kam?

– Nein.

– Bestreiten Sie, daß der Patrouillenführer Sie nach Ihrer Meinung über die Blams befragt hat?

– Ja! Das bestreite ich!

– Unsinn, Sie lügen. Und das ist der beste Beweis für Ihre Schuld. Keine Patrouille würde das versäumen, wenn sie in der Stunde der Abrechnung mit Fremden auf einen Landsmann träfe. Ich warne Sie, Kocsis! Gestehen Sie lieber freiwillig, was Sie dem Patrouillenführer über die Familie Blam gesagt haben.

– Nichts, ich schwöre es. Ich habe gesagt, daß sie anständige Leute sind, loyale Bürger.

– Sie ändern also jetzt Ihre Aussage und bestätigen damit unseren berechtigten Verdacht. Denn hätten Sie das gesagt, wären die Blams am Leben geblieben, am Leben, verstehen Sie? Gerade ihr Tod ist der Beweis für Ihre Schuld.

– Ich habe nichts getan.

– Sie haben den Tod zweier unschuldiger Menschen herbeigeführt. Sie haben nationalen Haß, Intoleranz, Rachsucht, Bereicherungsgier, Rassenwahn geschürt. Sie haben es dem Faschismus ermöglicht, ungehindert zwei seiner Gegner umzubringen. In ihrem Namen und im Namen Tausender weiterer Opfer erkläre ich Sie für schuldig und verurteile Sie zum Tod durch Erschießen. Da ist die Pistole, Blam, du wirst das Urteil vollstrecken.

– Du bist verrückt!

– Nimm die Pistole, wenn ich es dir sage, und schieße auf Kocsis. Hab keine Angst. Niemand wird je etwas davon erfahren.

– Gnade!

– Wirklich, Čutura, laß ihn laufen. Ich bitte dich.

– Dafür ist es zu spät. Wenn wir ihn nach all dem lebend davonkommen ließen, würden wir uns selbst zum Gefängnis verurteilen. Schieß auf ihn.

– Ich kann nicht.

– Nur du kannst. Und mußt. Denn bis zu diesem Moment bist nur du ohne Schuld, während Funkenstein und ich den Mann unter einem Vorwand hergelockt haben, was allein schon strafbar ist. Du mußt also schießen, unseretwegen, verstehst du?

– Ich kann es nicht.

– Ich warne dich, Blam. Das ist deine letzte Chance, ein Mensch zu werden. Und sei es nur, damit Kocsis zum Schweigen gebracht wird. Und damit du selbst Stillschweigen bewahrst. Entweder du erschießt Kocsis, oder ich gebe ihm die Pistole, damit er dich erschießt und ihr beide schweigt.

– Ich kann es nicht.

– Ist das dein letztes Wort?

– Ja.

– Also gut, sehen wir, ob er will. Hier die Pistole, Kocsis. Sie ist geladen. Schießen Sie auf Blam.

– Oh, warum?

– Es ist für Sie die einzige Möglichkeit, am Leben zu bleiben. Schießen Sie auf Blam. So, und noch einmal. Hören Sie, das hätte ich nicht geglaubt. Sie haben ihn mit zwei Patronen sicher getötet. Kocsis, ich bekomme langsam Respekt vor Ihnen und denke jetzt wirklich, daß Sie das Leben verdient haben.

XV Blam hört Musik. Zurückgelehnt auf seinem Platz in einer der mittleren Bankreihen der Novi Sader Synagoge, entspannt, weich, den Körper an Sitz und Rückenlehne geschmiegt, gibt er sich dem Rieseln der Töne hin, die ohne Hemmnis zu seinem Gehör finden, ihn durchdringen und sein ganzes Wesen durchströmen wie ein zweiter Blutkreislauf. Die Melodie streichelt, vibriert erregend, grollt drohend, ruft in Blams demütig hingegebenem Bewußtsein Bilder hervor, die scheinbar zufällig und ungeordnet, im Grunde aber ursächlich mit ihr verbunden sind. Er sieht sich mit nackten Armen und Beinen an einem noch sonnigen, aber kühlen Spätnachmittag über eine sanft geneigte Wiese laufen, er fühlt, wie das hohe, harte Gras seine bloßen Waden peitscht, während irgendwo Glocken läuten und ihn, beinahe unbewußt, zu immer weiterer, immer atemloserer Hast treiben: das ist die Erinnerung an einen im Gebirge verbrachten Spätsommer, als die Schule schon begonnen hatte, er aber wegen eines Lungenkatarrhs befreit war. Dann nähert er sich einem verschwommenen, warmen Körper – einer Frau, er sieht ihr Gesicht nicht, spürt aber den Geruch ihrer Lippen, frisch wie Anis. Er taucht in tosendes, sturmgepeitschtes Wasser, springt den steilen, kalkweißen Wellen entgegen, kämpft, wird hochgerissen und hinabgeschleudert, doch er gibt nicht auf, sondern ermattet selig in dem Dröhnen, das auf ihn niedergeht. Blam weiß, daß all diese Bilder nur ein Spiel seiner Sinne sind, denn sie vermitteln ihm, zwar weniger stark und prägnant, aber mit derselben Klarheit auch Angaben über seine Umgebung: den Kuppelsaal, der sich über ihm wölbt, die Bankreihen mit den stillen Menschen, die wie er darin sitzen, die Musiker mit ihren Instrumenten und dem Dirigenten – das Novi Sader Kammerorchester –, die in dem zum Podium umgebauten Altarraum diese Klänge und mit ihnen die Bilder, Empfindungen und Gedanken hervorbringen. Wenn er will, kann er sogar, ohne sich dem faszinierenden Spiel der Klänge zu entziehen, den Ablauf ihrer Enstehung genau verfolgen: die

Armbewegungen des Dirigenten, die über ihre Violinen und Celli geneigten Streicher, die geblähten Wangen der Bläser und das Hüpfen ihrer Finger über die Klappen; er kann dabei auch seltsame, manchmal komische Einzelheiten entdecken: wie zum Beispiel der Posaunist eifrig das Mundstück befeuchtet, bevor er die geschürzten Lippen darum legt, oder wie der langarmige, kahlköpfige Cellist seinen Körper gleich einem Uhrpendel im Takt hin und her wiegt, oder wie dem Dirigenten, wenn er sich auf die Zehenspitzen hebt und die Arme ausbreitet, die Frackschöße aufspringen und den sattelförmig gespannten Hosenboden entblößen. Blam entgeht das alles nicht, er sieht, er beobachtet, aber zurückhaltend, mit Reserve, ohne Gelächter oder Zorn oder Bosheit, wie sie ähnliche Szenen menschlicher Tätigkeit im normalen Leben oft herausfordern, denn er fühlt, er weiß, daß auch dies ein Spiel ist. Alles ist hier Spiel: diese mächtigen Klänge, die Interpreten, die Zuhörer, der Raum, der ihnen zur Verfügung gestellt ist, ja auch die innere Bewegung, die sie als Ganzes bei Blam auslösen; nichts ist hier, wie im Leben, unwiderruflich, verantwortungsvoll und schicksalhaft; dies ist die Verabredung einer Gemeinschaft – eine uralte, ewige, mythische Verabredung –, daß sie sich vom Zauber der harmonisch verbundenen Klänge in die Welt ihrer Neigungen und ihrer Wunden versetzen läßt, ohne Furcht, die einen könnten auf Abwege führen und die anderen zu brennen beginnen, wie ein Traum auf Bestellung, dessen Ablauf wir selbst bestimmen.

*

Bis die Klangfolge mit dem Schluß des Musikstück unterbrochen und der Zauber durch die Stille zerrissen wird. Applaus bricht hervor wie das Röcheln eines Sterbenden, das Ächzen einer Gebärenden, der Schrei eines Neugeborenen, das instinktiv weiß, daß es, sobald es sein selbständiges Leben beginnt, die warme Symbiose mit dem Mutterleib verliert. Die Symbiose zerfällt: oben auf dem improvisierten Podium

dreht sich der Dirigent zu den Bankreihen um, er verbeugt
sich, wischt mit dem Taschentuch den Schweiß von der niedrigen Stirn und den fleischigen Wangen, dann gibt er dem
Orchester das Zeichen, aufzustehen und mit ihm die Huldigung entgegenzunehmen, und hier unten klatscht das Publikum, die Menschen neigen die Köpfe zueinander, um ihre
Eindrücke auszutauschen oder etwas zu besprechen; andere
erheben sich, voller Ungeduld, den Ort der zerstörten Harmonie zu verlassen. Denn was hier auseinanderfällt, sie
fühlen es, sind nicht sie auf der einen und die Musiker auf der
anderen Seite, sondern die Musik zerfällt, das gemeinsame
Werk der Ausführenden und der Zuhörer, und sie selbst, alle,
die ohne die Musik hier überflüssig sind.

Auch Blam klatscht, dann erhebt er sich, um während der
Pause seinen Platz zu verlassen. Dieser Platz, eben noch eine
Wiege verschwiegenen Nachsinnens, ist jetzt ein gewöhnlicher Sitz auf einer dunkelbraunen Holzbank, eckig, hart, unangenehm bei der Berührung, fast wie ein Käfig. Er möchte
weg davon und stößt ungewollt die Nachbarn an, die sich zu
langsam aus der Reihe entfernen, aber diese ungeduldigen
Berührungen, mit denen er sich den Weg bahnt, sind ihm genauso unangenehm wie die Berührung mit der Bank. Diese
ist ein Käfig, aber jene auch; die Menschen, die sich zusammen mit ihm durch die Reihen drängen, sind jetzt keine
gesichtslose Hörergemeinschaft mehr, angelockt durch die
Verabredung zum Spiel und dafür unentbehrlich; unter dem
unveränderten Licht des Lüsters zeichnen sich ihre Gestalten schärfer ab, stellen ausgeprägte oder sogar bekannte Züge
zur Schau; das hier sind der Arzt Sowieso und seine Frau, jener langhaarige junge Mann da drüben ist der Sohn von Professor Futoški, dort steht ein Ladenbesitzer, bei dem Blam
gelegentlich einkauft, und wenn er ihn grüßt, wird sich die
alltägliche Beziehung zwischen Kunden und Händler zwischen ihnen herstellen, es kann geschehen, daß der Kaufmann ihn anspricht und fragt, ob er mit der letzten Zitronen-
oder Seifenlieferung zufrieden war.

Vor dieser Gefahr, die sicher nicht real ist, aber ihn so nervös macht, als wäre sie es, senkt Blam auf Straußenart den Kopf; wenn er nur auf die Füße seiner Mitbürger blickt, die für ihn weniger leicht identifizierbar sind als ihre Gesichter, hat er den Eindruck, daß auch er nicht so schnell zu erkennen ist. Genau am Ende der Reihe jedoch taucht vor seinen gesenkten Augen wie ein Fisch aus einem trüben Fluß ein lächelndes Gesicht auf, fischig rund und glänzend, mit Augen, die sich zum Ausdruck freudigen Erinnerns weiten. Funkenstein! Ist es möglich?

Ja, es ist tatsächlich der von Kopf bis Fuß in feierliches Schwarz gekleidete kleine Makler, der ihn, unerschütterlich standfest auf seinen kurzen Beinen, die Hände in den Taschen des steifen Sakkos, in der Gasse erwartet, durch die sich die Menge zum Vestibül drängt. Er zeigt keine Spur jener geheimnisvollen Vergeßlichkeit, mit der er Blam einmal in diesem Sommer auf dem Hauptplatz begegnet ist; er ist so feiertäglich wie sein dunkler Anzug mit den etwas zu breiten weißen Nadelstreifen, an der massigen Brust hängt ihm ein weißes Tüchlein wie ein Fähnchen aus der Tasche.

»Ich sehe Sie an und frage mich, ob Sie das wirklich sind!« Er reicht Blam seine fleischige, warme Hand. »Ich glaube, wir sind uns noch nie im Konzert begegnet. Sie lieben die Musik? Sind Sie allein hier?«

Und nachdem Blam bejaht hat, wenn auch etwas unbestimmt, weil er nicht weiß, was er damit von Funkensteins Redeschwall bestätigt, tritt dieser etwas zeremoniell, mit leichter Verbeugung, aber absichtsvoll einen Schritt zurück, nicht um Blam passieren zu lassen, sondern um ihn an seiner Seite zu behalten.

»Ich schwärme für die Musik!« erklärt er etwas zu laut und hebt das Gesicht zu dem strahlenden Lüster, den vergoldeten Ornamenten entlang der Wände, den bunten Fenstern, die das künstliche Licht vor dem Hintergrund des Abenddunkels reflektieren. »Schon seit meiner Kindheit. Wissen Sie, ich stamme aus einem armen Haus – mein Vater hat mit Federn gehandelt, und wir waren sechs Kinder, aber jedes hatte sein Hobby. Bei mir war es die Musik, und da unser Religionslehrer Jolander, an den Sie sich bestimmt erinnern, Geige spielte, habe ich mich auch für dieses Instrument entschieden.«

Er schnalzt zufrieden mit der Zunge, und als sie das Vestibül mit den vier weißen Marmorsäulen erreicht haben, auf denen die Tribüne des Chores ruht, schaut er sich lebhaft um. »Hier darf man wohl rauchen« – und er entnimmt der Innentasche seines Sakkos ein flaches Silberetui, das er offenbar extra für diese Gelegenheit eingesteckt, hat, denn als er es öffnet, sieht man, daß die Innenflächen vom Nichtgebrauch schwarz angelaufen und die Gummibändchen, die ein paar dünne Zigaretten mit vielen ringsum verstreuten Tabakkrümeln festhalten, ganz schlaff sind. »Möchten Sie?« Und als Blam dankend ablehnt und die eigene Schachtel aus der Tasche zieht, zündet er mit einem Feuerzeug, das plötzlich in seiner Hand auftaucht, Blam und sich die Zigarette an. »Wir können ein Stück gehen.« Und als verstünde sich die Zustimmung von selbst, durchquert er munteren Schrittes das Vestibül, wo die Menschen in Gruppen beieinanderstehen.

Blam bleibt nichts übrig, als ihm zu folgen. Er fühlt sich gestört durch Funkensteins großspuriges Auftreten, seine laute Redeweise, ihm scheint, daß das unter den anderen, ruhigen Menschen auffällig wirkt, er empfindet in der sorglosen Aufdringlichkeit des Maklers etwas Profanes, der Atmosphäre eines Tempels Unangemessenes, wenn auch dieser Tempel jetzt als Konzertsaal eine andere Art von Heiligtum ist. Erlaubt er sich dieses ungezwungene Benehmen deshalb, weil er sich als einziger hier nicht wie ein Eindringling vorkommt? Blam ahnt, daß das wohl die Erklärung sein muß, und das macht ihm noch größeres Unbehagen. Als wären sie beide in der Absicht in die Synagoge gekommen, hier als persönliche Besitzer aufzutreten, Besitzer, die überlebt haben, ähnlich einem enteigneten Grundherrn, der als Tourist mit dem Emblem der Reiseagentur um den Hals sein einstiges

Schloß aufsucht und durch sein sicheres Benehmen alle Zweifel zerstreut: »Ja, Sie haben es erraten, das war einmal meins!« Als wären sie hier, um zu mahnen, ja um Widerspruch einzulegen. »Wir sind nicht tot, wir sind nicht alle tot, dies ist unser Tempel, und in ihm fühlen wir uns wie zu Hause.« Blam hält es für ausgeschlossen, daß ihre gemeinsame Anwesenheit in der Eigenschaft einstiger Besitzer unbemerkt bleibt; er hat den Eindruck, daß sich die Leute um sie mit Blicken auf dieses unzertrennliche Paar aufmerksam machen, auf diesen stummen Vorwurf, auf diese zwei weißen Raben; er empfindet sich als Teil einer Demonstration, die er nicht gewollt hat, wie zufällig von einer Prozession mitgerissen, die Parolen ruft, wie er sie nie rufen würde, und eine Fahne trägt, wie er sie nie in die Hand nehmen würde – dieses trotzige weiße Fähnchen, das in Leon Funkensteins Brusttasche bei jedem Schritt vibriert.

Der Makler will offenbar, daß dieser Eindruck nicht so schnell verfliegt. »Und Ihr Haus?« fragt er weiterhin vernehmlich. »Wo war es doch gleich: am Tomáš-Masaryk-Platz?«

»Nein, nein«, entgegnet Blam vorwurfsvoll. »Am Vojvoda-Šupljikac-Platz. Aber das ist jetzt schon gegenstandslos.«

»Warum?« wundert sich Funkenstein und bleibt stehen, womit er auch Blam zum Anhalten zwingt. »Ich bitte Sie, warum?« Er nimmt seinen Spaziergang wieder auf und schnippt die Zigarettenasche achtlos auf den Mosaikboden. »Sagten Sie nicht letztes Mal, daß Sie wegen der Judengesetze oder so ähnlich zum Verkauf gezwungen wurden?«

Blam errötet, er begreift das Mißverständnis, hat aber nicht den Mut, es restlos zu bereinigen. »Nein«, sagt er nur. »Wir sind zu nichts gezwungen worden. Mich hat nur interessiert, ob mein Vater die ganze Kaufsumme erhalten hat.«

»Geld, Geld«, wehrt Funkenstein unwillig ab, ganz im Gegensatz zu dem pedantischen Standpunkt, den er in dem damals unterbrochenen Gespräch eingenommen hat. »Wir lassen uns zu oft den Mund mit Geld stopfen«, klagt er mit absichtlicher Betonung auf dem »wir« wie auf einem selbstverständlichen Plural. »Als wäre alles mit Geld zu bezahlen! Wir nehmen Geld als Entschädigung dafür, daß wir in den Lagern waren, wir nehmen Geld, weil unsere Familien umgebracht wurden, weil man Experimente mit uns angestellt hat wie mit Versuchskaninchen, wir sind bereit, alles zu Geld zu machen. Sogar diesen Tempel.« Er dreht sich auf den Fersen um, wobei er Rauchschwaden zu den hohen Gewölben hinaufbläst, wo sich die bunten Rosetten der runden Fenster im gleißenden Schein der elektrischen Beleuchtung spiegeln. »Den haben wir auch für Geld abgegeben. Und wem, frage ich Sie? Einer abstrakten Stadtverwaltung, die das Geld für den Umbau verwendet hat – und wir haben einen Dreck davon!«

»Aber wenn wir nur noch so wenige sind, daß wir das Gebäude nicht erhalten können«, kontert Blam mit dem Argument, das er gehört hat, als die Synagoge überschrieben wurde. »Es hat wirklich eine wunderbare Akustik, und jetzt gibt es wenigstens einen Ort, an dem wir Musik hören können.«

»Akustik, Akustik!« protestiert Funkenstein und fuchtelt mit der fast heruntergebrannten Zigarette umher. »Alles nur Gerede. Als ob der Saal der Handelsjugend, wo wir vor dem Krieg Konzerte gegeben haben, keine Akustik hätte. Und im übrigen, wenn so ein prachtvoller Saal vonnöten war, warum haben die Herren Stadtväter ihn nicht gebaut? Wissen Sie, warum? Weil ihnen dafür die Mittel fehlen. Und wissen Sie, warum sie fehlen? Weil keine Juden mehr da sind, die sie verdienen!«

»Aber Herr Funkenstein!« ermahnt ihn Blam, den die Übertreibung ernstlich entsetzt.

Funkenstein sieht ihn schräg an und lacht auf einmal von Herzen wie ein Kind, dessen Schwindelei man durchschaut hat. »Habe ich denn nicht recht?« Er läßt das Thema ohne Widerspruch fallen, wirft den Zigarettenstummel auf den Steinboden und zertritt ihn mit seinem breiten Schuh.

»Also, kommen wir ins Geschäft? Versuchen wir etwas wegen Ihrem Haus zu machen?«

»Ich glaube, dafür ist es wirklich zu spät. Wie soll ich beweisen, daß mein verstorbener Vater nicht den ganzen Kaufpreis erhalten hat, wenn ich es selbst nicht weiß? Und wenn ich es beweisen könnte, was soll ich heute mit dem Geld anfangen, das zwanzigmal weniger wert ist als damals?«

»Ach, das Haus könnte neu geschätzt werden«, hält der praktische Funkenstein dagegen. »Sie können sogar wegen Nichterfüllung des Vertrags das Eigentumsrecht zurückverlangen, unter Abzug der erhaltenen Summe, und das Haus dann wiederverkaufen. Warum wollen Sie es nicht versuchen? Brauchen Sie kein Kapital?« fragt er herausfordernd.

»Eigentlich nicht«, lächelt Blam, zufrieden, weil sie jetzt bei der Ursache des Streits angelangt sind. »Hier und jetzt?«

»Für uns gibt es kein Hier und Jetzt«, belehrt ihn Funkenstein wieder ernsthaft. »Wir sind heute hier, morgen dort.« Er senkt die Stimme, betont wieder verschwörerisch das »uns« und »wir«. »Wer weiß? Vielleicht könnte man das Haus gegen Valuta verkaufen. Vielleicht an jemand draußen, sagen wir, in Israel. Haben Sie nie an Auswanderung gedacht?«

»Ich? Nein.«

»Aber ich, sehen Sie, denke sehr oft daran, obwohl ich dreiundsiebzig Jahre alt und allein auf der Welt bin. Nur daß ich mein Kapital in Waren anlege, in Büchern. Ja, Sie brauchen sich nicht zu wundern. Ich kaufe Bücher zum Lesen, Romane, Erzählungen, Geschichtsbücher, besonders Memoirenliteratur, die unsere Leute draußen interessiert. Denn ich weiß, wenn ich wieder verfolgt werde, bleibe ich nicht hier, sondern ich gehe weg, und zwar nur nach Israel – dort will ich sterben, wenn ich schon nicht hier sterben darf, wo ich geboren bin –, und Bücher kann ich immer ausführen, das ist kein Gold, kein Schmuck, das kann man immer als persönliches Gepäck deklarieren; und dort werde ich eine Leihbibliothek für unsere jugoslawischen Juden eröffnen. Das ist dort ein Geschäft, wußten Sie das nicht?«

Im Eifer des Gesprächs haben sie sich unbemerkt dem Eingangstor genähert, das riesig, dunkel, der undurchdringlichen Nacht weit geöffnet ist – und sind jetzt fast allein. Funkenstein greift nach dem Etui und steckt sich eine neue Zigarette an, er muß das Feuerzeug dreimal betätigen, bis sich die Flamme hält, denn von draußen weht ein scharfer Wind, aber er scheint das nicht zu bemerken.

»Wir sind alle naiv«, sagt er resigniert, während er eine Rauchwolke ausstößt, und schrumpft auf einmal zusammen, wird ein kleiner alter Mann, oder zumindest sieht Blam ihn so, nun, da sie allein sind. Anstelle von Indignation und Abwehr empfindet er jetzt Trauer und Reue. Etwas in Funkensteins Worten hat ihn berührt, etwas Vertrautes, Warmes, lange nicht Vernommenes, ein schon lange vergessener Eifer, eine in seinem Umkreis nicht mehr vorhandene Emsigkeit, unter deren Ansturm vergessene Gestalten in seiner Vorstellung wiedererstehen, sein Vater mit dem hochgezwirbelten Schnurrbart, der kühle und beharrliche Onkel Ehrlich, Lili. Besonders Lili mit ihrer Aufforderung: »Komm mit.« Seit langem hat ihn niemand mehr zum Mitkommen aufgefordert, und obwohl er gar nicht weggehen möchte, ist die Welt ärmer ohne diese Bitten.

»Wie haben Sie den Krieg überlebt, Herr Funkenstein?« fragt er unvermittelt, mitfühlend.

»Wie?« Der Makler zuckt keineswegs überrascht mit den Schultern. »Im Grunde habe ich es dem zu verdanken, was wir jetzt hören: der Musik. Zusammen mit siebzehn Familienmitgliedern kam ich 1944 nach Bergen-Belsen. Der Kommandant, Kramer, war ein Musikliebhaber. Beim Appell fragte er, wer ein Instrument spiele, und ich habe mich gemeldet. Und ich habe als einziger überlebt!« Er sieht Blam scharf an, als habe dieser etwas Ungewöhnliches gesagt, und nicht er. »Und wissen Sie, was ich gespielt habe? Ich habe für die Todeskandidaten gespielt, wenn sie zur Hinrichtung gefahren wurden. Sie wurden auf einem Karren gefahren, der aussah wie ein Handkarren für Kinder, aus ein paar Brettern auf vier kleinen Eisenrädern, er wurde von Häftlingen gezogen, der Verurteilte stand gefesselt darauf, und wir gingen hinterher und spielten, ich die Violine, ein gewisser Kohen die Trompete und Eisler, der kurz darauf starb und von einem Jungen namens Gogo abgelöst wurde, die Pauke. Wir haben fast ein Jahr lang gespielt, dafür bekamen wir bessere Verpflegung, und so konnten wir überleben.«

Er verstummt. Im selben Augenblick wimmert etwas im Falsett, aber das ist, wie Blam nach einem Moment der Besinnung feststellt, nur die Klingel, die das Ende der Pause ankündigt. Sie machen kehrt. Funkenstein wirft die halb aufgerauchte Zigarette hin und zertritt sie mit der lässigen Bewegung eines Müßiggängers, Schwätzers, Geschäftemachers. Nichtsdestoweniger ist das, was sich vor ihnen auftut – in der unteren Hälfte von den Rücken der Männer und Frauen, die an ihre Plätze als Zuhörer zurückkehren, verdeckt –, ein prachtvoll erleuchteter, goldgeschmückter Tempel, dessen langgezogene Halbkugel vielleicht ein Symbol der Himmelskugel in ihrer Unendlichkeit darstellt, vielleicht nur ein Symbol des Reichtums der einstigen Gemeinde, vielleicht ein Symbol der Sehnsucht nach Reichtum dessen, der sie erdacht, oder dessen, der sie in Auftrag gegeben hat. Funkenstein wirkt klein und alt unter diesem Gewölbe, Blam hat jetzt Mitleid mit ihm, er sieht in der leichtfertigen Fußbewegung, mit der er die halbaufgerauchte, unnötig angezündete Zigarette löscht, die ganze Halbheit, Schwäche, Unerfülltheit eines anspruchslosen Verstandes mit zu lebhaften Träumen.

»Wegen des Hauses melde ich mich bestimmt, sobald ich mich entschieden habe«, sagt er entschuldigend, während sie sich trennen und jeder seinen Platz aufsucht.

Als er seinen Platz eingenommen hat, versucht er den ganzen Vorgang zu vergessen. Er läßt sich zurückfallen, legt die Arme auf die Lehnen. Der Vorhang an der vergoldeten Tür hinter dem Altar teilt sich, ein Musiker, ein Violinspieler, kommt heraus, geht zum Podium, gefolgt von den anderen Streichern. Sie werden von gedämpftem, zerstreutem, abwartendem Applaus empfangen, der sich verstärkt, als nach einer kurzen Pause schließlich auch der Dirigent herauskommt, schwungvoll und lächelnd. Er steigt aufs Podium, verbeugt sich, erhebt den Taktstock, um Ruhe zu gebieten, dann schwingt er ihn leicht und lockt aus dem Nichts, aus der Leere über den Köpfen aller eine langsame Melodie. Blam senkt, wie viele andere um ihn, den Blick aufs Programm, das auf seinem Schoß liegt, und erinnert sich, obwohl er es wußte, daß Dvořáks Streicherserenade gespielt wird.

Sie beginnt schmeichelnd, träumerisch, bezaubert das Gefühl und zieht es allmählich in ihren Sog. Blam folgt aufmerksam ihrem Verlauf, versucht sich treiben zu lassen wie ein Schwimmer, der sich aus dem flachen Uferwasser in die Flußmitte schnellt. Aber der Hauptstrom der Klänge fließt an ihm vorbei. Er ist zu wach, er zergliedert den Rausch in seine Bestandteile, Themen, vermerkt sogar die Mitwirkung der einzelnen Instrumente. Er schließt die Augen, um sich tiefer zu versenken, aber selbst jetzt, wo unter den Lidern Dunkel herrscht, sieht er die ganze Szene vor sich: die Musiker, die, jeder für sich, ihren Teil zur Gesamtmelodie beitragen, den Dirigenten, der ihnen die Zeichen zum Einsatz gibt, der Tempo und Lautstärke festlegt, die Zuhörer, die dem Zusammenspiel aufmerksam folgen, und er sieht sich selbst unter ihnen sitzen, gespannt und zu nüchtern, wenn auch scheinbar entrückt, mit geschlossenen Augen. Ja, er sieht ganz deutlich auch sich selbst, so als hätte sich in ihm oder jenseits von ihm irgendwo an der Seite ein drittes Auge geöffnet, das ihn gegen seinen Willen und gegen den Willen aller beobachtet. Für einen Moment glaubt er die Stelle ausgemacht zu haben, von der aus dieses Auge ihn betrachtet, und da sie sich am Ende seiner Bank befindet, die er während der Pause in der vergeblichen Hoffnung, unbemerkt zu bleiben, verlassen hat, denkt er, daß es der Makler Funkenstein ist, der ihn und seine ganze Umgebung verstohlen mustert. Er öffnet die Augen und wendet den Kopf zum Bankende in der Erwartung, dort den korpulenten Alten in

seinem schwarzen Nadelstreifenanzug mit dem weißen Tüchlein an der Brust, die Hände in den Taschen, zu entdecken
und seinem forschenden Blick zu begegnen. Aber dem ist
nicht so, in der Bank reihen sich nach vorn gewandte Gesichter, und dahinter, jenseits des Durchgangs, ragt nur mehr die
Mauer auf, streng und einsam in ihrer steilen Höhe trotz der
geschwungenen Goldornamente, die sie schmücken. Aber
wer beobachtet ihn dann?

Er ist irritiert und beunruhigt, fühlt sich belauert, läßt
seine Blicke verstohlen nach links und rechts wandern. Niemand sieht ihn an, alle Gesichter sind voll auf die Musik konzentriert. Diese absolute Hingabe kommt ihm seltsam vor,
die Hingabe derer, die neben ihm lauschen, und die Hingabe
derer, die ihre Instrumente malträtieren, um die gewünsch-
ten Töne hervorzubringen. Und wozu das alles? Um ein
bißchen Harmonie zu erzeugen, um zu spielen, gemeinsam
zu vergessen, ein paar Bilder aus der Vergangenheit oder aus
dem Unterbewußtsein hervorzulocken. Unwillkürlich denkt
er an jenes andere Spiel, von dem ihm Funkenstein vorhin erzählt hat, an das Musizieren für die zum Tode Verurteilten,
die man zum Galgen oder zur Erschießung karrt. Zum Galgen oder zur Erschießung? Er hat es versäumt, Funkenstein
danach zu fragen, und das ärgert ihn jetzt. Ihm scheint, daß
die Vorstellung, die er sich gemacht hat, auf diese Weise un-
vollständig ist, daß sie an einem Punkt, dem wichtigsten, ab-
reißt. Denn bis zu diesem Punkt kann er ihr folgen. Er kann
sich aufgrund von Funkensteins Bericht ein genaues Bild von
dem Karren machen, »der aussah wie ein Handkarren für
Kinder, aus ein paar Brettern auf vier kleinen Eisenrädern«,
der widerlich quietschend über einen riesigen, öden, von Stacheldraht umgebenen Hof rollt, gezogen von Häftlingen, die
zum Skelett abgemagert sind, bleich, ausgemergelt, mit kahl-
geschorenen Köpfen, die den Hals recken unter der Anstrengung, dieses Todesfahrzeug fortzubewegen, das ihnen anvertraut ist, das die Voraussetzung für ihr Überleben bis zum
nächsten Augenblick oder bis zur nächsten Stunde oder bis

zum nächsten Tag ist; und ein Bild von dem Verurteilten, der »gefesselt« ist – woran, weiß er auch nicht –, der schwankt, den Blick zu Boden oder zum Himmel gerichtet, auf den Stacheldraht, in die Erinnerung, in die Gefühle, die das Spiel der drei Musiker bei ihm auslöst. Was spielen sie? Danach hat er auch nicht gefragt. Vielleicht ebendiesen langsamen Satz von Dvořáks Serenade? Oder Chopins Trauermarsch? Oder die Marcia funebre aus der Eroica? Oder, ganz im Gegenteil, eine lustige, tänzerische Melodie, weil die Musik nicht für den Verurteilten bestimmt war, sondern für den Kommandanten Kramer, der an den Hinrichtungen seinen Spaß hatte?

Nichts von alledem weiß er, er hat versäumt, sich nach den Einzelheiten zu erkundigen, nicht nur heute abend bei Funkenstein, sondern schon viel früher, bei anderen Überlebenden und Augenzeugen, aus Büchern. Er hat es versäumt, das alles selbst zu erleben! Er hat es versäumt, vor die Gewehrläufe zu treten wie seine Eltern, vor die Fahnder wie seine Schwester Esther, er hat es versäumt, in Richtung Donau zu marschieren wie Slobodan Krkljuš, sich über einen am Boden liegenden alten Mann zu beugen, taub für Warnungen, nur getrieben vom nächsten Gedanken, dem Gedanken an Hilfe. Nichts hat er gesehen, nichts erfahren; und jetzt blickt er sich verwirrt nach einem betagten, leichtsinnigen Immobilienmakler um. Denn Funkenstein hat es erlebt! Er hat für die gefesselten Todeskandidaten auf dem Karren gespielt, er hat ein Jahr lang den Weg zur Richtstatt zurückgelegt, die Violine unter dem Kinn, und sorgfältig den Bogen geführt, um keinen Fehler zu machen, weil er das mit dem Leben bezahlt hätte. Zwar hat er überlebt, ist als einziger von siebzehn Familienmitgliedern zurückgekommen, aber zuvor hat er sich der Gefahr ausgesetzt, hat die Wahrheit gesehen, erlitten.

Jetzt hat Blam das Gefühl, daß ihn jenes unsichtbare Auge von neuem vorwurfsvoll betrachtet. Ist das wirklich Funkenstein, der sich irgendwo hinten auf seinem Sitz hochreckt und seine gespannte Aufmerksamkeit, seine Gedanken te-

lepathisch auf Blam überträgt? Funkenstein, der in einem
fernen Lager die auf einem Karren festgebundenen Verurteilten musizierend zur Richtstatt begleitete, und nun dem
Novi Sader Kammerorchester lauscht, weil er »für Musik
schwärmt«, klein und unauffällig in einer der letzten Bankreihen seines ehemaligen Tempels. Woher nimmt er die
Kraft? Wie kann er ruhig unter den verzückten Zuhörern
sitzen, die, von der Musik hingerissen, in den Bänken der
einstigen Synagoge ihre kleinen, persönlichen, aus ihren sicheren Wohnungen, aus ihren behüteten Familien mitge-
brachten Gedanken spinnen? Wieso schreit er nicht seine
andere, wirkliche Wahrheit heraus? Blam spitzt die Ohren,
vernimmt aber nur die schöne, langsame Musik; er hebt den
Kopf und blickt zu den hohen, mächtigen Mauern auf, er
wundert sich, wie weit sie die Bankreihen überragen, wie
klein, wie winzig im Vergleich zu den Dimensionen des Bau-
werks diese Bankreihen samt den in ihnen Sitzenden sind. Er
fragt sich, ob die Bänke bei der Umgestaltung der Synagoge
verkleinert, verkürzt und an die intimeren Erfordernisse der
Konzerte angepaßt wurden, welche die bunten, nicht auf
kulturelle Interessen reduzierten Versammlungen der Gläubigen ablösen sollten. Er weiß auch das nicht, erinnert sich
nicht, vermutet nur. Aber die Mauern sind geblieben, ihnen
ist die wunderbare Akustik zu verdanken, auch die orienta-
lisch geschwungenen Ornamente sind als Merkmal einer
Vergangenheit ohne Zukunft erhalten, erhalten ist das him-
melstrebende maurische Stalaktitengewölbe als Spur vergan-
gener Einflüsse aus der Verbannung, und sieh an, über dem
Altar gibt es immer noch die zwei weißen Marmorplatten
mit der runden hebräischen Schrift – Moses Gesetzestafeln
mit den Zehn Geboten Gottes. Wieso hat man sie dort belas-
sen? Wahrscheinlich aus dekorativen Gründen.

Jetzt kommt ihm diese Anpassung, dieser Kompromiß
dumm vor, irreal, gespenstisch; er hat das Bedürfnis, sich laut
und auffällig dagegen zur Wehr zu setzen, vielleicht mit
einem Schrei, wie er ihn eben von Funkenstein aus den hinte-

ren Reihen erwartet hat. Dabei weiß er, daß nicht sein religiöses Gefühl verletzt ist, denn ein solches hat er nicht; im Gegenteil, er ahnt aus der Art seiner Unruhe, daß ihn die allzu sichtbaren Spuren dieser Religion stören. Die Vergangenheit verletzt ihn, denn er hat sie längst von sich gewiesen, er wollte sie wegschieben. Es sind die alten Bilder aus der Tiefe der Kindheit, die er vergessen möchte. Seine Hand in der kalten, harten Hand der Großmutter, die ihn an einem Feiertag in diesen Tempel führt; die Klage des orientalischen Liedes, das der bärtige, dunkelhaarige, in dünne Leinenstreifen gewickelte Geistliche mit den entzündeten Augenlidern singt; das halblaute Gebetsgemurmel aus den Bänken, wo die Kaufleute, Handwerker, Makler in ihren schwarzen Mänteln und steifen schwarzen Hüten sitzen; und dort oben auf der Chortribüne, wohin auch die Großmutter verschwunden ist, nachdem sie seine Hand losgelassen hat, die Oberkörper der Frauen, die mit leuchtenden Augen und ungeschminkten Wangen wie auf einer Wolke schweben. Schon damals sind ihm diese Bilder der Ergebenheit und Leidenschaft fremd gewesen, denn er fühlte – wie ihm scheint seit jeher, dank einer angeborenen Sehergabe –, daß diese Pflege des Überkommenen auf fremdem Boden, in fremder Umgebung, mit diesen orientalischen Liedern und Worten, mit dieser Fieberhaftigkeit der rituellen Handlungen, mit diesem blitzartigen, durch den Abstand, das Anderssein ermöglichten Begreifen, nicht überleben konnte, daß sie zum Untergang, zur Vernichtung verdammt waren. Im Halbdunkel und im dumpfen Geruch des Bethauses, bei den Verneigungen dieser Körper im Panzer ihrer steifen schwarzen Anzüge spürte er schon damals das Bedürfnis nach Ausbruch – ein fremdes Bedürfnis, das Bedürfnis nach Fremdem, nach Vierteilung, nach Blut, nach Befreiung –, und er lief davor weg, nahm sich dankbar ein Beispiel am aufgeklärten Atheismus seines Vaters Vilim Blam, der selbst einen Bogen um den Tempel machte und ihm den kosmopolitischen Qualm der Kaffeehäuser vorzog. Aber auch das war Lüge und Täuschung, denn Vilim Blam hat seinen Kosmopolitismus ebenso mit dem Leben bezahlt wie die anderen, denn dieser Kosmopolitismus war Bestandteil derselben Leidenschaft, derselben »Überspanntheit«, wie er sie an Lili beobachtet hat, die ebenfalls von dieser Bühne verschwinden mußte.

Alle sind verschwunden und haben damit im Grunde sein Vorgefühl, seine Prophezeiung, seinen Willen erfüllt. Ja, seinen Willen, denn er hat sich gewünscht, daß sie verschwänden, weil er wußte, daß sie es müßten, weil es ihm unerträglich war, zu warten, bis sie es müßten, und so suchte er Vergessen, ein Opiat, um das Warten abzukürzen, wie in jenen Wochen vor der Razzia, als er den eigenen Tod herbeisehnte, während er seine Eltern besuchte, durch die Straßen irrte und von seiner Liebe zu Janja Abschied nahm. Der Tod war es, den er herbeirief, wenn er durch die Straßen irrte auf der Suche nach etwas Unpersönlichem, das seine Scham verhüllen konnte; und der Tod ist es auch, was er hier sucht, in der »Akustik«, in der Gemeinsamkeit, im Eintauchen, im Auslöschen des Besonderen, der Spuren von einst, der Erinnerungen, im Rausch der Musik.

Aber die Musik verklingt. Es wird still, der erste Satz der Serenade ist beendet; der Dirigent läßt den Taktstock sinken, zieht sein Taschentuch hervor und trocknet sich Hals und Gesicht. Die Musiker recken sich ein wenig. Dann steckt der Dirigent das Taschentuch ein, klopft mit dem Taktstock ans Pult, hebt ihn, und eine neue Melodie beginnt, rasch, im Dreivierteltakt, ähnlich einer Polka oder einem anderen Volkstanz. Ein Stück für den Kommandanten? Blam sieht sich um, er erwartet fast, daß die neuen, lebhafteren Töne seine Nachbarn dazu verleiten werden, etwas Ungewöhnliches, Unbedachtes zu tun, daß sie aufspringen, sich zum Reigen finden oder einander an die Kehle gehen, einander niedermetzeln, ein Blutbad anrichten, weil ihr von der Musik geweckter Instinkt sie dazu treibt. Aber nichts geschieht, alle bleiben sitzen, auf das Orchester konzentriert. Nur in ihren Köpfen, in ihren unsichtbaren Nerven breitet sich vielleicht die Sehnsucht nach Bewegung aus, nach Eroberung und Gewalt. Aber an einem anderen Ort. Dieses ehemalige Bethaus ohne Gemeinde, ohne mögliche Opfer ist nicht der richtige Ort. Es ist für gar nichts der richtige Ort, außer für Schwärmerei, heimliche Sehnsucht, Lüge. Für ein verlogenes Leben, ein Halbleben oder Scheinleben, wie er es selbst führt. Für diese Lebensimitation, der er sich ergibt, seit er mit dem Leben davongekommen und dem Tod entronnen ist, nachdem er all jene in den Abgrund gestoßen hat, die ihm ihre Hände entgegenstreckten, um ihn mit sich zu ziehen. Aber wahrscheinlich hat er durch seine Ausweichmanöver, seine Vorsicht, seine Flucht alle Lebenskraft und allen Lebenssinn verbraucht, und geblieben ist ihm nur dieses Überdauern in der Lüge, dieses Delirium jenseits des Todes, aber auch jenseits des Lebens.

*

Er ist deprimiert. Verschwunden ist das Bedürfnis, zu rebellieren, zu schreien, weil keine Vereinigung möglich ist. Es gibt auch kein drittes Auge mehr, das ihn betrachtet und das Bild um ihn herum nach den eigenen Erfordernissen verändert. Das Bild ist jetzt wieder das gewöhnliche: ein großer Saal mit orientalischen religiösen Schmuckelementen, ein Podium, auf dem musiziert wird, Bankreihen, auf denen das Publikum beim Zuhören bestimmte innere Erlebnisse hat. Nichts anderes. Ein schöner entleerter Ort, ein leeres Schloß, das eine neue Bestimmung erhalten hat. Die Flecke vom Blut der Ermordeten sind weggespült, alles ist sauber, gut beleuchtet, Musik erklingt. Aber der gespenstische Eindruck ist da, und er kommt für Blam nicht mehr aus dem Vergangenen, sondern aus dem Jetzt. Er hat hier nichts zu suchen.

Dennoch wartet er, um niemand zu stören, das Ende des zweiten Satzes ab, nutzt erst dann die kurze Pause bis zum nächsten, erhebt sich und verläßt im allgemeinen Geräusch, das sein eigenes verschluckt, die Bank. Die Banknachbarn rücken erstaunt beiseite, einige stehen auf, sehen ihm nach, flüstern. Aber das kümmert ihn nicht, denn er ist überzeugt, daß er nie wieder vor ihnen erscheinen muß. Er erreicht die Gasse zwischen den Bankreihen und begibt sich hinaus, ganz allein, aber geleitet von der Musik, die hinter seinem Rücken die Leere wieder mit ihrer Harmonie erfüllt. Je weiter er sich entfernt, desto leiser wird sie und folgt ihm nach bis ins Vestibül wie ein Abschiedsblick auf seinen Schultern. Funkensteins Blick? Er hat beim Hinausgehen den Makler nicht bemerkt, aber dieser wird ihn wohl gesehen haben und wird sich jetzt wundern wie die anderen. Oder er wird sich nicht wundern, wenn er wirklich dieselben Gedanken hatte, wenn wirklich seine Gedanken durch Blams Kopf gegangen sind. Einen Augenblick lang, während er im Vestibül vor der improvisierten Garderobe seinen Mantel anzieht, erwartet er sogar, daß Funkenstein sich ein Beispiel an ihm nehmen, den Saal verlassen und sich zu ihm gesellen wird, obwohl ihm das nicht angenehm wäre. Er dreht sich um: keine Menschenseele, nur die wunderbaren goldgeschmückten Mauern, die sich zum Kuppelgewölbe verjüngen, und die leise Musik. Also, denkt er mit Erleichterung und Verständnis zugleich, ist Funkenstein als Opfer seiner »Schwärmerei« drinnen geblieben.

Er geht durch die weitoffene Synagogentür hinaus ins Dunkel. Es ist kalt, windig, die Straße fast leer. Er schlägt den Weg nach Hause ein. Überquert den Neuen Boulevard beim blinzelnden Licht der Ampel, biegt ab in den Stumpf der ehemaligen Judengasse. Hier sieht man Fußgänger, Paare, die die Auslagen betrachten, Mantelschöße und Hutkrempen im Wind festhalten.

Vor ihm liegt der Hauptplatz wie eine halbverdunkelte Bühne. Im Hintergrund stehen, Kulissen gleich, der Merkur-Palast und die Kathedrale einander gegenüber. Nur am Fuß vom Widerschein der Straßenlampen beleuchtet, verschmelzen ihre Fassaden, unterbrochen von ein paar hellen Fenstern, mit dem Dunkel des Himmels. Ihre Silhouetten sehen aus wie zerstört, als hätten sie sich unter der schrecklichen Hitze eines schweren Kriegsgeräts aufgelöst und wären beim Abkühlen zu asymmetrischen, klobigen Ruinen erstarrt. Das ist eine Szenerie aus dem nächsten Krieg: der Ort, wo man seinen Namen aufrufen wird. »Miroslav Blam«, wird man dort in der Mansarde oder unten vor dem Haus oder auf dem Platz zu ihm sagen; oder man wird die Nummer nennen, die man ihm gegeben hat. Er wird vor die Gewehrläufe treten oder den Kopf in die Schlinge legen. Diesmal wird er nicht davonlaufen, sondern den Kreis schließen, den er eigenmächtig unterbrach: er wird es zulassen, daß ein Mord geschieht, der geschehen muß, er wird einen weiteren Mord, einen weiteren Mörder und ein weiteres Opfer enthüllen, in einem Menschen, von dem man das sonst nicht gewußt hätte, der es vielleicht selbst nicht gewußt hätte – so wie das all die Seinen vor ihm getan und damit, glaubt er jetzt, einen Akt tiefster Wahrheit vollzogen haben.